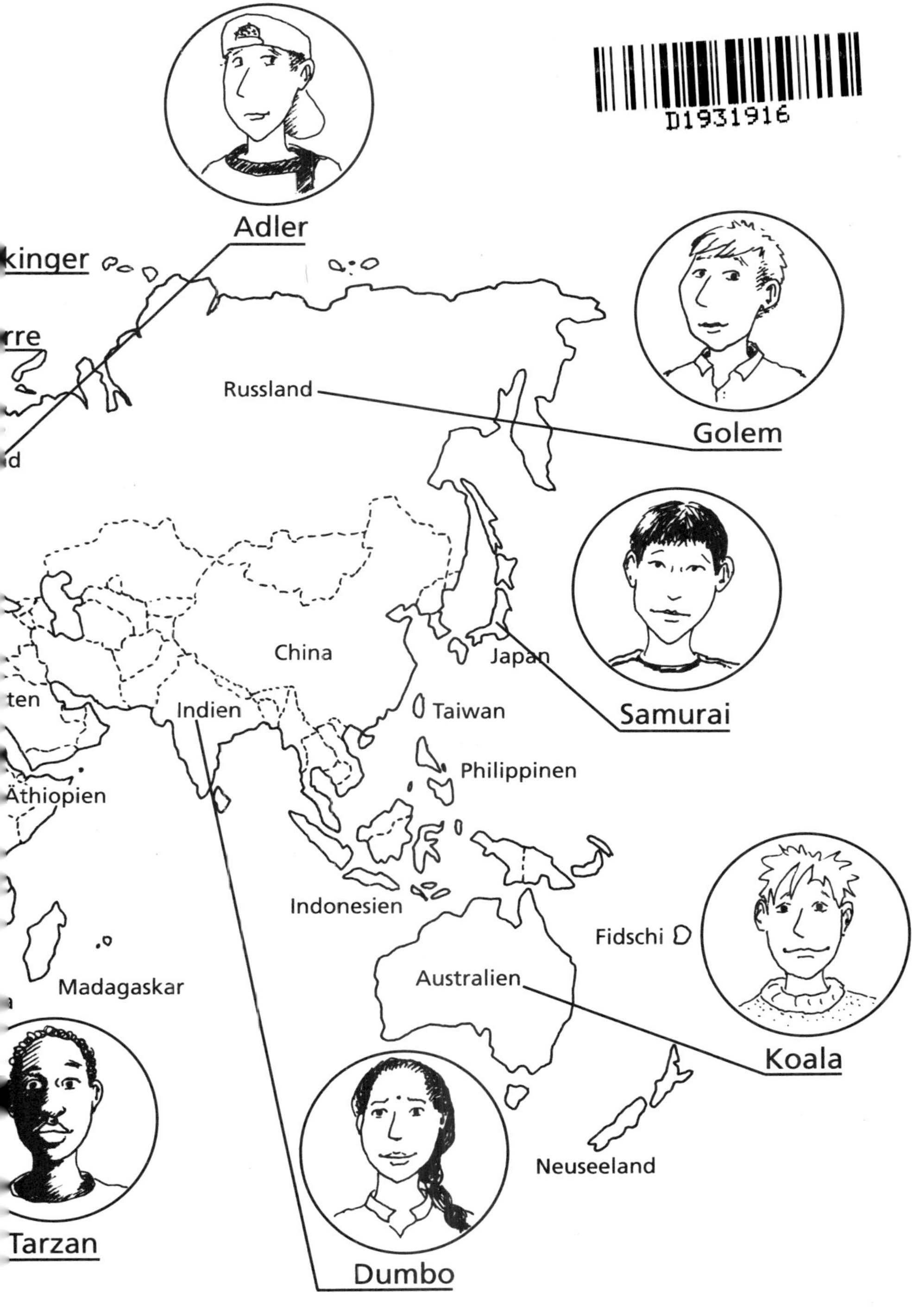
Adler
kinger
rre
d
Russland
Golem
China
Japan
Samurai
ten
Indien
Taiwan
Philippinen
Äthiopien
Indonesien
Fidschi
Madagaskar
Australien
Koala
Neuseeland
Tarzan
Dumbo

Netsurfer®

Gangsterjagd per Mausklick

Dieter Winkler

Thienemann

Internet und Fantasy – das sind die beiden Pole, zwischen denen sich *Dieter Winkler* seit vielen Jahren erfolgreich bewegt. Bis 1996 war er Chefredakteur der Computerzeitschrift CHIP. Danach hat der Hohlbein-Preisträger 2000 zahlreiche Fachbücher, Hörspiel-Drehbücher und phantastische Romane verfasst. In seiner erfolgreichen Reihe NETSURFER macht er die faszinierende Welt des Internets zum Zentrum packender Kinderkrimis.

Bei Thienemann u.a. bereits erschienen:

Netsurfer – Fünf Minuten zu spät
Netsurfer – Wer ist der Verräter?
Netsurfer – Michelle in Gefahr
Netsurfer – 52 Stunden Angst
Netsurfer – Abenteuer in New York
Netsurfer – Nr. 5 hebt ab
Stoppt Gewalt – Freundschaft ist stärker
Stoppt Gewalt – Armin unter Verdacht
Stoppt Gewalt – In letzter Sekunde

Die Deutsche Bibliothek – CIP-Einheitsaufnahme
Ein Titeldatensatz für diese Publikation
ist bei Der Deutschen Bibliothek erhältlich

Winkler, Dieter:
Gangsterjagd per Mausklick
ISBN 3 522 17543 3

Umschlagillustration: Edda Skibbe
Umschlagtypografie: Michael Kimmerle
Schrift: Stempel Garamond, Biffo Script, Pinxit
Satz: KCS GmbH in Buchholz/Hamburg
Reproduktion: Die Repro in Tamm
Druck und Bindung: Friedrich Pustet in Regensburg

5 4 3 2 1* 02 03 04 05

Thienemann im Internet: www.thienemann.de

Inhalt

Netsurfer®

Operation Delta

1

Es war ein herrlicher Tag. Nicht zu warm, nicht zu kalt und ohne den scharfen Wind, der die Geschwister schon die ganze Woche lang geplagt hatte. Ein Tag, der noch einmal zum Schwimmen ins Freibad einlud – vielleicht zum letzten Mal in diesem Jahr.

Auf dem Nachhauseweg von der Schule hatten Pitt und Sabrina bereits den Gang ins nahe gelegene Jakobsbad geplant. Doch der Anblick zweier Polizeiwagen vor ihrem Haus in der Finkenstraße brachte die beiden schlagartig auf andere Gedanken.

»Hoffentlich ist nichts passiert«, entfuhr es Sabrina, der elfjährigen Tochter der Familie Wolters. Das schlanke, dunkelhaarige Mädchen war alles andere als ein ängstlicher Typ, doch diesmal klang ihre Stimme eindeutig besorgt.

»Komm«, meinte ihr um ein Jahr älterer Bruder Pitt. Den blonden Jungen konnte so leicht nichts erschüttern. *Es gibt immer eine Möglichkeit*, lautete sein Lieblingsspruch. Auch wenn er einmal nicht mehr weiterwusste, versuchte er dennoch zum Ziel zu kommen – und das möglichst ohne fremde Hilfe.

Und doch tat er jetzt etwas sehr Ungewöhnliches: Er fasste Sabrina bei der Hand und zog sie schnell mit sich. Normalerweise hätte seine Schwester gegen eine solche Behandlung protestiert, aber jetzt hatte die aus frühen Tagen vertraute Geste etwas erstaunlich Beruhigendes. Ihr Herz klopfte schnell und heftig.

Sie kamen nicht weit. Die Tür eines der Polizeiwagen schwang mit einem Ruck auf. Pitt stieß hart mit der Hüfte dagegen. Bevor er noch einen Fluch murmeln konnte, entstieg dem Fahrzeug ein Polizist.

»He, Kinder, wo wollt ihr denn so schnell hin?« Der Beamte, der ihnen nun den Weg versperrte, konnte kaum älter als zwanzig sein. Sein sommersprossiges Gesicht wirkte unter der grünen Dienstmütze jungenhaft, aber seine Stimme klang hart.

Die Geschwister waren erst einmal sprachlos.

»Wir wollen nach Hause«, sagte Sabrina schließlich.

»Ah ja.« Der Polizist schob seine Mütze in den Nacken. »Aber ihr wohnt doch wohl nicht ausgerechnet *hier.*« Er deutete auf den Garten mit dem erst gestern von Pitt gemähten Rasen.

»Aber klar doch«, protestierte Pitt, während ein eiskalter Schauer über seinen Rücken rann. »Allerdings wohnen wir hier.«

»Ah ja«, machte der Polizist noch einmal. Es klang nicht recht überzeugt. »Und das ist auch wirklich die Wahrheit?«

»Ja sicher«, antwortete Pitt. »Ich heiße Pitt Wolters. Meine Schwester und ich ... wir wohnen in der Finkenstraße fünf. Dürfen wir jetzt endlich heim oder nicht?«

»Was ist denn eigentlich hier *los*?«, fragte Sabrina mit Panik in der Stimme.

Die Frage schien dem Polizisten offensichtlich unangenehm zu sein. »Eh ja ...« Er kratzte sich umständlich am Kopf. »Vielleicht ist es besser, ihr geht da jetzt nicht rein.«

»*Was ist denn passiert?*« Sabrinas Stimme war deutlich eine Spur zu hoch und zu schrill.

Bevor der Polizist antworten konnte, ging die Tür des Hauses auf. Die Geschwister beobachteten bestürzt, wie zwei Beamte heraustraten: Zwischen sich hatten sie ihren

Vater. Aber das war noch nicht alles. Seine Hände steckten in Handschellen!

»Papa!«, schrie Sabrina.

Sie wollte an dem jungen Polizisten vorbeistürmen, aber der versperrte ihr im letzten Moment den Weg. »Nicht so schnell, junge Dame«, sagte er und hielt sie am Handgelenk fest.

Die beiden anderen Beamten schoben währenddessen den Vater auf den ersten Polizeiwagen zu.

»Kinder!«, rief er, als er Pitt und Sabrina erblickte. Es klang abgehackt: »Ich, ich …«

»Herr Wolters, ich muss doch sehr bitten«, unterbrach ihn einer der Polizisten. Er packte Frank Wolters am Arm und drängte ihn vorwärts. Der andere Beamte hatte bereits die hintere Tür des Wagens aufgerissen. Mit geübtem Griff packte er den Gefangenen am Hinterkopf und schob ihn recht unsanft ins Wageninnere.

»*Papa!*« Sabrina versuchte sich dem Polizisten zu entwinden, um zu ihrem Vater zu kommen. Aber der junge Mann hielt eisern fest.

»Was soll das?«, fragte Pitt mit vor Erregung zitternder Stimme. »Warum halten Sie meine Schwester fest? Und was machen Sie mit unserem Vater?«

»Alles zu seiner Zeit, mein Junge«, antwortete der Polizist von oben herab. »Es wäre besser, ihr würdet keine Schwierigkeiten machen.«

»Das … das tun wir doch gar nicht«, stammelte Pitt, während sich Sabrina noch immer im schmerzhaften Griff des Beamten wand. »Wenn Sie uns nur endlich sagen würden, was hier vorgeht!«

Währenddessen hatten auch die beiden Kollegen des forschen Jungbeamten im Wagen Platz genommen. Alles lief mit so selbstverständlicher Routine ab, dass die Geschwister es kaum fassen konnten. Ihr Vater wurde wie ein Schwerverbrecher behandelt. Als hätten sie den unbescholtenen Kreditstellenleiter Frank Wolters mit Gewalt festnehmen müssen! Was für ein Blödsinn!

Der erste Polizeiwagen ruckte an und schoss dann mit hoher Geschwindigkeit die schmale Sackgasse entlang.

Der junge Polizist, der Pitt nicht aus den Augen ließ, sagte nun wieder: »Ah ja.« Diesmal hörte es sich fast wie ein Stoßseufzer an. »Dann könnt ihr jetzt wohl ins Haus.«

»Na endlich.« Sabrina rieb sich das schmerzende Handgelenk, als der Mann sie losließ.

Pitt war schon vorausgeeilt. Mit Riesenschritten stürmte er auf das Haus zu und Sabrina rannte ihm hinterher. Kurz nacheinander erreichten sie den schmalen Hausflur, der in der geräumigen Wohndiele auslief. Mit tränenverschmiertem Gesicht drehte sich ihre Mutter zu ihnen um. Sabrina flog in ihre Arme, und es war ein einziger erstickter Laut, mit dem sich die beiden aneinander klammerten.

»Oh, Kind.« Laura Wolters stöhnte verzweifelt auf.

Pitt war am Eingang stehen geblieben. Dem blonden Zwölfjährigen entging keine Einzelheit: nicht der dicke Polizist, der am Klavier lehnte und jetzt von seinem Notizblock aufblickte, um die Neuankömmlinge stirnrunzelnd zu mustern; nicht der verrutschte Läufer am Wohnzimmereingang – und nicht Mohrle, der gutmütige Kater, der so angespannt vor der Wohnzimmertür hockte, als erwarte er jeden Moment, dass eine Horde Schäferhunde durch die Wohnung preschte.

»Ich glaube, ich lasse Sie jetzt besser allein, Frau Wolters«, meinte der Polizist. In seiner Stimme klang Mitgefühl an. »Aber bitte halten Sie sich zu unserer Verfügung. Es sind noch ein paar Einzelheiten zu klären.«

Da Laura Wolters nicht reagierte, nickte er stattdessen Pitt zu und verließ mit raschen Schritten das Haus.

»Oh Gott«, stieß ihre Mutter hervor und machte sich von Sabrina frei. »Sie haben euren Vater verhaftet! Die Bank hat ihn heute Morgen nach Hause geschickt und dann kam dieses … dieses *Überfallkommando*!«

»Aber warum, Mama?«, fragte Sabrina. In ihren Augen schimmerten Tränen und ihre Mundwinkel zuckten verdächtig. »Warum denn nur?«

»Ach, alles völliger Unsinn.« Ihre Mutter biss sich auf die Lippen. »Euer Vater soll Geld veruntreut haben. So ein Schwachsinn! Sie haben … irgendetwas von einem riesigen Betrug erzählt. Der größte Skandal der Bankgeschichte. Haarsträubender Blödsinn.«

Einen Moment herrschte vollkommenes Schweigen. Pitt hatte eine merkwürdige Stimmung zwischen Ruhe und Entsetzen erfasst. Es war einfach alles so … *unglaublich*. Als hätte sich plötzlich eine Tür aufgetan und er wäre aus seinem Leben mitten in einen Krimi hineingestolpert!

»Ich begreife das nicht«, sagte er. »Irgendjemand muss Papa reingelegt haben.«

In diesem Moment ahnte er noch nicht, wie Recht er mit seiner Vermutung haben sollte. Und welch gefährliches Abenteuer ihn und seine Schwester erwartete.

2

Das Wetter hatte sich schlagartig geändert. Die dicken Wolken, erst für den späten Abend angekündigt, wurden von einem stürmischen Wind nun schon um die Mittagszeit herangebracht.

Durch den verhangenen Himmel war es in der Küche düster geworden. Auch die helle Leuchte über der Spüle konnte dagegen kaum etwas ausrichten. Mit harten Schlägen peitschte der Wind gegen die Fenster und irgendwo im ersten Stock schlug eine Tür krachend zu.

Sabrina und ihre Mutter zuckten zusammen, während Pitt nur irritiert die Augenbrauen nach oben zog.

»Und was machen wir jetzt?«, fragte seine Schwester, während sie sich auf ihrem Platz in der gemütlichen Essecke in der typischen Sabrina-Haltung zusammenkauerte: die Beine dicht an den Körper gezogen, die Arme darumgelegt und den Kopf auf den Knien.

Der Blick ihrer Mutter war voller Sorge. »Ich weiß nicht.«

»Was *genau* ist denn überhaupt passiert?«, erkundigte sich Pitt.

»Wenn ich das nur wüsste.« Seine Mutter seufzte. »Es hat … vor ein paar Wochen angefangen. Papa ist mir immer ausgewichen, wenn ich ihn darauf angesprochen habe.«

Sabrina mischte sich ein: »Worauf angesprochen?«

»Nun lass sie doch in Ruhe erzählen«, sagte Pitt ärgerlich. »Wenn du dauernd dazwischenquatschst, kommen wir nie weiter.«

»Dann halt du doch selber erst mal dein Plappermaul«, antwortete Sabrina schnippisch. Aber es war ein merkwürdiger Unterton in ihrer Stimme, als würde sie jeden Moment in Tränen ausbrechen.

»Bitte, Kinder«, sagte ihre Mutter müde. »Streitet nicht. Wenn wir jetzt nicht zusammenhalten …«

Sie ließ den letzten Teil des Satzes unausgesprochen, aber den Geschwistern war auch so klar, was sie meinte. Sie verständigten sich mit einem Blick und dann legte Sabrina kurz ihre Hand auf den Arm ihrer Mutter. »Entschuldige bitte, Mama.«

»Schon gut.« Ihre Mutter strich sich eine Haarsträhne aus der Stirn. Sie war eine schlanke Frau, beinahe dünn, aber enorm sportlich und gelenkig – nicht nur in dieser Beziehung eine zwanzig Jahre ältere Ausgabe ihrer Tochter.

»Aus ein paar Andeutungen bin ich nicht recht schlau geworden«, fuhr sie fort. »Es hatte etwas mit der Bank zu tun und damit, dass er einem groß angelegten Betrug auf die Spur gekommen war.«

Sabrina fragte erstaunt: »Er hat einen Betrug entdeckt? Aber genau das wirft die Polizei *ihm* doch vor.«

»Das ist ja das Merkwürdige.«

»Vielleicht … vielleicht ist er jemandem auf die Zehen gestiegen, der sich einen Kredit erschwindelt hat«, meinte Sabrina. »Und der macht ihm jetzt Ärger.«

Ihre Mutter nickte. »Das dachte ich zuerst auch.« Der Verdacht lag nahe, denn schließlich war Frank Wolters Kreditstellenleiter bei der hiesigen Süddeutschen Bank. »Aber so, wie die Polizei sich hier aufgeführt hat, muss es um etwas Größeres gehen.«

»Papa entscheidet selbstständig über Kredite bis zu einem Volumen von einer Million Euro, oder?«, fragte Pitt in seiner gewohnt ruhigen Art. Als seine Mutter nickte, fuhr er fort: »Wenn es um mehr Geld geht, muss er seinen Vorgesetzten fragen …«

»… den ollen Schulz«, warf Sabrina ein.

»Den Bankvorstand Herrn Schulz, richtig«, fuhr Pitt unbeirrt fort. »Vielleicht hat er das in einem Fall nicht gemacht.«

»Und wird deswegen gleich von der Polizei verhaftet?« In Sabrinas Stimme schwang nicht der übliche Spott mit, aber die Bemerkung saß trotzdem.

»Du hast Recht. Dann hätten sie nicht solch einen Zauber veranstaltet. Die Bank versucht doch immer alles intern zu regeln, damit bloß die Presse nichts mitbekommt. Wenn sie die Polizei holen, muss da schon mehr dahinter stecken …«

»… als nur ein kleines Dienstvergehen«, beendete Sabrina den Satz.

Ihre Mutter stand so abrupt auf, dass der Holzstuhl, auf dem sie gesessen hatte, mit einem Ruck zu Boden krachte. »Ich kann das nicht mehr mit anhören! Ihr redet über euren Vater, als sei er ein *Schwerverbrecher*!«

Sie drehte sich auf dem Absatz um und verschwand im Flur. Ihre Schritte auf der Treppe übertönten ihr heftiges Schluchzen nicht. Sie musste vollkommen mit den Nerven fertig sein.

Pitt und Sabrina saßen ein paar Sekunden lang schweigend da und guckten betreten zu Boden. Schließlich stellte Pitt fest: »Das hat Mama aber ganz schön mitgenommen.«

»Ist schließlich kein Wunder, du Ekel. Denkst du vielleicht, mir geht es besser? Die Bullen platzen hier rein wie … wie …«

»Wie eine Herde Bullen …«

Normalerweise hätte Sabrina diese Bemerkung mit ihrem typischen hellen Lachen quittiert oder zumindest gelächelt, doch diesmal bedachte sie ihren Bruder nur mit einem finsteren Blick. »Du kannst manchmal ein solcher Eisblock sein!«

Pitt schüttelte den Kopf. »Ich bin kein Eisblock«, antwortete er. »Aber einer muss doch hier einen kühlen Kopf bewahren.«

»Eben. Sag ich doch: Eisblock!« Sabrina schloss die Augen, legte den Kopf in den Nacken und kniff die Lippen zusammen.

Pitt kannte seine Schwester gut genug, um zu wissen, dass jede weitere Stichelei sie hochgehen lassen würde. »Wir sollten etwas unternehmen«, meinte er schließlich.

»Und was, bitte schön?«, hakte Sabrina schnippisch nach. »Willst du vielleicht eine Lupe holen und Sherlock Holmes spielen?«

»Quatsch«, antwortete Pitt. »Eine Lupe wäre nicht mehr ganz zeitgemäß. Und Sherlock Holmes ist Kleinkinderkram.«

»Ganz deiner Meinung, Bruderherz.« Sabrina ließ den Kopf wieder herabsacken und öffnete blinzelnd die Augen. »Hast du eine bessere Idee?«

»Ich glaube nicht, dass Mama viel mehr weiß als wir. Also müssen wir Papa fragen.«

Sabrina starrte ihn verwirrt an. »Eh? Was soll denn das? Papa hat die Polizei geholt, falls du dich erinnerst.«

»Ist mir bewusst, *Schwesterchen*.«

»Wenn du noch einmal Schwesterchen zu mir sagst …«

Pitt hob begütigend die Hände. »He, stopp, ist mir nur so rausgerutscht. Ich denke, unser einziger Anhaltspunkt befindet sich oben in Papas Schlafzimmer.«

»Eh?«

»Na, sein Computer«, fuhr Pitt fort. »Er schreibt doch immer alles Wichtige auf. Ich schätze, wenn wir da reinkommen, sind wir ein Stück weiter.«

Sabrina sah ihn noch einen Augenblick lang entgeistert an, dann nickte sie. »Gut. Das ist ein Anfang. Auch wenn mir noch nicht ganz klar ist, wie das klappen soll. Papa hat doch irgend so ein Kypokavieh …«

»… Kryptographie-Programm …«

»Ja, genau, so was, für das man das richtige Passwort braucht.«

»Das stimmt.« Pitt nickte und erhob sich. »Aber vielleicht schaffen wir es ja auch so. Lass uns keine Zeit verlieren!«

3

Die sportliche Sabrina nahm immer drei Stufen auf einmal, dicht gefolgt von Mohrle, dem neugierigen Kater. Pitt hatte Mühe mit den beiden Schritt zu halten. Und doch kamen sie oben fast gleichzeitig an. Sabrina stieß die Tür auf und Pitt stolperte kurz hinter ihr und Mohrle ins Zimmer.

Wie vom Donner gerührt blieben die Geschwister stehen. Auf dem kleinen Computertisch neben dem Bett standen Drucker und Bildschirm einträchtig nebeneinander. Doch die seitlich am Tisch angebrachte Halterung, in welcher der Rechner eingehängt sein sollte – dieser graue, hohe Kasten –, war leer!

»Was … was ist denn das?«, stotterte Sabrina.

»Das siehst du doch«, sagte Pitt, nur mühsam beherrscht. »Die haben den PC mitgenommen.«

»Wer denn?«

»Na, die Bullen natürlich, Schwesterherz. Die haben sich nicht nur Papa gekrallt, sondern gleich auch alles mitgehen lassen, worauf er Daten gespeichert haben könnte.«

Mit ein paar Schritten war er an Papas kleinem Schubladenschrank aus Fichtenholz und riss das oberste Fach auf.

»Habe ich's doch gewusst!« Wütend knallte er die Schublade wieder zu. »Keine einzige Diskette mehr da! Die haben wirklich an alles gedacht.«

»Und was machen wir jetzt?«

»Keine Ahnung.« Pitt kratzte sich am Kopf, eine typische Geste, wenn er aufgeregt oder nervös war. »Obwohl, wir haben noch eine Chance. Wie es aussieht, haben sie noch keine reguläre Hausdurchsuchung vorgenommen und wir könnten ihnen zuvorkommen.« Pitt deutete auf eine Plastikschachtel im untersten Fach des Computertisches. »Das sind ein paar neue ZIP-Disketten«, sagte er nachdenklich. »Auf jede einzelne dieser Dinger passen zweihundertfünfzig Megabyte, also ungefähr so viel wie ... auf knapp zweihundert normale Disketten. Toll, was?«

»Ja, megatoll. Und weiter?«

»Papa hat da immer seine *Back-ups* draufgespielt.«

»Seine ... was?«

»Na, die Sicherungskopien. Er hat alle wichtigen Daten von der Festplatte des PC auf die ZIP-Disketten übertragen. Sie müssen hier irgendwo sein!« Pitt machte einen Schritt auf den Kleiderschrank zu. »Papa hat sie bestimmt irgendwo versteckt. Er sagte, es wäre besser, sie nicht zusammen mit den Disketten aufzuheben. Falls mal was passiert.« Er hatte den Schrank erreicht, riss ihn auf und begann zwischen Pullovern und T-Shirts herumzukramen.

»Du meinst, er wollte die Daten in Sicherheit haben, falls es mal brennt, oder so«, stellte Sabrina fest. In ihre Stimme mischten sich Zweifel. »Und dann glaubst du, bewahrt er die Sicherungsdinger im selben Zimmer auf wie die Originale? Das sieht aber gar nicht nach Papa aus.«

»Recht hast du.« Pitt schlug sich mit der flachen Hand gegen die Stirn. »Wenn, dann hat er sie sicher nicht hier aufgehoben, sondern ...«

»... im Keller!«

»Genau!«

Pitt stopfte die Pullover wieder in den Schrank, stieß dessen Tür zu und folgte seiner Schwester und Mohrle, die bereits wieder die Treppe hinunterstürzten. In aller Eile rannten sie an der Küche vorbei, die Kellerstiege hinab und schließlich in den Hobbyraum. An der gegenüberliegenden Wand dominierte eine Bar den Raum, ein hässliches, wild verschnörkeltes Teil, das noch von den Vorbesitzern des Hauses stammte. Im Laufe der Zeit hatte sich in den Schubladen unter der Bar aller möglicher Plunder angesammelt. Mit ein bisschen Glück würden sie hier auch die ZIP-Disketten finden.

Pitt riss, ohne zu zögern, das oberste Fach auf. Kerzen, Untersetzer, Papierservietten. Sonst nichts. Die zweite Lade: eine Schachtel mit alten Kassetten, dahinter nur verstaubte Tonbänder. Pitt nahm sie hastig heraus, eine Spule entrollte sich einige Mal und fiel dann auf den Boden. Ein gefundenes Fressen für Mohrle, der sie offensichtlich mit einer Maus verwechselte und wild an ihr herumzerrte. Pitt achtete nicht darauf. Im dritten Fach grinste ihnen eine alte Puppe mit ausgerissenem Arm entgegen, daneben lagen alte Weihnachtssterne aus Stroh und ... drei ZIP-Disketten.

»Da haben wir sie ja«, sagte Pitt und hob die Disketten triumphierend in die Höhe. »Selbst wenn sie nicht ganz aktuell sind, geben sie zumindest einen ausgezeichneten ersten Anhaltspunkt ab.«

»Das mag schon sein«, wandte Sabrina ein. »Aber was solln wir mit den Dingern anfangen ohne Computer?«

Ihr Bruder drehte sich zu ihr um und sah sie entgeistert an. »Daran habe ich überhaupt nicht gedacht. Aber es ist sogar besser, wenn wir sie uns nicht hier ansehen. Die Polizei kommt wieder. Und wir müssen sie ja nicht mit der Nase auf Papas geheimen Datenschatz stoßen.« Er verstaute die Disketten in den Gesäßtaschen. »Fred hat einen PC. Wir sausen jetzt rüber zu Fred und fertig ist der Lack.«

»Na, dann los!«

Sie stürmten die Treppe hinauf – und fast hinein in zwei Polizisten, die gerade die Wohndiele betraten. Pitt zuckte vor Schreck zusammen. Ein Glück, dass er die Disketten in seiner Hose verstaut hatte!

»Hallo«, sagte einer der Polizisten. »Die Tür stand offen und da …«

»Schon gut«, rief ihre Mutter aus der Küche. »Kommen Sie nur rein.«

Pitt zögerte eine Sekunde lang und sagte dann zu einem der beiden Polizisten: »Spricht irgendetwas dagegen, wenn ich und meine Schwester das Haus verlassen?« Er wandte sich an seine Mutter. »Wir wollen noch zu Fred, Mama. Er hat ein neues Computerspiel, das er uns zeigen wollte.«

»Von mir aus«, antwortete seine Mutter etwas hilflos. »Aber seid spätestens um acht Uhr wieder zu Hause.«

Der Polizist überlegte einen Moment, dann nickte er. »Einverstanden. Aber nehmt nichts mit, ja? Schnappt euch einfach die Jacken und verschwindet.«

4

Fred wohnte nur fünf Minuten zu Fuß entfernt. Trotzdem klebten ihnen die Haare nass und kalt am Kopf, als sie den Klingelknopf der Familie Hammerschmidt drückten. In der Eile hatten sie nur nach ihren Jacken gegriffen und ihre Baseballkappen vergessen, die sie sonst bei Regen trugen.

»Hoffentlich finden wir eine Lösung für das ZIP-Drive …« Pitt brach den Satz ab, als er im Hausflur Schritte hörte.

Die Tür wurde aufgerissen und Pitt starrte geradewegs in das Bulldoggengesicht Michaels – des unfreundlichen älteren Bruders von Fred –, der so fett war, dass er kaum durch eine Tür passte.

»Was wollt ihr denn hier?«, fragte er mürrisch.

»Ist Fred da?«, gab Pitt zurück.

Michael schüttelte den breiten Schädel. »Null Chance. Also seht zu, dass ihr 'nen Flattermann macht.«

»Eh … wann kommt er denn wieder?«

»Weiß nicht. Warum? Gibt's was Dringendes?« Michael verschränkte die Arme vor seiner gewaltigen Schwabbelbrust und begann auf den Zehen zu wippen.

»Es ist sehr wichtig«, erwiderte Sabrina. »Wir müssen *unbedingt* an seinen Computer. Es gibt da … ein größeres Problem.«

»Wir brauchen ein ZIP-Drive«, sagte Pitt so freundlich er konnte. »Und das unbedingt heute noch. Es hängt eine Menge davon ab.«

»So, so.« Michaels Gesicht verzog sich zu einem spöttischen Lächeln. »Fred ist aber nicht da. Außerdem hat er nicht so ein ZIP-Teil. Versteht ihr? Hier ist Sackgasse.«

»Verstehe.« Pitt drehte sich halb um und verhielt dann mitten in der Bewegung. »Das heißt, vielleicht kannst du uns doch helfen. Kennst du sonst jemanden aus der Schule, der ein ZIP-Drive hat?«

»Nö«, brummte Michael.

»Überleg bitte mal. Es ist enorm wichtig.«

Der Dicke machte Anstalten die Tür zu schließen. Offensichtlich hielt er die Angelegenheit für erledigt.

»Halt, stopp!« Pitt griff in seine Hosentasche und kramte darin herum.

»Sag mal, hast du immer noch nicht begriffen, dass du störst? Ich hab Wichtigeres zu tun, als mit einem Hosenscheißer meinen Tag zu vertrödeln.«

»Okay, verstanden.« Pitt lächelte verkrampft und hielt Michael ein Zwei-Euro-Stück unter die Nase. »Nur ein kleiner Tipp von dir und wir sind wieder verschwunden.«

Freds Bruder wollte schon mit seinen dicken Fingern nach dem Geldstück greifen, aber Pitt zog schnell den Arm zurück. »Sag mir einfach, wer uns weiterhelfen könnte. Dann bist du uns los … und um zwei Euro reicher.«

In Michaels Gesicht zuckte es. Schließlich siegte die Habgier. »Von mir aus«, brummte er. »Wenn das nur nicht zur Gewohnheit wird. Also, ich kenn da so 'nen Typen. Sam irgendwas. Birkenstraße 17. Das ist ein richtiger Computerspinner, der hat sicher so ein Teil.«

»Danke.« Pitt schnippte das Geldstück in Richtung des Dicken und drehte sich auf dem Absatz um. Sabrina war schon losgespurtet, leichtfüßig wie eine Gazelle verschwand sie im Regen. Pitt blieb nichts anderes übrig, als ihr im gleichen Tempo zu folgen. Er war zwar alles andere als unsportlich, aber um mit seiner Schwester mithalten zu können, musste er sich schon ganz schön ins Zeug legen.

Sabrina bog in den Florianweg ein, die Abkürzung zurück zur Vogelsiedlung. Die Birkenstraße lag direkt am Rand besagter Siedlung, im so genannten Baumviertel. Pitt holte seine Schwester erst ein, als sie bereits vor der Nummer siebzehn hielt.

»Schleim, schleim, schleim«, begrüßte ihn Sabrina. »Dass du dem Fettkloß nicht auch noch die Füße geküsst hast, wundert mich.«

»Na und«, erwiderte Pitt schwer atmend. »Hat doch geklappt, oder? Der Dickwanst hat doch gespurt.«

»Weil du ihm dein Taschengeld in den Rachen geworfen hast.« Sabrina schüttelte den Kopf.

Pitt kniff ärgerlich den Mund zusammen. »Klingle lieber, sonst stehen wir hier morgen noch rum.«

»Leider gibt's hier weit und breit keine Klingel, großer Meister«, war Sabrinas ganzer Kommentar.

Pitt unterdrückte mit Mühe die bissige Bemerkung, die ihm auf der Zunge lag. Leider hatte seine Schwester Recht: Weder an dem grünen Maschendrahtzaun noch an den beiden Torpfosten des geschlossenen Gartentors war ein Namensschild zu entdecken, geschweige denn ein Klingelknopf!

»Das sieht ja nicht gerade einladend aus«, meinte Sabrina. »Ich bin mir ganz und gar nicht sicher, ob ich hier wirklich reinwill.«

»Stell dich nicht so an«, versetzte ihr Bruder schroff.

Dabei war Sabrinas Bemerkung durchaus angemessen: Haus und Garten wirkten ziemlich unheimlich.

Pitt drückte die Klinke des Gartentors runter und rüttelte am Gitter. »Abgeschlossen und keine Klingel«, stellte er fest. »Jetzt fehlt nur noch ein Schild mit der Aufschrift: *Jeder dritte Besucher wird erschossen. Der zweite war gerade da.*«

Sabrina musste gegen ihren Willen lachen. »Der dicke Michael hat uns reingelegt«, sagte sie, immer noch kichernd. »Er hat uns die Adresse irgendeines Spinners gegeben. Wir sollten besser verschwinden.«

»Schon möglich. Aber was ist, wenn hier wirklich so ein Computercrack wohnt?«

»Nein.« Sabrina schüttelte den Kopf und von ihren nassen Haaren flogen tausend feine Tröpfchen auf. »Nicht mit mir. Ich will nach Hause.«

»Ach ja? Du hast wohl ganz vergessen, dass bei uns daheim gerade Hausdurchsuchung gespielt wird. Bist du so scharf darauf zuzuschauen, wie die Polizei dein Zimmer auf den Kopf stellt?« Pitt schwang entschlossen ein Bein über das Tor und war mit einem Satz auf der anderen Seite. »Nun komm schon. Mehr, als wieder rauszufliegen, kann uns nicht passieren.«

Sabrina schüttelte nochmals den Kopf. »Nicht mit mir. Ich warte hier und sehe zu, wie du dir eine Abfuhr holst.«

»Auch gut«, entgegnete Pitt wütend. Mit entschlossenen Schritten ging er auf die Haustür zu und zwängte sich dabei an dicken Rosenbüschen vorbei. Es sah alles andere als einladend hier aus. Garten und Haus waren in ziemlich heruntergekommenem Zustand. Aber das Schlimmste war: Auch an der Haustür fehlten Klingel und Namensschild.

»Mist«, murmelte Pitt. Er sah sich zu seiner Schwester um, die bleich am Gartentor lehnte und durch die Rosenbüsche hindurch einen Blick auf die Haustür zu erhaschen versuchte. Er fühlte, wie sich sein Magen zusammenkrampfte. Aber dann gab er sich einen Ruck – schließlich wollte er nichts unversucht lassen, um seinem Vater zu helfen – und hämmerte entschlossen gegen die Haustür.

Das Geräusch hallte unangenehm laut in seinen Ohren wider. Aber nichts geschah.

»Hallo«, rief er. Nicht laut, sondern gerade so, dass es jemand im Erdgeschoss hören konnte. Vielleicht sogar noch leiser. Vielleicht sogar so leise, dass ihn eigentlich *niemand* hören konnte. Womöglich wohnten ja wirklich Kriminelle hier, Dealer oder Einbrecher, die hinter den dunklen Mauern gestohlene Fernseher und Videorecorder horteten.

»Gib's auf!«, schrie Sabrina ihm zu.

Das gab den Ausschlag. »Hallo«, rief er wieder, diesmal laut und deutlich. Er wollte sich nicht nachsagen lassen, dass er es nicht wenigstens versucht hätte. Energisch hämmerte er nun gegen die Tür, wieder und immer wieder.

Gerade, als Pitt noch einmal hallo rufen wollte, wurde die Tür plötzlich aufgezogen. Er stand ziemlich verdattert mit erhobener Faust da.

»Was gibt's?«

Es war ein Junge, der diese Frage stellte, vielleicht zwei Jahre älter als Pitt. Ein schmaler Typ, mit dunklen, ernsten Augen, die ihn jetzt ärgerlich musterten. Ein weicher Flaum auf der Oberlippe und erste verräterische Pickel kündeten davon, dass er dem Erwachsenenalter deutlich näher war als Pitt.

»Erst schlägst du unsere Haustür fast ein und dann bringst du kein Wort heraus.«

»Eh«, erwiderte Pitt wenig geistreich. Er kannte dieses Gesicht, wusste bloß nicht mehr, woher.

»Hast du den Osterhasen erwartet oder warum guckst du so verstört?«

»Ich, ich …«, stammelte Pitt. Dann riss er sich zusammen. »Ich hab deine Adresse von einem Bekannten. Er hat mir gesagt, du seist ein Computerspezialist.«

»So ein Schwachsinn. Ich spiele mal gerne Adventures oder so was. Und deswegen trommelst du mich raus?«

»Ich … ich spiele auch ganz gerne.«

»Das freut mich für dich. Und wer hat dich zu mir geschickt, sagtest du?«

»Ein Idiot.«

Diesmal zeichnete sich immerhin ein Lächeln auf den Zügen des Jungen ab.

»Michael Hammerschmidt. Aber das zählt nicht. Wichtig ist, ich muss an ein ZIP-Drive rankommen. Und das unbedingt noch heute.«

»Ein ZIP-Drive, so, so.« Der Junge kniff die Augen zusammen. »So ein Teil kostet doch echt nicht mehr die Welt. Wenn's denn überhaupt ein ZIP-Drive sein muss – schließlich gibt's schon längst schnellere Zusatzspeicher mit mehr Speicherkapazität. Ich würde dir deshalb eher zu etwas anderem raten.«

»Ich brauch aber unbedingt ein ZIP-Drive«, sagte Pitt. Langsam begann sein Selbstvertrauen zurückzukehren. »Hast du denn eins?«

»Und wenn?«, fragte der Junge zurück. »Was wäre dann?«

5

Es war gar nicht so einfach gewesen, Sam – so hieß der Junge – zu erklären, warum sie ein ZIP-Drive benötigten, schließlich vertraute man einem Wildfremden nicht so ohne weiteres an, dass der eigene Vater vor ein paar Stunden von der Polizei abgeholt worden war.

Sie saßen in der Küche, an einem kleinen Frühstückstisch, auf weißen unbequemen Stühlen. Der Raum sah ungefähr so aus wie der Garten. Statt wild wuchernder Rosen und Unkraut waren es hier Geschirrstapel, leere Flaschen, Konservendosen und Essensreste, die sich nicht nur auf den Arbeitsplatten stapelten, sondern sich bereits stellenweise über den Fußboden ausbreiteten. Ein undefinierbarer Geruch hing in der Luft, und das trotz des weit geöffneten Fensters, durch das frische Regenluft hereinströmte.

»Das klingt nach einer richtigen Räuberpistole«, stellte Sam fest. »Aber ich glaube, ihr setzt zu viel Hoffnung auf die Dinger hier.« Er deutete auf die ZIP-Disketten, die vor ihm auf dem Tisch lagen. »Wenn da Daten drauf wären, die die Unschuld eures Vaters beweisen – hätte er sie dann nicht schon längst selbst der Polizei ausgehändigt?«

»Ja … schon.« Pitt breitete die Hände aus. »Aber es ist unsere einzige Chance, verstehst du?«

»Eine Chance … Aber wozu?« Sam fuhr sich durch die Haare. »Ich will dir ja nicht zu nahe treten, eh …«

»Pitt.«

»Ja, Pitt. Aber was ist, wenn dein Vater wirklich in irgendeine unsaubere Sache verwickelt ist?«

Sabrina sprang mit einem Ruck von ihrem Stuhl auf. »Komm«, sagte sie mit mühsam beherrschter Stimme. »Wir gehen. Es war ein Fehler, hierher zu kommen!«

Pitt biss sich auf die Lippen. Insgeheim gab er seiner Schwester Recht, doch dann fragte er den anderen Jungen: »Warum behauptest du so was?«

Sam schüttelte leicht den Kopf. »Ich behaupte gar nichts. Ich stelle nur Fragen.« Er beugte sich ein Stück über den Tisch. »Sieh das Ganze einmal aus meiner Warte. Ihr schneit hier rein, zwei Unbekannte, tischt mir eine unglaubliche Geschichte auf und erwartet wie selbstverständlich, dass ich alles schlucke und euch sofort helfe. Ne, Kleiner.« Er schüttelte wieder den Kopf. »So läuft das nicht.«

Pitt starrte ihn wütend an. Das *Kleiner* hätte er ihm am liebsten quer in den Mund zurückgestopft. »Ich glaube wirklich, es ist besser, wenn wir jetzt nach Hause gehen«, sagte er darauf.

»Wie du meinst.« Sam deutete auf die ZIP-Disketten, die vor ihm auf dem Tisch lagen. »Aber die bleiben hier. Ich werde sie einer genauen Überprüfung unterziehen.«

»Gar nichts wirst du!«, schrie Sabrina. »Das sind unsere Disketten. Die nehmen wir auch wieder mit!«

»Ach ja?« Sam lächelte kühl. »Erst macht ihr einen Riesenzauber wegen dieser Dinger und dann wollt ihr sie euch noch nicht einmal ansehen? Das kann ich mir kaum vorstellen.«

»Und ob ich mir die ansehen will«, sagte Pitt wild entschlossen. »Wir bleiben hier, Sabrina, und wir ziehen das bis zum Ende durch!«

Einen Augenblick herrschte gespanntes Schweigen in der Küche.

Sam hatte sich in seinem Stuhl zurückgelehnt und betrachtete die beiden Geschwister gelassen.

Sabrina war in ihrer trotzigen Pose erstarrt und Pitt saß am Tisch wie ein Pokerspieler, der auf das nächste Gebot seines Gegners wartet.

»Vielleicht habe ich da auch noch ein Wörtchen mitzureden«, meldete sich Sam schließlich wieder zu Wort. »Ihr wollt meine Hilfe, ja?« Pitt nickte. »Okay, dann machen wir ein Geschäft auf Gegenseitigkeit: Ich sehe zu, dass ich in die ZIP-Disketten reinkomme, und ihr spült in der Zwischenzeit ein bisschen ab.« Er grinste. »Meine Mutter ist nämlich gerade für ein paar Tage verreist – und die Putzfrau hat mich versetzt.«

»Das ist ... das ist ...«, begann Sabrina.

»... in Ordnung«, schloss Pitt, bevor seine Schwester dazu kam, dem älteren Jungen ihr *unverschämt* entgegenzuschleudern.

»Überhaupt nichts ist in Ordnung«, schrie Sabrina. »Sieh dir doch mal diesen Saustall hier an!«

»Meine Schwester meint das nicht so ...«, erklärte Pitt ruhig.

»Und ob ich das meine! Ich bin doch nicht bescheuert! Hier rühre ich gar nichts an. Weiß der Teufel, was man sich hier alles holen kann.«

Sams Grinsen war bei jedem ihrer Worte breiter geworden, was Sabrina noch mehr in Rage versetzte.

»Da gibt es nichts zu lachen!«, herrschte sie ihn an. »Ich bin doch nicht deine Putzfrau!«

»Und ich nicht dein Computerexperte, kleine Lady«, entgegnete er ungerührt. »Wie heißt es doch so schön: Eine Hand wäscht die andere. Und deine Hand wird mein Geschirr waschen, während ich die ZIP-Disketten zum Laufen bringe.«

Sabrina lief purpurrot an. Pitt konnte sich nur zu lebhaft vorstellen, wie sie auf das *kleine Lady* reagieren würde, wenn er sie nur ließ.

»Okay«, ging er rasch dazwischen. »Wir haben keine Zeit zu verlieren. Ich wäre dir wirklich dankbar, Sam, wenn du dich an die Arbeit machst. Wir kümmern uns währenddessen um die Küche. Aber bitte ruf uns, sobald du an den Daten dran bist.«

Sam nickte. »Einverstanden.« Er griff nach den ZIP-Disketten. »Wenn euer alter Herr die Dateien allerdings gesichert hat, kann das schon eine ganze Weile dauern.«

Ohne auf eine Antwort zu warten, erhob er sich, schob seinen Stuhl zurück und verließ mit schnellen Schritten die Küche.

»Du glaubst doch nicht etwa, ich rühre hier auch nur einen Finger«, schimpfte Sabrina, kaum dass Sam aus dem Raum verschwunden war. »Wir sollen dem Typ hier seinen Saustall ausmisten? Nicht mit mir.«

»Meinst du vielleicht, mir macht das hier Spaß?«, fuhr Pitt sie an. Er öffnete gerade die Tür unter der Spüle, schüttelte angeekelt den Kopf und machte sich dann an dem Müll zu schaffen. »Aber wir brauchen seine Hilfe. Oder glaubst du im Ernst, diese Triefnase Fred wäre in der Lage Papas Sicherheitscode zu knacken?«

»Ne, aber du auch nicht, oder?« Sabrina verzog geringschätzig die Mundwinkel. »Aus dir wird auch kein richtiger Hacker mehr.«

»Und wenn schon.« Pitt hatte den Kampf gegen den Mülleimer gewonnen und ihn von seinem angestammten Platz unter der Spüle hervorgezogen. »Tu lieber was.«

Sabrina verschränkte die Arme vor der Brust. »Ich denk gar nicht dran. Willst du den Typ etwa unbeaufsichtigt lassen?«

»Will ich nicht«, antwortete Pitt verärgert. »Wir arbeiten jetzt einen kleinen Bonus raus – und sehen dann nach, was der Knabe da oben so treibt.«

Ohne ein weiteres Wort zu verlieren, verließ er mit dem überquellenden Mülleimer die Küche.

6

Der Raum war voll gestopft mit elektronischen Geräten. Zwei Flachbildschirme und ein 21-Zoll-Monitor standen auf dem überbordenden, extra großen Schreibtisch und auf einem der Geräte tanzten flackernde Zeichen. Sam saß in einem schwarzen Ledersessel, zurückgelehnt wie in einem Liegestuhl, und wippte vor sich hin. Inmitten dieser futuristischen Umgebung sah er so lässig und gleichzeitig geheimnisvoll aus wie Han Solo im *Krieg der Sterne*, als er mit seinem schrottreifen Raumschiff den entscheidenden Angriff gegen den Kampfstern des finsteren Imperators flog.

Seine Hände lagen jedoch nicht auf der Steuerung eines Raumschiffs, sondern beschäftigten sich mit der Computertastatur auf seinen Knien, in die er gerade mit der einen Hand etwas eintippte. In der anderen hielt er eine Coladose.

Das Quietschen der Tür riss ihn aus seiner Versunkenheit. Mit einem Ruck fuhr er herum und blickte Pitt und Sabrina an.

»Was wollt ihr denn schon hier?«, fragte er. »Ich bin noch nicht so weit.«

»Aber *wir*«, erwiderte Pitt. Als Sam überrascht die Augenbrauen hochzog, fügte er schnell hinzu: »Noch nicht ganz, aber der größte Mist ist beseitigt.«

»Na, dann geht es euch ja ähnlich wie mir«, meinte Sam. »Sucht euch von mir aus ein Plätzchen.« Er griff nach der Maus, die neben ihm auf einem kleinen Tischchen lag und klickte mit ihr ein Feld auf einem der Bildschirme vor sich an. »Euer alter Herr hat ein Sicherungsprogramm benutzt, das ich nicht kenne. Aber es dürfte nicht allzu schwer sein, hinter den Algorithmus zu kommen.«

»Was ist ein *Alkoholismus*?«, fragte Pitt, während er sich nach einem freien Platz umsah – einen zu finden war gar nicht so einfach. Schließlich schob er einen Stapel alter Computerzeitschriften zusammen und ließ sich auf ihnen nieder.

»Ein Algorithmus ist nichts weiter als ein automatischer Rechenvorgang«, sagte Sam gedankenverloren. »In diesem Fall zur Verschlüsselung von Daten. Aber ich glaube, darum brauche ich mich gar nicht zu kümmern.«

»Hier sieht es ja genauso aus wie in der Küche«, warf Sabrina ein. »Ich weiß gar nicht, wo ich mich hinsetzen soll!«

Sam wedelte mit der Hand, in der er die Coladose hielt. »Da hinten links steht ein Stuhl. Es sind nur ein paar Bücher drauf. Schmeiß sie einfach runter.« Dann hantierte er wieder mit der Maus. »Ha!«, rief er plötzlich. »Hab ich dich!«

»Was ist passiert?«, fragten Pitt und Sabrina wie aus einem Mund.

»Ein blödes Programm«, antwortete Sam selbstgefällig. »Die Idioten haben das Passwort doch tatsächlich im Klartext in einer Datei abgelegt.«

»Und wie heißt es?«, fragte Sabrina.

»Es lautet: *pittsabrina*, in einem Wort und kleingeschrieben.« Sam schüttelte den Kopf. »Euer Dad ist nicht sehr einfallsreich.« Er stellte die Coladose beiseite und tippte *pittsabrina* in die Tastatur. »Nun wollen wir mal sehen«, sagte er, während er mit der Maus ein O. K.-Feld anklickte.

Auf dem 21-Zoll-Monitor baute sich ein neues Bild auf und dann huschte Seite um Seite vorbei: Bilder, Menüs irgendwelcher Programme, aber auch reiner Text. Es ging so schnell, dass die Geschwister kaum mit den Augen folgen konnten. Aber Sam hatte offensichtlich kein Problem sich in dem Chaos zurechtzufinden.

»He?«, rief er schließlich. »Ich wüsste nicht, warum man so was per Passwort schützen muss.« Er deutete mit der freien Hand auf den Schirm, auf dem zuerst ein Osterhase und dann ein Weihnachtsmann erschien. »Seht euch das an: selbst gestaltete Oster- und Weihnachtsgrüße. Wie süß.«

»Die kenn ich«, sagte Pitt schroff. »Aber da muss noch mehr drauf sein.« Ihm war plötzlich alles andere als wohl dabei, dass ein Fremder in den Dateien seines Vaters herumschnüffelte. Aber er musste sich eingestehen, dass er ohne Sams Hilfe nicht weiterkäme, selbst wenn ihm der ältere Junge seinen Platz einräumte.

»Na, dann nichts wie weiter«, sagte der gerade. Er klickte neue Dateien an und obwohl die Daten nur so über den Schirm flimmerten, dauerte es lediglich einige Minuten, bis er sich seufzend zurücklehnte und die Maus losließ. »Das war wohl nichts«, stellte er schließlich fest, nahm seine Coladose hoch und trank einen Schluck.

»Ist denn nichts darauf, was uns weiterhilft?«, fragte Sabrina enttäuscht.

»Ne, Mädel, nicht die Bohne. Jedenfalls nichts, was ich auf den ersten Blick entdecken könnte. Es kann natürlich immer noch etwas auf dem Bodensatz einer Datei versteckt sein oder speziell gesichert. Aber das traue ich keinem zu, der als Passwort die Namen seiner Kinder aneinander hängt.«

»Und was jetzt?«

»Auf zur nächsten Diskette«, antwortete Sam. »Schließlich haben wir drei davon.« Er beugte sich vor und wechselte die Disketten aus. »Zweiter Versuch«, sagte er und machte sich wieder an die Arbeit.

Pitt und Sabrina beobachteten mit wachsendem Unbehagen, wie die persönlichen Daten ihres Vaters auf dem Bildschirm erschienen. Die Urlaubsfotos, bearbeitet und verfremdet unter Mithilfe der Geschwister. Zahlenkolonnen der privaten Haushaltsausgaben, die nun wirklich keinen Fremden etwas angingen. Kopien von Faxformularen, kleine Textbausteine, selbst entworfene Visitenkarten.

»Da ist nichts dabei, aber auch gar nichts«, sagte Sam schließlich enttäuscht. Er spielte mit seiner Coladose, stellte sie aber achtlos weg, nachdem er einen weiteren Schluck genommen hatte. »Wenn auf der letzten auch nichts drauf ist, war die ganze Aktion wohl umsonst. Möchte mal wissen, warum euer alter Herr so einen Schrott mit einem Passwort schützt.«

»Aber es muss etwas da sein!«, rief Pitt verzweifelt. »Papa hat doch auch berufliche Dinge auf seinem PC bearbeitet.«

»Na, dann sehen wir mal weiter.« Sam hatte mittlerweile den letzten Datenträger eingelegt und den Suchvorgang per Mausklick gestartet. »Aber viel Hoffnung habe ich nicht mehr.«

Wieder zogen in rascher Folge verschiedene Bildschirminhalte an ihnen vorbei. Pitt spürte, wie sich sein Magen zusammenkrampfte. Es konnte doch nicht alles umsonst gewesen sein!

»He hoppla, was ist denn das?«, sagte Sam plötzlich. »Das sieht ja schon viel besser aus!« Er führte einige schnelle Mausklicks hintereinander aus. Ein paar Zahlenkolonnen tanzten über den Schirm, dann stabilisierte sich das Bild. Es waren komplizierte Tabellen, mit farbig unterlegten Feldern, Formeln, dann Geschäftsgrafiken, bunte Kleckse im tristen Zahleneinerlei.

»Na also, da sind zumindest schon einmal berufliche Daten eures Vaters. Allerdings weiß ich nicht, mit welchem

Programm sie erstellt wurden. Excel oder ein ähnliches Standardprodukt ist das jedenfalls nicht.«

»Aber wie kannst du dir dann das Ganze überhaupt ansehen?«, fragte Pitt überrascht.

Sam grinste. »Das ist nun wirklich eine der leichtesten Übungen. Man nimmt einen *Viewer* …«

»Einen was?«

»Na einen Viewer eben, auf gut Deutsch: einen Dateibetrachter. Das ist ein Programm, mit dem man beliebige Daten einsehen kann. Oder zumindest – fast beliebige Daten. Wenn man weiß, welchen Viewer man einsetzen muss.«

»Klingt ganz schön kompliziert«, meinte Sabrina. »Aber Hauptsache, wir sind drin. Bringt uns das nun irgendwie weiter?«

»Weiß ich noch nicht«, musste Sam zugeben. »Jetzt müssen wir eben ein bisschen rumstöbern.« Er pfiff durch die Zähne. »Das hier sind garantiert Daten, die uns normalerweise nichts angehen. Die Meyer GmbH hat letztes Jahr einen Kredit von neunhundertfünfzigtausend Euro bekommen. Steht alles hier drin: Zinssätze, Bearbeitungsgebühren, Rückzahlungsbedingungen.«

»Mich interessiert aber kein Meyer«, maulte Sabrina.

»Gemach, gemach, junge Dame.« Sam war offensichtlich ganz in seinem Element. Die Augen des Jungen strahlten und seine Körperhaltung drückte gespannte Aufmerksamkeit aus. Pitt spürte, wie die Erregung langsam auch auf ihn übergriff.

»Ich bin natürlich kein Finanzexperte«, sagte Sam, der bereits das nächste Berechnungsblatt der Meyer GmbH angeklickt hatte. »Deswegen kann ich auch nicht sagen, ob es hier irgendwelche Unregelmäßigkeiten gibt … Aber halt, *was ist denn das*?«

»Was meinst du?«, fragte Sabrina gespannt.

»Ich bin mir nicht ganz sicher.« Sam schüttelte den Kopf. »Wahrscheinlich sehe ich schon Gespenster.« Er deutete auf eine Zahlenkolonne unter der Überschrift *Zinslast*. »Fällt dir da was auf?«

Sabrina starrte so angestrengt auf den Bildschirm, bis sich ein unangenehmer Druck hinter ihrer Stirn bemerkbar machte. »Überhaupt nichts«, gestand sie. »Was sollte mir denn auffallen?«

»Die Vorzeichen«, meinte Sam leise. »Irgendetwas stimmt da nicht.« Er drehte sich zu den Geschwistern um. »Am besten kommt ihr beide einmal her und guckt euch das aus der Nähe an.«

»Ich seh überhaupt nichts außer Zigtrillionen Zahlen«, sagte Pitt. »Also spuck schon aus, was du entdeckt hast.«

»Die … die Vorzeichen«, stammelte Sam aufgeregt. »Seht ihr es denn nicht?«

Pitt schüttelte den Kopf. »Ich weiß nicht, was du meinst.«

»Na, habt ihr schon mal gehört, dass ein Unternehmen Zinsen für einen Kredit *gezahlt* bekommt?«

Sabrina seufzte. »Tut mir Leid.« Ihre Stimme klang leicht genervt. »Ich weiß überhaupt nicht, wovon du sprichst.«

Sam ließ den Ledersessel zu ihr herumschwenken. »Wenn ein Unternehmen Geld braucht, leiht es sich das bei der Bank«, erklärte er. »Aber das kostet was. Die Firma muss der Bank im Laufe der nächsten Jahre nicht nur das geliehene Geld zurückzahlen, sondern noch viel mehr. Und das nennt man Zinsen. Davon lebt die Bank.«

»Ich weiß«, sagte Sabrina ärgerlich. »Ich bin ja nicht blöd.«

»Schön für dich. Aber wenn das da«, Sam deutete hinter sich auf den Bildschirm, »tatsächlich stimmt, dann ist es in diesem Fall genau anders herum gelaufen.«

»Was willst du damit sagen …?«, fragte sie irritiert.

»Ganz einfach, die Süddeutsche Bank hat der Meyer GmbH nicht nur Geld geliehen, sie hat dieser Firma auch noch zusätzlich dafür Geld gegeben. Statt nämlich die Zinsen einzunehmen, hat sie die an die Meyer GmbH *ausbezahlt*!«

Einen Moment herrschte absolutes Schweigen im Raum. Es war nichts weiter zu hören als das Summen der Computer.

Schließlich stellte Pitt fest: »Das bedeutet also: Ich leih dir zehn Euro und weil du so großzügig bist, mein Geld anzunehmen, geb ich dir noch einen obendrauf.«

Sam nickte. »Sehr richtig, mein Freund. Immer vorausgesetzt, dass das, was ich hier gefunden habe, der Wahrheit entspricht. Vielleicht ist es ja auch nur ein Schreibfehler oder so.«

»Aber das wäre ja eine ungeheure Sauerei«, entfuhr es Sabrina.

»Kann man so sagen«, gab ihr Sam Recht. »Kein Wunder, dass sie euren Vater in den Knast gesteckt haben.« Als er sah, wie Sabrina erbleichte, fügte er hinzu: »Womit ja nicht gesagt ist, dass er hinter der Sache steckt.«

»Aber was machen wir jetzt?«, fragte Pitt. »Wir wissen ja noch nicht einmal, ob dies wirklich die Betrugsgeschichte ist, die unser Vater entdeckt hat.«

»Stimmt«, bestätigte Sam. »Obwohl einiges dafür spricht. Ich vermute, der Bankcomputer wurde massiv manipuliert. Irgendwie sind Geldströme in die falsche Richtung gelenkt worden.«

»Und wie?«, fragte Pitt.

»Geld wechselt den Besitzer oft nur noch über Datenleitungen, als Zahlenkolonnen. Das eröffnet Betrügern natürlich ganz neue Möglichkeiten. Wenn die Bank eine Zahlung von – sagen wir einmal – zehntausend Euro erwartet, dann nur deshalb, weil es ihr der Computer so sagt. Wenn auf seinem Bildschirm dagegen steht, dass die Bank an denselben Kunden stattdessen zehntausend Euro zu zahlen hat, dann passiert eben das.«

»Es gibt aber doch immer noch zusätzlich schriftliche Unterlagen«, warf Sabrina ein.

»Anzunehmen.« Sam nickte. »Und das ist wahrscheinlich auch der Grund, warum dein Vater in Verdacht geraten ist. Denn es müsste ja jemand in der Bank sein, der auch die schriftlichen Unterlagen fälscht.«

»Das sind doch alles nichts weiter als Vermutungen«, wandte Pitt ein.

»Stimmt. Wir könnten da allerdings ein bisschen rumstochern.«

»Und wie soll das gehen?«

»Wir spazieren einfach übers Internet ins Firmennetz der Bank und versuchen mal, ob wir nicht dem wahren Täter ein wenig auf die Finger klopfen können.«

7

Übers Internet in einen Bankcomputer zu spazieren – das war dann doch nicht ganz so einfach. Eine Stunde später saßen die drei immer noch vor dem PC. Pitt hatte mittlerweile einen verkrampften Nacken vom angestrengten Starren auf den Schirm. Sabrina hatte sich eine schmale Gasse durch die Unordnung geräumt, auf der sie nun unruhig hin- und hertigerte.

Nur Sam hockte nach wie vor entspannt in seinem Ledersessel und hämmerte ungerührt auf die Tastatur ein. Sein Zeitgefühl schien sich von dem der Geschwister vollkommen zu unterscheiden. »Wir müssen irgendein anderes Schlupfloch zum Bankcomputer finden«, sagte er gut gelaunt. »So einfach komme ich da jedenfalls nicht rein.«

»Oooch«, machte Sabrina. »Wie lange soll das denn noch dauern?«

»Lange?«, fragte Sam in gespieltem Entsetzen. »Es ist doch nicht einmal Abend. Wenn du das nach drei durchhackten Nächten fragen würdest, aber so ...«

»Na, jedenfalls haben *wir* nicht die ganze Nacht Zeit«, meinte Sabrina. »Wir müssen um acht Uhr zurück sein.«

»Und *ich* habe keinen Vater im Knast«, erwiderte Sam ärgerlich. »Von mir aus könnt ihr das auch alleine probieren.«

Müde schaltete sich Pitt ein: »Bitte keinen Streit. Wir sind dir sehr dankbar, Sam. Sabrina ist nur etwas nervös.« Zum Glück verzichtete Sabrina diesmal darauf, eine Bemerkung nachzuschieben.

»Wo liegt denn überhaupt das Problem?«, fragte Pitt nach einigen Sekunden angespannten Schweigens.

»Es ist inzwischen nicht mehr ganz so einfach, in einen Bankcomputer zu gelangen«, sagte Sam. »Was die Sache erst interessant macht. Der Mensch wächst schließlich an seinen Aufgaben.«

»Das mag ja sein.« Pitt konnte nicht verhindern, dass in seiner Stimme Enttäuschung mitschwang. »Aber besteht denn überhaupt noch die Chance, heute da reinzukommen?«

»Aber klar. Eine Chance gibt es immer.« Sam schob die Tastatur von den Knien und massierte sich den Nacken. »Ein anderer Ansatz. Ich muss es irgendwie anders versuchen.« Er drehte sich zu Pitt um. »Die Serviceleitung ist zum Beispiel ein guter Angriffspunkt. Man muss die Nummer rauskriegen, unter der die Servicetechniker an den Computer kommen, und dann ihr Passwort knacken. Das geht, wenn man die Telefonleitung anzapft ...«

»Entschuldige«, unterbrach ihn Sabrina. »Aber das klingt doch ein bisschen zu sehr nach James Bond. So was können wir ja gar nicht.«

»*Kann nicht, gibt's nicht*«, antworteten Sam und Pitt wie aus einem Munde. Sie sahen sich überrascht an und brachen dann in Gelächter aus.

»Na wunderbar. Jetzt habe ich gleich zwei Idioten, die mich mit diesem Quatsch vom positiven Denken annerven.«

»Okay, okay, also Fakten.« Sam winkte mit der Hand ab. »Der Chaos Computer Club macht seit Jahren vor, wie sich Jugendliche in die größten Netze einhacken können. Die waren sogar schon im NASA-Computer. Aber so weit wollen wir ja gar nicht gehen. So eine schwere Übung ist das wirklich nicht.«

Er nahm die Tastatur wieder auf. »Vielleicht finde ich ja

auf der ZIP-Diskette einen Hinweis. Sehen wir uns doch zuerst einmal an, welche Dateien hier versteckt sind.« Er klickte ein paarmal mit der Maus. »Versteckte und schreibgeschützte Dateien, das sind doch unsere Lieblinge. Es ist immer ein bisschen wie Schatzsuche. Nun, wollen mal sehen, was wir hier an Land gezogen haben.« Er deutete auf den Bildschirm, dort hatte sich ein Fenster geöffnet, in dem oben EIGENSCHAFTEN VON ANMELDOC stand. »Eine Anmeldedatei. Klingt ja nett. Leider meldet sie uns aber nicht an den Bankcomputer an.«

»Was genau suchst du denn?«, fragte Pitt.

»Es könnte sein, dass hier eine Anmeldeprozedur drauf ist«, erklärte Sam. »Hat sich euer Vater denn gelegentlich von zu Hause aus in den Bankcomputer eingeklinkt?«

»Aber ja.« Pitt nickte begeistert. »Er hat manchmal über ADSL Daten abgerufen.«

»Sehr gut. Sogar ganz ausgezeichnet.«

Sams Finger huschten nur so über die Tastatur. Mehrere Fenster gingen hintereinander auf. Und ihnen allen gemeinsam war der exakt gleiche Aufbau vor grauem Hintergrund, links oben war jeweils ein neues kleines Symbol zu erkennen. »Was haben wir denn hier?«, sagte er schließlich zufrieden und deutete auf den Schriftzug EIGENSCHAFTEN VON KRKLOG. »Das könnte es sein. Einen so bescheuerten Dateinamen vergibt man eigentlich nur, wenn man nicht will, dass jemand gleich vom Namen auf die Funktion schließt.«

»Könnten wir unseren Schatz gefunden haben?«, fragte Sabrina hoffnungsvoll.

»Durchaus, durchaus.« Sam fummelte jetzt mit der Maus herum, und auf dem Bildschirm erschien ein anderes Fenster, in dem oben DFÜ-VERBINDUNG stand. Er klickte auf VERBINDUNG HERSTELLEN. »Jetzt wird's spannend«, verkündete er. »Wenn diese Datei wirklich das ist, für was ich sie halte, kommen wir vielleicht direkt durch die Vordertür in den Bankcomputer.«

Ein Balken kroch ruckelnd von links nach rechts über den Schirm. Sams Computer meldete sich jetzt im Internet an. Als der Balken nach quälend langsam verstreichenden Sekunden den rechten Rand des Bildschirms erreicht hatte, sprang ein neues Fenster auf. Bevor Pitt entziffern konnte, was darin stand, wurde es wie von einer Riesenfaust hinweggewischt. Ein hässlicher blauer Vordergrund überdeckte alle anderen Bildschirminhalte. In Großbuchstaben standen nun zwei Zeilen übereinander.

NAME:
PASSWORT:

Darunter waren ein Balken zu erkennen, der sich fast unmerklich von links nach rechts bewegte, und folgender Text:

ACHTUNG: SIE HABEN ZWEI MINUTEN ZEIT. DANACH WIRD DIE VERBINDUNG AUTOMATISCH ZURÜCKVERFOLGT UND IHR PASSWORT WIRD GELÖSCHT.

»Oh, verdammt«, meinte Sam. »Die schmeißen uns nach zwei Minuten raus. Und dann kommen wir nicht mehr rein, selbst wenn wir das richtige Passwort hätten. Wie heißt euer Vater?«

»Frank Wolters«, antwortete Pitt.

»Okay, auf in den Kampf.« Sam hämmerte den Namen in die Tastatur.

Sofort stand der Schriftzug auf dem Bildschirm, blinkte zweimal auf und verschwand wieder. Zurück blieb die Aufforderung PASSWORT, drohend und unerbittlich. Der Balken unter dem Wort war mittlerweile ein Stück weitergekrochen. Und es war klar: Wenn er den rechten Rand des

Bildschirms erreichte, würde er sie für immer von jedem weiteren Zugriff ausschließen.

»Also, versuchen wir es. Mit ein wenig Glück benutzt euer Vater immer das gleiche Passwort.« Er tippte langsam und sorgfältig *pittsabrina* ein.

Augenblicklich erschien auf dem Schirm ein hässliches Orange.

Drohend blinkte nun ein anderer Schriftzug auf.

FALSCHES PASSWORT. SIE HABEN
NOCH ZWEI VERSUCHE
UND EINE MINUTE SIEBENUNDZWAN-
ZIG SEKUNDEN.

»Mist«, fluchte Sam. »Euer Vater ist ja richtig kreativ bei der Passwortvergabe.«

»Wir müssen uns beeilen«, sagte Pitt. »Der Balken ...«

»Gemach, gemach«, murmelte Sam. »Wenn wir unsere zwei Versuche zu schnell verschleudern, sind wir direkt draußen.«

Während er das sagte, ruckte der Balken wieder ein Stückchen nach vorn. Es waren immer kleine Sprünge, mit denen er sich bewegte. Umso bedrohlicher wirkte jeder einzelne Ruck.

»Vielleicht ... vielleicht hat er unsere Namen nur andersherum aneinander gehängt«, sagte Pitt aufgeregt.

In diesem Moment erreichte der Balken mit einem großen Satz die Mitte des Bildschirms. Sabrina murmelte: »Oh Gott, nur noch eine Minute.«

»Okay, ich versuche es«, meinte Sam entschlossen. Mit fast quälender Langsamkeit tippte er das Wort *sabrinapitt* ein und schickte es auf die Reise.

Sofort verwandelte sich das Orange in ein giftiges Grün. Die Geschwister und Sam zuckten zusammen. Entsetzt lasen sie:

FALSCHES PASSWORT. SIE HABEN
NOCH EINEN
VERSUCH UND DREIUNDFÜNFZIG
SEKUNDEN.

Zu allem Übel rückte der Balken erneut weiter. Die Zeit lief ihnen davon und sie hatten keine Ahnung, wie das richtige Passwort lautete!

»Wann hat euer Vater Geburtstag?«, fragte Sam.

»Am dritten April«, antwortete Pitt wie aus der Pistole geschossen.

»Und in welchem Jahr?«

»War das nicht neunzehnhundertsechsundsechzig? Oder neunzehnhundertfünfundsechzig?« Pitt wandte sich an seine Schwester. »Weißt du es?«

Sabrina war mitten im Raum stehen geblieben. Sie hatte den Mund geöffnet, als wolle sie etwas sagen. Aber dann schüttelte sie den Kopf. »Nein«, erwiderte sie kleinlaut. »Weiß ich nicht mehr.«

»Okay, dann vergessen wir das Geburtsdatum«, sagte Sam rasch. Sorgenvoll beobachtete er den Balken, der unbeirrt auf den rechten Rand zuhielt. »Wie heißt eure Mutter?«

»Laura«, rief Sabrina sofort.

»Hat sie noch einen zweiten Vornamen?«

»Hmmm – Pitt, weißt du es?«

»Er liegt mir auf der Zunge«, antwortete Pitt verzweifelt. »Erika? Erna? Elfi?« Als der Balken wieder ein Stück weiter schnellte, zuckte er zusammen. »Jetzt hab ich's!«, schrie er. »Edelgard!«

»Edelgard«, meinte Sam nachdenklich. »Setze ich den ersten vor den zweiten Vornamen oder mach ich es umgekehrt?«

»Umgekehrt!«, schrie Sabrina. »Nun aber los!«

Sie hatte Recht. Es war jetzt ganz egal, in welcher Reihenfolge Sam den Namen eingab – wenn er es nicht augenblicklich tat, war es sowieso zu spät. Der Balken würde den rechten Rand in wenigen Sekunden erreicht haben.

»Also gut«, zischte Sam. Seine Finger bewegten sich mit unglaublicher Geschwindigkeit über die Tastatur. Es war ein Kampf gegen die Uhr. Die Geschwister starrten schweigend und mit wachsendem Entsetzen auf den unbeirrt weiterruckelnden Balken.

»Oh, Mist!«, fluchte Sam. »Ich hab mich vertippt.« Er drückte hektisch auf die Löschtaste. »Dafür nehme ich jetzt die andere Reihenfolge.«

Der Balken schien sich jetzt ein kleines Stück zurückzuziehen, als nehme er Anlauf für den letzten, alles entscheidenden Sprung.

Ein leichtes Zittern lief über den Bildschirm und einen Moment dachte Pitt, der Computer bebe mit ihnen. Aber es war nur Sam, der vor lauter Hektik an den Tisch gestoßen war.

Pitt glaubte, sein Herz bleibe stehen, und hinter ihm stieß Sabrina erschrocken die Luft aus: Der Balken rutschte wieder ein Stück vor.

Durch das Zittern des Monitors bekam seine Bewegung etwas geradezu gespenstisch Menschliches – ein zögerndes Flackern vor dem endgültigen Schlag. So, als könne er sich nicht entscheiden, ob er dem letzten Passwortversuch ein vorzeitiges Ende setzen wollte.

Er tat es nicht. Nur wenige Millimeter vor dem rechten Rand kam der Balken abermals zum Stillstand. Sam hackte die letzten fehlenden Zeichen in die Tastatur. Es konnten nur noch Sekundenbruchteile sein, bis der Bankcomputer sie aus dem Rennen warf.

Dann schnellte der Balken vor. Sam drückte die Eingabetaste.

Pitt konnte sich später nicht mehr recht erinnern, was dann zuerst geschah. In diesem Moment jedoch wusste er nur mit unerschütterlicher Sicherheit, dass es aus war, dass der Bankcomputer sie rauswarf.

Die Bildschirmfarbe veränderte sich erneut. Diesmal baute sich ein dunkelblauer Hintergrund mit weißer Schrift auf.

    Guten Tag, Herr Wolters

Und in den nächsten Zeilen stand:

    Drücken Sie die Eingabe-Taste,
    wenn Sie das nächste Menü
    eröffnen wollen. Drücken Sie
    die Escape-Taste, wenn Sie die
    Verbindung zurücksetzen wol-
    len.

Sam stieß seinen Ledersessel zurück. Der Inhalt seiner Coladose ergoss sich über mehrere Zeitschriften und sickerte auf den Teppichboden. »Wir haben es geschafft!«, brüllte er. »Wir haben es tatsächlich geschafft!« Er hieb mit der Faust auf die Lehne seines Stuhls. »Verdammt, war das knapp. Ich hätte nicht gedacht, dass wir wirklich reinkommen!«

8

Es blieb ihnen keine Zeit für eine Ruhepause. Die Verbindung stand und jetzt ging es darum, die Gunst der Stunde zu nutzen. Sam hackte minutenlang konzentriert in seine Tastatur, nur unterbrochen von einem gelegentlichen Griff zur Maus. Schließlich richtete er sich aus seiner nach vorne gebeugten Haltung auf und massierte sich den Nacken.

»Ich verstehe das nicht«, sagte er. »Alles in Ordnung bei der Meyer GmbH. Jedenfalls, soweit ich das beurteilen kann.« Er deutete auf den Bildschirm. »Die zahlen brav Monat für Monat ihre Zinsen. Dabei sinkt ihre Schuld langsam, aber sicher. Es sind jetzt noch achthundertzweiundsiebzigtausend Euro.«

Er griff nach einer anderen Tastatur, die auf dem Schreibtisch stand, und tippte etwas ein. Kurz darauf flackerte der zweite Bildschirm auf. Auch er zeigte eine Tabelle wie der erste Monitor. Zahlen über Zahlen, die zu überfliegen Sam offenbar keine Mühe machte.

»In der Tabelle eures Vaters steht klipp und klar, dass die jeden Monat fünftausend Euro von der Bank überwiesen bekommen haben. Der Bankcomputer sagt genau das Gegenteil.« Sam schüttelte den Kopf. »Ich verstehe nicht, woher euer Vater diese Daten hat.«

»Was ist denn das da unten für ein Zeichen?«, fragte Pitt plötzlich.

»Wo?«

Der Junge erhob sich von seinem Zeitschriftenstapel und

kämpfte sich mühsam an Sam vorbei nach vorne. Irgendetwas knirschte unter seinen Füßen. Es war die Coladose, die unter Pitts Gewicht endgültig ihre Form verlor. Schwarze Flüssigkeit sickerte aus ihr hervor und weichte die Zeitschriften weiter ein.

»Da«, sagte Pitt und deutete auf den unteren rechten Bildschirmrand, »dieses komische Zeichen meine ich.«

Sam folgte seinem Blick. In der Ecke war ein Zeichen zu sehen, das fast wie ein missglücktes Ypsilon aussah: γ.

»Ich glaub, das ist irgendein griechischer Buchstabe«, sagte Sam.

Pitt nickte. »Das ist ein *Gamma*. Der griechische Buchstabe für *G*.«

»Kein Wunder, dass dir so was auffällt«, warf Sabrina ein, die Pitts Vorliebe für die Antike kannte.

»Eigentlich sollte es nicht da sein«, unterbrach Sam sie. »Ein solches Zeichen in einem Bankformular? Das ist seltsam.«

»Ob seltsam oder nicht«, sagte Pitt, »lass uns doch mal ausprobieren, was passiert, wenn wir darauf klicken.«

Sam zuckte mit den Schultern. »Von mir aus.« Er beschrieb mit der Maus einen eleganten Kreis und klickte das Gamma an.

Es geschah – nichts. Die Tabelle stand nach wie vor auf dem Bildschirm.

»Das war wohl nichts«, kommentierte Sam das Ergebnis trocken.

»Darf ich mal?«, fragte Pitt mit vor Erregung heiserer Stimme.

»Was?«

»Lässt du mich mal an den Rechner?«

»Ne, Freundchen«, knurrte Sam. »Wenn du eine Idee hast, dann spuck sie aus.«

»Es ist … vie…vie…vielleicht«, begann Pitt stotternd. Seine Wangen glühten. »Ich meine, vielleicht bringt es ja auch nichts.«

»Was, bitte schön, bringt nichts?«

Pitt machte einen Schritt rückwärts. Sein rechter Fuß landete wieder auf der Coladose. »Tipp doch einfach mal *Gamma* dort ein, wo das komische Zeichen steht«, sagte er schließlich.

»Verrückte Idee. So was gefällt mir«, meinte Sam freundlich und folgte sofort der Aufforderung. »Wie du siehst, siehst du nichts.«

In der Tat zeigte der Bildschirm nach wie vor unbeirrt dieselbe Tabelle. Pitt schüttelte verzweifelt den Kopf. »Wenn du mich nur einmal an den Computer lassen würdest …«

»Sag mir einfach, was ich ausprobieren soll. Ich bin für jeden Unsinn zu haben. Manchmal kommt man diesen Kisten nur mit verrückten Ideen bei.«

»Wir sollten einfach … einfach das griechische Alphabet durchgehen«, erwiderte Pitt. »Versuch's mal mit *Alpha*.«

»Wie du meinst«, sagte Sam. »Schreibt man mit ›ph‹, ja?«

Pitt nickte und beobachtete gespannt, wie dieser nächste Versuch verlief. Zu seiner Enttäuschung blieb auch diesmal alles beim Alten.

»Also denn«, sagte er. In seine Stimme mischte sich Enttäuschung. »Jetzt kommt *Beta*«, sagte er. Mit zusammengebissenen Zähnen beobachtete er, wie auch dieser Versuch scheiterte. »Gamma hatten wir schon«, sagte er zerknirscht. »Nehmen wir also *Delta*.«

Im Gegensatz zu ihm wirkte Sam kein bisschen frustriert. »Auf ein Neues«, sagte er fröhlich und hämmerte *Delta* in die Tastatur.

Als der Bildschirm auch diesmal keine Veränderung zeigte, hielt Pitt es nicht mehr aus. »So ein Mist«, fluchte er.

»Das bringt alles nichts. Vielleicht sollten wir lieber Schluss machen …«

Alles Weitere blieb ihm im Hals stecken. Plötzlich lief ein Zittern durch das Bild. Es sah aus, als würden die einzelnen Zeilen, Zahlen und Buchstaben in einen unsichtbaren Trichter in der Bildschirmmitte rutschen, der sie aufnahm und am unteren Monitorrand verschwinden ließ.

»Was ist denn das?«, fragte Sam alarmiert.

Sabrina blieb mitten im Schritt stehen und verrenkte sich den Hals, um mitzubekommen, was geschah.

»Ich kenne einen Scherzvirus, der so etwas macht«, sagte Sam. »Aber … mein Gott … Was passiert denn *jetzt*?«

Die Tabelle war mittlerweile vollkommen verschwunden. Das Bild begann nun förmlich zu zersplittern, als würden im Inneren des Monitors Dutzende kleiner Kobolde mit Hacke und Schippe am Werk sein, um das Glas zu zerschlagen. Sprünge und Zacken liefen über die Bildschirmoberfläche und aus den Lautsprechern erklang ein merkwürdiges Rumpeln und Grollen.

Sam sprang aus seinem Sessel auf und langte zum Schirm hinüber. Seine Finger fuhren über das Glas, das mittlerweile tausende feiner Fäden durchzogen, wie bei einem Spinnennetz im hellen Sonnenlicht. Er versuchte die Fäden zu greifen, aber alles was er spürte, war das kalte kühle Glas der Bildschirmoberfläche und das merkwürdige Kribbeln des elektromagnetischen Feldes, das der Monitor abstrahlte.

»Mein Gott, was ist das denn?«, schrie Sabrina.

»Ich weiß es nicht«, gab Sam zurück. »Aber es ist nicht real. Es ist nur … eine Illusion.«

Das Rumpeln und Grollen schwoll zu einem ohrenbetäubenden Lärm an. Sams rechte Hand zuckte zum Lautstärkeregler seiner Boxen vor und drosselte den Ton.

Doch damit war es bei weitem noch nicht zu Ende. Ein

erneutes Kriseln ging durch das Bild. Etwas schien von innen nach außen zu drücken; es wirkte, als würde das Glas jeden Moment zerspringen. Die drei sahen fassungslos mit an, wie die Mitte des Bildschirms aufklappte. Ein merkwürdig dreinblickender Vogel hackte mit seinem Schnabel gegen das Glas. Irgendetwas splitterte. Dann schob sich der Vogelkopf durch einen Wust von Glassplittern – und schien jeden von ihnen mit seinen kalten schwarzen Augen zu mustern.

»Es ist nicht echt«, murmelte Sam. Aber das nutzte nichts. Die Animation wirkte viel zu wirklichkeitsgetreu.

Der Vogel drehte den Kopf und stieß ein merkwürdiges heiseres Krächzen aus. Bewegung und Kopfstellung erinnerten Pitt unangenehm an den Riesenvogel Ka aus einem alten Märchenfilm von *Tausendundeine Nacht*, den er einmal im Fernsehen gesehen hatte.

Das seltsame Tier stieß sich flatternd ab und hielt auf einen Ast zu, der sich plötzlich in den oberen Bildrand schob. Mit einem letzten kraftvollen Flügelschlag ließ sich der Vogel darauf nieder.

Das Bild begann sich im selben Moment wieder zu stabilisieren. Die Glassplitter wurden wie von einem unsichtbaren Staubsauger nach unten weggezogen. Wie zuvor die Ziffern und Buchstaben aus der Tabelle schlingerten nun auch die Glassplitter auf die untere Kante zu. Ein fürchterliches Knirschen und Krachen drang aus den Lautsprechern, nur unterbrochen durch ein hässliches Krächzen des Vogels Ka. *Schruuuups* machte es, dann waren die Glasteilchen auf einen Schlag verschwunden. Stattdessen baute sich nun ein anderes Bild auf. Vor grauem Untergrund erschien ein orangefarbener Schriftzug.

OPERRATION DELTA

Die Zeile drehte sich um die Mittelachse und rotierte dann

immer schneller aus dem Sichtbereich. Der Vogel saß nach wie vor auf seinem Ast und schaute dem Ganzen scheinbar interessiert zu. Dann trudelte aus der linken oberen Ecke ein neuer Satz in die Bildmitte:

KENNWORT EINGEBEN:

»Nicht schon wieder«, stöhnte Sam. »Die wollen auch noch ein Passwort von uns.«

»Mist«, sagte Pitt erschöpft. »Aber wo sind wir denn hier überhaupt?«

Sam antwortete nachdenklich: »Nicht mehr im Bankcomputer, so viel steht fest. Deine Idee hat uns wirklich weitergebracht.« Er schüttelte den Kopf. »Es ist *unglaublich*. Aus dem Banknetz sind wir durch die Eingabe dieses Wortes *Delta* in irgendetwas anderes hineingeraten. Ich schätze, das ist ein geheimer Rechner ...«

»Ist es nicht gefährlich, wenn wir hier so einfach einbrechen?«, unterbrach ihn Sabrina.

Sam wirkte einen Moment lang verwirrt. Dann nickte er langsam. »Das ist wirklich eine sehr gute Frage«, gestand er ein. »Aber dazu müsste irgendjemand merken, dass wir unerlaubt eingedrungen sind. Wenn wir nicht versuchen die Frage nach dem Kennwort zu beantworten, kann da eigentlich nichts passieren.«

Sabrina sagte nichts darauf, obwohl sie das *eigentlich* in Sams Feststellung nicht unbedingt beruhigte. Aber dann zog der Bildschirm ihre Aufmerksamkeit wieder auf sich. »Guckt mal«, rief sie, »die Schrift fängt an zu blinken.«

Offensichtlich sollten Besucher des Systems der Operation Delta nicht in Ruhe gelassen werden. Der Schriftzug pulste immer schneller.

»Was soll das?«, fragte Pitt irritiert.

»Das könnte so etwas wie der Balken von vorhin sein«, sagte Sam leise, während er einen Schalter auf dem Tisch betätigte. »Ein Zeichen, dass die Verbindung gleich unterbrochen wird.«

Der Rabe im rechten oberen Eck stieß wie zur Bestätigung ein schauerliches Krächzen aus und schlug zwei- oder dreimal kräftig mit den Flügeln. Währenddessen flammte der dritte Monitor langsam auf, den Sam gerade eingeschaltet hatte.

»Sehen wir doch mal, was sich über die Verbindung herausbekommen lässt«, meinte er grimmig.

Auf dem neu zugeschalteten Bildschirm war nicht mehr zu erkennen als ein wüster Zeichensalat in weißer Schrift auf schwarzem Grund. Offensichtlich eine Sache für Spezialisten. Aber genau das war Sam ja auch.

»Die Verbindung läuft rund um den Globus!« Sam fluchte. »Zuerst London, dann Amerika ... Moment, jetzt geht's über Satellit nach Tokio. Sieht so aus, als wolle da jemand gründlich seine Spuren verwischen.«

»Was hat das zu bedeuten?«, fragte Pitt.

»Kann ein Zufall sein«, murmelte Sam. »Aber das glaube ich nicht.«

Der Rabe stieß sich ab und hielt auf die Bildschirmmitte zu. Dort hackte er mit wilden Schnabelhieben auf den mittlerweile heftig pulsierenden Schriftzug ein.

»Ich glaube, wir haben nicht mehr viel Zeit.«

»Stimmt!«, schrie Sam. »Da kommt mir was entgegen! Die haben einen Spürhund losgeschickt.«

Er kam nicht mehr dazu zu erklären, was er damit meinte. Der Vogel hatte den ganzen Schriftzug OPERATION DELTA mit seinem spitzen Schnabel gepackt und wirbelte ihn hin und her. Dann ließ er ihn plötzlich los und hackte einzelne Stücke aus den beiden Wörtern. Zerstörte Buchstaben trudelten über den Bildschirm und entglitten links und rechts dem Sichtfeld.

Sam sprang aus seinem Sessel hoch und eilte zu einer Steckdosenleiste, die hinter den Monitoren an der Wand angebracht war. Achtlos stieß er einen Stapel Bücher um, rutschte auf einem Zeitschriftenhügel aus und schlitterte auf ihm zwei Meter weiter. Krachend schlug er gegen den Tisch. Nur mit Mühe fand er sein Gleichgewicht wieder. »Die sind schon in Tokio!«, schrie er. Entsetzen schwang in seiner Stimme mit. »Jetzt haben sie den Satelliten erwischt! Gleich haben sie uns!«

Er versuchte mit einem verzweifelten Sprung die Steckdosenleiste zu erreichen. Der Vogel stieß gleichzeitig einen schrillen Schrei aus, hielt einen winzigen Augenblick inne, schien Sam zu fixieren und sprang ihm dann mit wütenden Flügelschlägen entgegen. Sam zuckte mitten im Sprung zusammen. Er war einen winzigen Sekundenbruchteil abgelenkt, starrte nur ganz kurz in die kalten Augen des Vogels Ka – aber das reichte: Mit der Schulter streifte er den schweren 21-Zoll-Monitor.

Was dann passierte, sahen die Geschwister mit fassungslosem Entsetzen. Der Monitor fing an zu schwanken. Sams rechte Hand krallte sich hilflos in die oberen Lüftungsschlitze des Geräts. Er rutschte ab, stieß mit dem Knie auf die Schreibtischkante. Der Vogel krächzte und es klang so triumphierend, dass die Geschwister jeden Moment erwarteten, ihn durch das Glas des Bildschirms brechen zu sehen, um nach Sams Augen zu hacken.

Der Junge rutschte endgültig ab, kippte hintenüber und schlug hart auf dem Boden auf – inmitten all des Gerümpels, das er im Lauf der Jahre angesammelt hatte. Ein Stapel kunstvoll aufgetürmter Pappkartons voller CD-Rohlinge kam ins Wanken, stürzte um und begrub ihn unter sich.

Pitt stand wie erstarrt da. Er wusste, dass er etwas tun musste. Die Steckdosenleiste! Er musste unbedingt zu ihr, um mit einem Druck auf den Hauptschalter alle Computer auf einen Schlag auszuschalten.

»Schn...ell«, stöhnte Sam. »Sch...schal...tet die Kisten ab!«

Pitt riss sich endlich aus seiner Erstarrung. Er taumelte nach vorne. Im gleichen Moment versuchte Sam sich aufzurichten; er stützte sich mit der rechten Hand ab und drückte sich hoch. Die beiden Jungen stießen zusammen. Pitt stolperte über Sams Arm und fiel der Länge nach hin. Mit dem Kopf schlug er auf etwas Hartem auf. Ein dunkler Schatten schob sich vor seine Augen. Alles, was dann passierte, nahm er nur noch wie durch einen Schleier wahr.

Der Vogel stieß ein triumphierend-schauerliches Krächzen aus. Das war das letzte Geräusch, das er von sich gab. Denn jetzt hatte der schwere Monitor endgültig das Gleichgewicht verloren, kippte nach vorne und über den Rand des Schreibtischs. Sabrina und Sam schrien zugleich auf.

Mit einem verzweifelten Seitwärtshechten versuchte sich Sam in Sicherheit zu bringen. Er schaffte es nicht mehr ganz. Mit einem hässlichen Knirschen streifte das schwere Gerät seine Schulter, bevor es auf den Boden aufschlug. Ein Bersten, das Krachen zerschmetterten Kunststoffs, ein Zittern, das durch den ganzen Fußboden ging.

Schschscht machte es, dann knackte etwas und einen Augenblick herrschte vollkommene Stille.

»Aus...ausschalten«, stöhnte Sam.

Das Zimmer, schon vorher ein Durcheinander erster Güte, glich mittlerweile einem wahren Schlachtfeld. Sam und Pitt lagen benommen vor dem Schreibtisch, inmitten umgestürzter Pappschachteln und vor Cola triefender Zeitschriften. Der Monitor lag wie ein abgestürztes Raumschiff vor ihnen und das Knacken aus seinem Inneren klang verdächtig: Er konnte jeden Moment explodieren ...

Sabrina zögerte nicht mehr länger. Sie stieß sich ab. Geschmeidig hechtete sie über Sam und Pitt hinweg. Ihre Füße schienen über das ganze Durcheinander hinwegzufliegen. Sie sprang hoch und landete mit einem Satz auf dem Schreibtisch, dort, wo gerade noch der Monitor gestanden hatte. Ihre rechte Hand schnellte vorn und erwischte zielsicher den großen roten Schalter der Steckerleiste. Entschlossen drückte sie ihn.

Ein merkwürdiges, vielstimmiges Geräusch erhob sich. Alle Geräte summten noch einmal auf. Dann wurden die Computer heruntergefahren. Die Propeller der Lüfter, die den Geräten Kühlung verschafften, versagten ihren Dienst ebenfalls: Ihre Umdrehungszahl nahm stetig und rasch ab, ähnlich einem Hubschrauber, bei dem die Rotorblätter auslaufen.

Drei Sekunden später war es gespenstisch still im Raum.

9

Das Wohnzimmer war das ganze Gegenteil von Sams Computerzimmer und der Küche: Anheimelnd mit hellen Möbeln eingerichtet, mit gepflegten großen Pflanzen und einer Essnische, die in ihrer schlichten Behaglichkeit sehr einladend aussah. Und das Erstaunlichste: Hier herrschte sogar Ordnung. Nur der Stapel Zeitschriften und die wahllos auf dem Wohnzimmertisch verstreuten Süßigkeiten erinnerten an Sam.

Den dreien war allerdings ihre Umgebung momentan völlig gleichgültig. Pitt saß in einem der weichen Sessel. Er hatte eine gewaltige dunkle Beule am Kopf, gegen die er gerade ein kaltes Stahlmesser presste. Ein altes Hausmittel seiner Großmutter, an das er sich erinnert hatte. Damit ließ sich das Wachstum einer Beule zumindest etwas eindämmen.

Sam ging es schlechter, er lag auf dem Sofa. Sein linkes Auge war blutunterlaufen, seine Lippe blutete und mit der linken Hand hielt er seinen anderen Arm umklammert, der ihm offensichtlich sehr wehtat.

Nur Sabrina hatte nichts abbekommen. Aber die Ereignisse waren auch an ihr nicht spurlos vorübergegangen. Ihr Gesicht wirkte unnatürlich blass. »Ich weiß nicht, ob ich die Computer rechtzeitig hab ausschalten können«, sagte sie unglücklich.

»Ich wünsschte, isch könnte es nachprüfen«, nuschelte Sam. »So ein verdammter Misscht.«

»Was ist, wenn sie es nicht rechtzeitig geschafft hat?«, fragte Pitt ängstlich.

»Dann haben sie unssch an den Hinterbacken«, brachte Sam mühsam über seine lädierte Lippe. »Aber dasch liegt nischt an dir, Sabrina. Isch fand disch unheimlisch cool.«

Pitt nickte. »Wenn du nicht gewesen wärst, Schwesterherz ... puh.« Die Tatsache, dass er und Sam sich gegenseitig ausgeknockt hatten, war ihm mehr als peinlich. »Aber versprich mir eins, Sam: Bring den Ausschalter so an, dass du ihn beim nächsten Mal sofort erreichen kannst.«

»Hatte isch eh sschon lange vor«, gestand der und tupfte sich mit einem Papiertaschentuch etwas Blut vom Kinn. »Aber es kam immer etwas dazwisschen.«

»Und was machen wir jetzt?«, fragte Sabrina. »Was, wenn sie herausbekommen haben, wo wir stecken?«

»Haben sie nisscht.« Das sollte wohl beruhigend klingen, hörte sich aber eher kläglich an. »Die haben hösschtens den Provider.«

»Provider.« Pitt runzelte die Stirn. »Das sind doch die Leute, die den Zugang zum Internet erst ermöglichen. Es funktioniert so ähnlich wie ein Postamt, bei dem man Briefe aufgeben kann.«

»Stimmt genau.« Sam hustete zweimal trocken und musste erst einmal tief durchatmen, bevor er weitersprechen konnte. »Die haben vielleisscht den Provider. Aber um an missch ranzukommen – dafür reichte die Zeit nisscht.«

»Und was bedeutet das im Klartext?«

»Weiß issch noch nisscht.« Sam holte erschöpft Luft. »Aber eins weiß issch: Ihr haut jetzt ab. Falls die missch vielleischt doch aufgespürt haben. Oder es noch schaffen. Von eusch wissen die nischts ...« Ein Hustenanfall unterbrach ihn, dabei richtete er sich vom Sofa auf.

»Sollen wir nicht lieber einen Arzt rufen?«, fragte Sabrina besorgt.

»Ne.« Sam versuchte ein Lächeln, aber es wurde nur eine Grimasse daraus. »Ich bin sschon okay. Haut lieber gleisch ab!«

»Das gefällt mir nicht«, meinte Pitt. »Was ist, wenn dich irgendwelche schrägen Vögel aufsuchen? Oder wenn es dir plötzlich schlechter geht? Dann kann dir niemand helfen.«

»Was wolltet *ihr* schon ausrischten?«, sagte Sam leise. »Dassch bringt doch nischts.«

»Vielleicht«, meinte Pitt trotzig, »aber dann müssen wir eben eine andere Lösung finden. Du könntest zum Beispiel mit uns kommen.«

»Ach, ja?« Sam schüttelte müde den Kopf. »Und was wird eure Mutter dasschu sagen?«

»Wir könnten dich ja reinschmuggeln«, schlug Sabrina vor. »Du schläfst einfach heute bei Pitt. Und morgen sehen wir weiter.«

»Ne.« Sams Augen funkelten, als wäre er wütend. »Nisscht mit mir. Die können mir nisschts. Isch hab da noch ein paar Tricks auf Lager.«

»Ich weiß nicht«, erwiderte Pitt zweifelnd. »Wir können dich doch nicht einfach hier lassen.«

»Ihr müsst!« Er schrie fast. »Wenn ihr nischt geht, schmeiß isch euch raus!«

10

Schließlich blieb ihnen nichts anderes übrig, als Sams Aufforderung zu folgen.

Doch damit war der Tag noch lange nicht zu Ende. Zu Hause erwartete sie ihre Mutter mit tiefen Rändern unter den Augen und eilte ihnen bereits entgegen, als sie das Gartentor hinter sich zuzogen. Pitt und Sabrina versuchten sich unter ihrer Schimpfkanonade wegzuducken und ihren besorgten und wütenden Fragen so gut es ging auszuweichen. Dass sie ihr nichts von Sam und den Dingen, auf die sie über das Internet gestoßen waren, erzählten, verstand sich bei dieser Begrüßung von selbst.

Mittlerweile war es fast elf Uhr. Ihre Mutter hantierte noch immer unten in der Küche herum, um ihre Nerven zu beruhigen. Natürlich glaubte sie, dass die Kinder nach ihrem Donnerwetter längst im Bett lägen. Aber heute war eben kein normaler Tag.

Sabrina hockte im Schneidersitz auf dem Boden vor Pitts hässlichem Schrank in Nussbaumfurnier, der sicher sofort auseinander fallen würde, wenn man die vielen aufgeklebten Abziehbildchen herunterriss. Ihr Bruder dagegen hing vollkommen erledigt in seinem geliebten alten Sessel mit dem verblichenen Blümchenmuster.

»Ich weiß nicht, ob wir das Richtige tun«, begann er. »Am liebsten würde ich zur Polizei gehen.«

»Und was willst du der erzählen?«, fragte Sabrina. »Etwa, dass wir mithilfe eines Hackers, den wir gerade erst kennen gelernt haben, in den Bankcomputer eingedrungen sind? Soll ich dir sagen, was die dann mit uns machen?« Sie schnaubte verächtlich. »Die sperren uns sofort ein. Und Sam noch dazu. Nein, zur Polizei können wir nun wirklich nicht.«

»Psst, nicht so laut«, protestierte Pitt. »Mama soll nichts mitbekommen.« Er wollte gar nicht daran denken, was sie dazu sagen würde, wenn er jetzt damit rausrückte, er wolle zur Polizei. Ganz abgesehen davon, dass Sabrina vollkommen Recht hatte. Die Polizei würde ihnen nicht ein einziges Wort glauben. Es war eine schier ausweglose Situation. Was auch immer sie taten oder nicht taten: Es würde das Falsche sein.

»Es bleibt uns nichts anderes übrig«, sagte er dann kleinlaut. »Ich muss noch mal zu Sam rüber.« Pitt sackte noch weiter in seinem Sessel zusammen. Die Aussicht, in dieser Nacht noch einmal rausgehen zu müssen, erschreckte ihn mehr, als er sich einzugestehen bereit war. »Ich muss doch sehen, ob bei ihm alles in Ordnung ist.«

»Klar«, sagte Sabrina. »Aber ich komme mit!«

»Du bleibst besser hier.«

»Nein, das werde ich nicht«, antwortete sie entschlossen. »Ich komme mit, ob dir das nun passt oder nicht.«

Pitt zuckte mit den Schultern. Er wusste, dass jede weitere Diskussion überflüssig war. »Also gut«, sagte er. »Dann sollten wir uns aber bald auf den Weg machen.«

»Meinst du nicht, es wäre besser, wir warten, bis Mama im Bett ist?«

»Die macht heute Nacht sowieso kein Auge zu. Nein.« Er schüttelte den Kopf. »Bei dem Lärm, den sie in der Küche veranstaltet, hört sie es garantiert nicht, wenn wir uns rausschleichen.«

»Also gut«, pflichtete Sabrina ihm bei. »Dann lass uns gehen.«

Sie verließen gemeinsam das Zimmer. Unten im Flur nahmen sie so leise wie möglich die Jacken und den Haustürschlüssel vom Haken.

Sabrina ließ die Taschenlampe, die neben dem Schlüsselbrett hing, in ihrer Jackentasche verschwinden. Pitt streichelte noch rasch Mohrle, dann verschwanden sie durch die Hintertür.

11

Die Geschwister huschten wortlos durch die Nacht. Voller Unruhe darüber, was bereits geschehen war – und was vielleicht noch passieren würde. Schließlich erreichten sie das verwilderte Grundstück.

»Wir sollten da nicht so einfach reinmarschieren«, sagte Sabrina. »Stell dir mal vor – *sie* sind gerade da und wir laufen ihnen in die Arme!«

Pitt brauchte nicht zu fragen, wen seine Schwester mit dem ominösen »sie« meinte. »Okay«, erwiderte er leise. »Wir werfen erst einmal einen Blick durchs Fenster – und entscheiden dann, was wir machen.«

So leise wie möglich schlichen sie sich den Weg entlang zur Haustür. Sabrina blieb mit einem Zipfel ihrer Jacke an spitzen Rosendornen hängen und Pitt musste sie vorsichtig befreien. Sein Blick glitt dabei unruhig über die verwilderten Pflanzen des Gartens. Als sich ein Rosenbusch leicht bewegte, zuckte er zusammen, als habe man ihm einen Schlag versetzt. Vor seinem geistigen Auge sah er schon eine Horde schwarz gekleideter Ninjas auf sich zustürmen. Aber es war nur der aufkommende Wind, der die Rosenbüsche sanft hin und her wiegte.

Zumindest redete er sich das ein.

»Es ist … unheimlich hier«, flüsterte Sabrina so verängstigt, wie Pitt sich fühlte. Er war froh, nicht allein hierher gekommen zu sein, selbst wenn Sabrina im Notfall auch nichts ausrichten konnte.

Sie erreichten die Haustür. Pitt stellte sich auf die Zehenspitzen und starrte durch das kleine, höher gelegene Fenster, das einen Blick in den Hausflur gewährte.

»Nichts zu sehen«, murmelte er.

»Vielleicht sollten wir nach hinten gehen«, flüsterte seine Schwester.

»Zum Wohnzimmer? Gute Idee.«

Pitt hätte nichts lieber getan, als das Grundstück sofort wieder zu verlassen. Stattdessen stieß er sich von dem Fenster ab und folgte Sabrina über den kiesbestreuten Weg um das Haus herum. Die Steine knirschten unangenehm laut unter den Sohlen. Gegen seine Beine klatschten wild wuchernde, undefinierbare Blumen und Unkraut aller Art. Er spürte, wie ihm trotz des kühlen Windes kalter Schweiß den Nacken hinunterlief. All seine Sinne waren zum Zerreißen gespannt. Und doch würden Sabrina und er hier kaum die Chance haben einen Angreifer rechtzeitig zu entdecken.

Sie kamen am Küchenfenster vorbei, das jetzt geschlossen und von einer Jalousie geschützt war. Dann hatten sie die hintere Hausecke erreicht. Aus dem Wohnzimmerfenster fiel goldgelbes Licht in den Garten. Ob das ein gutes oder ein schlechtes Zeichen war, vermochte Pitt nicht zu sagen. Sein Herz klopfte bis zum Hals und irgendetwas in seinem Inneren versuchte ihn zu überzeugen, das Grundstück zu verlassen, bevor es zu spät war.

Ehe er der Versuchung nachgeben konnte, war Sabrina schon leise wie eine Katze zum Fenster geschlichen. Die wenigen Geräusche, die sie dabei machte, gingen im Raunen des Windes unter. Zum wiederholten Male bewunderte Pitt die Geschicklichkeit seiner Schwester, die sich so leise und unauffällig wie ein Indianer bewegen konnte.

Im Licht der Wohnzimmerbeleuchtung sah er Sabrina die Stirn runzeln. Alles in ihm spannte sich zur schnellen Flucht.

Doch dann lächelte sie, schüttelte ungläubig den Kopf und winkte ihm zu.

Mit wenigen Schritten war er bei ihr. »Was ist?«, flüsterte er.

»Sieh selbst«, gab seine Schwester ebenso verhalten zurück.

Er lugte an ihr vorbei durch das Fenster. Das Erste, was er sah, war Sam, immer noch auf dem Sofa. Der schlaksige Junge hatte sich ein paar Kissen unter den Kopf geschoben und sich halb aufgerichtet. In der rechten Hand hielt er die obligatorische Coladose, mit der Linken gestikulierte er wild. Offensichtlich sprach er mit jemandem, der außerhalb Pitts Blickfeld war. Pitt veränderte seine Position. Und wäre fast wieder zurückgezuckt: In den Sesseln Sam gegenüber lungerten zwei Personen, die er kaum erkennen konnte. Von dem einen sah er nicht viel mehr als eine rote Baseballkappe, die über ein paar wuscheligen Haaren thronte, und darunter die schwarzen Gläser einer überdimensionierten Brille. Die andere Gestalt, mit dem Rücken zu ihm, musste weiblich sein: Blonde, lockige Haare fielen über die Rückenlehne. Von der Größe her zu schließen konnten die beiden kaum älter als er selbst sein.

»Ich wusste gar nicht, dass Sam jüngere Geschwister hat«, sagte er überrascht.

»Wir wissen ja auch eigentlich gar nichts über ihn«, gab Sabrina zurück.

»Stimmt«, flüsterte ihr Bruder. »Kannst du seine Eltern irgendwo entdecken?«

»Ne. Ich sehe keine Erwachsenen.«

Bevor er sie daran hindern konnte, klopfte Sabrina ans Fenster. Es war ein nur zaghaftes Klopfen, aber es zeigte sofortige Wirkung. Sam verhielt mitten in der Bewegung, sein Kopf fuhr zum Fenster herum. Der Junge mit der Baseballmütze sprang auf und huschte zum Lichtschalter. Ohne zu zögern, betätigte er ihn. Augenblicklich war es stockfinster. Das Wohnzimmer, das eben noch hell erleuchtet vor ihnen gelegen hatte, glich plötzlich einem düsteren Aquarium. Kein Lichtschimmer drang mehr aus dem Haus.

»He«, schrie Pitt. Alle Vorsicht war vergessen – wenn er nur schnell aus diesem düsteren Garten kam.

Die Jalousie glitt nach unten, offenbar in Bewegung gesetzt von dem Typ mit Sonnenbrille und Baseballmütze. Er war schnell, das musste man ihm lassen.

Pitt hämmerte nun einfach gegen das Fenster. »He, Sam«, schrie er. »Wir sind es! Pitt und Sabrina.«

Die Jalousie verhielt mitten in der Abwärtsbewegung. Dann ruckte sie wieder ein Stück hoch.

»Was ist?«, rief von innen eine Jungenstimme. Es war nicht Sam.

»Pitt und Sabrina!«, schrie er. »Lasst uns rein!«

Die Jalousie rutschte ein wenig nach unten.

»He!«, brüllte Pitt so laut, wie er konnte. »Wollt ihr wohl endlich aufhören mit dem Quatsch!«

Das schien zu helfen. Der Rollladen glitt nun wieder nach oben und kurz darauf flammte das Licht auf.

Und Pitt starrte in das Gesicht eines Engels. Das blond gelockte Mädchen, das zuerst mit dem Rücken zu ihnen gesessen hatte, starrte ihn nun aus zusammengekniffenen Augen an. Wahrscheinlich konnte sie ihn vor dem dunklen Hintergrund des Gartens nur schemenhaft erkennen. Dafür sah er sie umso deutlicher.

Es war eindeutig das hübscheste Mädchen, das er je in seinem Leben gesehen hatte.

12

Wenig später befand er sich neben Sam auf dem Sofa, während Sabrina wieder da saß, wo sie sich am liebsten aufhielt: auf dem Boden. Pitts Ohren waren knallrot vor Aufregung. Die Hände, in denen er ein Glas Zitronenlimonade hielt, waren in ständiger Bewegung. Nach all den Ereignissen des Tages kam ihm Michelle, so hieß das blond gelockte Geschöpf, wie eine Verheißung des Himmels vor. Er konnte kaum den Blick von ihr lassen und musste immer wieder mit Gewalt in eine andere Richtung sehen, damit sie nicht merkte, was in ihm vorging. Deswegen bekam er kaum mit, dass Sam sie als *geniale Elektronikerin* vorstellte, die mit Lötkolben und Messgerät ebenso gut umgehen könne wie mit komplizierten PC-Programmen.

Der Junge hieß Hacky; ein etwas verschroben wirkender Typ, klein gewachsen, aber dafür mit erstaunlich großer Nase ausgestattet, die frech unter der monströsen Sonnenbrille in die Welt hinausragte. Pitt konnte sich nicht vorstellen, warum Hacky mitten in der Nacht diese blödsinnige Brille trug. Auch wenn Sam behauptete, Hacky kenne das Internet wie seine Westentasche, hielt sich Pitts Interesse an dem sonnenbebrillten Jungen deutlich in Grenzen.

»Ich glaube nicht, dass wir in unmittelbarer Gefahr sind«, sagte Sam gerade. »Wenn sie unsere Adresse herausbekommen hätten, wären sie sschon hier.«

In seiner Stimme hatte sich wieder die alte Selbstsicherheit breit gemacht, aber mit der Aussprache einiger Wörter schien er immer noch Schwierigkeiten zu haben. Den Arm konnte er zumindest wieder einigermaßen bewegen.

»Und wer … ich meine«, Pitt räusperte sich, während er es krampfhaft vermied, in Michelles Richtung zu blicken, »ihr seid doch nicht Sams Geschwister, oder?«

»Nö«, sagte Hacky. »Sehen wir etwa so aus?« Er lachte spöttisch.

»Aber was macht ihr dann hier … mitten in der Nacht?«

»Was gute Freunde eben so machen, wenn einer von ihnen Probleme hat«, antwortete Michelle ernsthaft.

»Eh … ja. Natürlich.« Pitt kratzte sich am Kopf. »Aber was sagen eure Eltern dazu?«

»Und eure eigenen?«, fragte Hacky scheinheilig. »Schicken sie euch immer nachts zum Spielen auf die Straße, damit ihr tagsüber nicht kleine Kinder erschreckt?«

Michelle kicherte leise, aber Pitt machte nur: »Eh?«

»Hacky hat manchmal einen etwas merkwürdigen Humor«, sagte Sam. »Wir und alle anderen haben uns im Internet kennen gelernt. Und jetzt sind wir so eine Art … Computerclub.«

»Mit Freunden auf der ganzen Welt«, sagte Michelle immer noch kichernd. »Übers Internet kann man genauso gut mit jemandem in Australien oder Südamerika quatschen oder chatten. Wie mit einem um die Ecke.«

»Wenn man auf Englisch mehr sagen kann als nur *okay*«, ergänzte Hacky. Er grinste herablassend. »Aber danach seht ihr eigentlich gar nicht aus.«

»Hör doch mal mit dem Quatsch auf, Hacky«, meinte Sam. »Wir müssen überlegen, wie die Netsurfer mit der Sache umgehen sollen, auf die wir heute gestoßen sind.«

»›Netsurfer‹?«, fragte Sabrina.

»Ja.« Michelle nickte. »Das ist der Name unseres … eh … Computerclubs.«

»Und natürlich ist er streng geheim«, nuschelte Hacky. »So etwa wie der Name von Rumpelstilzchen. Ihr wisst schon: Wie gut, dass niemand weiß, dass ich Internet-Surfer heiß.«

»Ich denke, ihr nennt euch Netsurfer und nicht Internet-Surfer?«, fragte Pitt verwirrt.

»Eben«, nickte Hacky. »Klingt doch besser als Rumpelstilzchen, oder? In jedem Fall dürft ihr unseren Namen nicht verraten.«

»Wir schweigen wie ein Grab«, sagte Sabrina rasch. »Aber ich möchte wissen, was ihr vorhabt.«

Hacky und Sam wechselten einen undefinierbaren Blick.

»Wir müssen erst einmal feststellen, was unsere ... eh ... Freunde dazu sagen«, meinte Michelle. »Aber da braucht ihr nicht dabei zu sein.«

Hacky ergänzte: »Es wäre sogar ausgesprochen freundlich, wenn ihr nicht zugegen wärt. Um es auf den Punkt zu bringen«, er machte eine Handbewegung, als ob er Ungeziefer verscheuchen wollte, »macht 'ne Fliege!«

Pitt bedachte ihn mit einem bösen Blick und wandte sich dann wieder an Michelle: »Was für *Freunde*?«

»Na, die Netsurfer«, sagte Michelle genervt. »Ich hab euch doch schon erklärt, dass wir ein internationaler ... eh ... Club sind. Wir tauschen uns über alle wichtigen Ereignisse aus.«

»Was dabei das Schöne ist: In vielen anderen Ländern ist es jetzt Tag«, ergänzte Sam. »Deswegen ist es auch nie ein Problem, genug Leute in unserer Sektion zu treffen.«

»Und der erste Deutsche, der Amerika entdeckt hat, war ein Spanier«, spottete Hacky. »Das ist eben der Vorteil des Internationalen! Und abgesehen davon«, er beugte sich ein Stück nach vorne, »geht euch das alles nichts an. Ob wir Rumpelstilzchen heißen oder Netsurfer oder Peter-Pan-

Fanclub: Ihr habt nichts mit uns zu tun. Schwebt endlich ab!«

»Nach allem, was passiert ist, haben wir ein Recht darauf, zu erfahren, was jetzt geschehen soll«, protestierte Pitt. »Schließlich geht es ja um *unseren* Vater.«

»Es geht darum, ob wir diesen Delta-Typen Knoblauchzehen unter die Nase reiben oder ihnen einen Holzpflock ins Herz treiben«, sagte Hacky, »und das am besten, bevor sie uns ihre langen Zähne in den Hals stoßen und sich von unserem Blut nähren.«

Pitt verbiss sich nur mit Mühe ein Lachen, während Sabrina und Michelle unverhohlen kicherten.

»Ich denke, wir werden heute mal eine Ausnahme machen«, sagte Sam schließlich. »Wir versuchen mit unseren Freunden Kontakt aufzunehmen. Von mir aus könnt ihr dann eure Fragen stellen. Aber danach verschwindet ihr!«

»Wäre ja noch schöner«, meinte Hacky mit einem schiefen Grinsen und ohne Pitt aus den Augen zu lassen. »Wenn unser Kahn zu kentern droht, will ich nicht solche Landratten an Bord haben.«

»Ich hab die Hoffnung aufgegeben, dass du jemals wie ein normaler Mensch sprechen wirst«, seufzte Sam. »Aber wenn's sein muss, lass uns abstimmen.«

»Und unser blond gelockter Engel Michelle befindet dann über das Schicksal dieser Landratten?« Hacky schüttelte den Kopf. »Schlecht. Ganz *schlecht*. Lieber ein leckgeschlagenes Schiff als einen Engel befragen, wie man mit Landratten umzugehen hat. Ich aber sage euch: Schmeißt sie über Bord!«

»Auch wenn du noch so geschwollen daherredest: So sind nun einmal die Regeln«, sagte Sam und in seiner Stimme schwang jetzt leichte Ungeduld mit. »Also Mitchy«, wandte er sich an Michelle, »was meinst du?«

Dem blonden Mädchen war die Frage offenbar unangenehm. »Ich weiß nicht«, antwortete sie zögernd. »Aber ich finde, wir sollten heute mal eine Ausnahme machen.«

Sam erhob sich sofort, wahrscheinlich, um einem neuen Protest Hackys zuvorzukommen. »Dann los!«

Er ging voran, die Treppe hinauf in sein Allerheiligstes, diesen an Han Solos Kommandozentrale erinnernden Computerraum. Zur Überraschung der Geschwister hatte hier jemand in der Zwischenzeit Ordnung geschaffen. Der zerstörte Monitor stand säuberlich zur Seite geräumt neben dem Schreibtisch. Und die Schneise, die Sabrina heute Nachmittag in das Chaos geschlagen hatte, hatte jemand erweitert. Trotzdem war das Zimmer noch alles andere als ordentlich. Es reichte aber immerhin, um ihnen auch zu fünft Platz zu bieten.

Hacky zauberte hinter der Tür zwei Klappstühle hervor. Michelle und er schienen schon öfter hier oben gewesen zu sein. Hacky klappte die Stühle auf, einen rechts und einen links von Sams Ledersessel. Pitt wartete, bis sich die beiden gesetzt hatten. Dann stellte er sich direkt hinter Michelle.

Die drehte sich zu ihm um. »Leider haben wir keine Stühle mehr«, sagte sie freundlich. Pitt spürte, wie ihm warm wurde.

»Macht nichts«, antwortete er mit belegter Stimme. Es genügte ihm völlig, hinter Michelle stehen zu dürfen.

Sam warf die Computer an. Augenblicklich erfüllte ein helles Summen den Raum. Die verbliebenen zwei Monitore bauten knisternd ihr Bild auf. Das vertraute Start-Logo erschien.

Wenige Sekunden später fuhren die Rechner endgültig hoch. Sam hatte alle Hände voll damit zu tun, die Verbindung zu dem Punkt im Internet einzurichten, an dem er seine Freunde treffen wollte – zu dem Ort, den er beiläufig murmelnd den *geheimen Besprechungsraum* der Netsurfer nannte.

Pitt achtete kaum darauf. Er hatte Mühe den Blick von Michelles goldenen Locken zu wenden, aber Sabrina lauschte umso aufmerksamer.

»Da wären wir«, sagte Sam schließlich. Über den Schirm flimmerte ein sich drehendes Logo, das unangenehm an den Schriftzug der Operation Delta erinnerte.

WELCOME TO THE NETSURFER-SECTION, hieß es da auf Englisch. Darunter luden mehrere bunte Bildschirmschalter zum Aussuchen und Anklicken ein. Sam klickte auf GERMANY, MUNICH.

Nach zwei Sekunden erschien ein lächelndes Mickymaus-Gesicht, darunter befanden sich ein Strichmännchen, das mit zwei CD-ROMs jonglierte, ein Pinocchio, dessen Nase ständig wuchs und wieder schrumpfte, und noch rund ein halbes Dutzend anderer lustiger Gestalten. Der Mauszeiger glitt suchend über die Figuren und klickte schließlich auf einen klug blickenden Adlerkopf, dessen Augen wachsam hin und her wanderten.

HI, GROSSER ADLER, tippte Sam in die Tastatur.

Die Antwort des Vogels ließ nicht lange auf sich warten. HALLO WOLFSGESICHT, WIE GEHT'S, stand da. Darunter lächelte ein Strichmännchengesicht: ☺ das freundlichste Symbol, das es im Internet gab.

SO SPÄT NOCH UNTERWEGS, ADLER?, hämmerte Sam in die Tastatur. STEHT WIEN NOCH?

ABER JA, gab der andere zurück. GIBT'S WAS NEUES?

Sam berichtete in knappen Sätzen, aber mit erstaunlicher Präzision, was passiert war.

DAS SIEHT ABER GAR NICHT GUT AUS, lautete die Antwort. Ein Gesicht mit heruntergezogenen Mundwinkeln ☹ kommentierte die Eingabe.

STIMMT, bestätigte Sam, HAST DU IRGENDEINEN HINWEIS AUF DIE OPERATION DELTA?

NEGATIV, antwortete der Adler.

KÖNNTEN DIE UNS ZURÜCKVERFOLGT HABEN?

☹, war die einzige Antwort.

Sam biss sich auf die Lippen. UND WAS TUN WIR JETZT?, fragte er.

So schnell der Adler seine anderen Kommentare auch auf den Schirm gezaubert hatte – diesmal dauerte es quälend lange.

WEISS NICHT GENAU, flatterten schließlich zögernd die Buchstaben auf den Bildschirm. ICH HAB EBEN NOCH MAL EINE DATENBANK ABGEFRAGT. FINDE NICHTS ÜBER OPERATION DELTA. ICH VERSTÄNDIGE DIE ANDEREN. WIR BRAUCHEN HINWEISE, WIE WIR UNS IN DIESEM FALL SCHÜTZEN KÖNNEN.

»Mist«, sagte Sam laut. »Ich hatte gehofft, er könnte uns helfen.«

LASS DIE OHREN NICHT HÄNGEN, kam währenddessen die nächste Meldung des Adlers rein. ICH KÜMMERE MICH DARUM. GIB MIR BIS MORGEN FRÜH ZEIT.

OKAY UND BYE, tippte Sam. Danach lehnte er sich zurück, schob die Tastatur beiseite und wippte gedankenverloren mit seinem Sessel. »Das war's fürs Erste«, sagte er. »Alles andere erledigt der Adler.«

»Und warum machst du das nicht selbst?«, fragte Sabrina. Wie gewohnt hockte sie am Boden, aber sie hatte den Bildschirmdialog offenbar genauestens mitverfolgt.

»Ei, ei, wie neugierig, dieses kleine Landrättchen«, spottete Hacky.

»Weil der Adler unser Sprachenspezialist ist«, antwortete Sam, ohne auf Hackys Einwurf einzugehen. »Der Junge spricht sieben Sprachen. Oder waren es acht? Egal. Jedenfalls kann er neben Englisch auch Spanisch und Französisch. Damit ist er die ideale Schnittstelle zu Leuten, die wenig oder nur schlecht Englisch sprechen.«

»Außerdem sitzt er wirklich Tag und Nacht am Computer«, ergänzte Michelle. »Er ist so was wie die Spinne in unserem Netsurfer-Netz. Immer wachsam.« Sie kicherte leise. »Und wenn jemand unserem Netz auch nur nahe kommt, geht's ihm schlecht.«

»Aha«, meinte Sabrina.

Pitt wusste nicht, ob seine Schwester wirklich verstanden hatte, um was es ging. Er jedenfalls nicht. Müdigkeit, Kopfschmerzen und Michelles verwirrende Nähe ließen seine Gedanken Achterbahn fahren. Er hätte nicht einmal mehr genau sagen können, warum er überhaupt hier war oder was sie hier taten.

Und schon gar nicht, was der ganze Zirkus mit den Netsurfern sollte und diese nächtliche Internet-Verbindung nach Wien.

Es war ausgerechnet Hacky, der alles kurz zusammenfasste. »Unsere Fragestunde war ein Griff ins Klo«, verkündete er. »Und ihr zwitschert jetzt erst einmal ab.«

»Mehr können wir jetzt nicht tun«, bestätigte Sam. »Am besten kommt ihr morgen vor der Schule vorbei. Vielleicht wissen wir dann schon mehr.«

13

Auch der nächste Tag stand vollkommen im Zeichen der Verhaftung ihres Vaters. Weder ihrer Mutter noch den Geschwistern selbst gelang es beim Frühstück, mehr als ein paar Bissen hinunterzubekommen. Zumindest verzichtete ihre Mutter darauf, die beiden auf ihren übernächtigten Zustand anzusprechen. Vielleicht nur deshalb, weil sie auch nicht besser aussah.

»Eurem Vater geht es gar nicht gut«, murmelte sie.

»Hast du ihn denn gesprochen?«, fragte Sabrina.

»Ja. Ich konnte noch gestern Nachmittag kurz zu ihm, mit Rechtsanwalt Klotz. Aber sie haben mich gleich wieder weggeschickt.« Sie biss sich auf die Lippen. »Ich fürchte, er verkraftet das alles nicht. Ihr wisst ja, dass er erst letztes Jahr einen Hörsturz hatte.«

»Du meinst, er könnte durch die Aufregung wieder krank werden?«, fragte Pitt besorgt.

»Nein, eigentlich nicht«, antwortete ihre Mutter leise. In Wirklichkeit meinte sie natürlich genau das Gegenteil.

»Und wie geht es jetzt weiter?«, fragte Sabrina.

Mutter zuckte mit den Schultern. »Er sitzt in Untersuchungshaft. Und das kann dauern, sagt Rechtsanwalt Klotz. Mindestens ein paar Monate.«

»Ein paar Monate?«, echote Pitt entsetzt. »Und erst dann kommt er vor Gericht?«

»Ja«, sagte Mutter. »Dann kommt er vor Gericht.« Sie schluchzte auf. »Und so wie es aussieht, wird er für einige

Jahre hinter Gitter wandern. *Wenn es doch nur eine Möglichkeit gäbe, ihm zu helfen*!«

Dieser letzte Satz traf die Geschwister mehr, als sie es sich in diesem Moment eingestehen wollten.

»Kommt nach der Schule *sofort* nach Hause«, schärfte ihre Mutter ihnen schließlich noch ein.

Hätte sie geahnt, dass die Geschwister vorhatten, bereits vor der Schule einen kleinen Umweg einzuschlagen, sie wäre entsetzt gewesen. Mit schlechtem Gewissen schlichen sich die beiden aus dem Haus. Das *Tschüss*, das ihnen ihre Mutter nachrief, klang in ihren Ohren fast wie eine Mahnung.

Der Weg zu Sam kam ihnen diesmal viel kürzer vor als in der vorigen Nacht. Sie schritten so schnell aus, dass sie schon nach wenigen Minuten ankamen. Pitt hämmerte gegen die Haustür. Es dauerte nicht lange, dann hörte er schlurfende Schritte. Die Tür schwang auf und der schlaksige Junge starrte ihnen aus Augen entgegen, die kaum größer als Pfennigstücke waren.

»Morgen, ihr beiden«, knurrte er. »Gibt's was Neues?«

Pitt schüttelte den Kopf. Er hatte ein pelziges Gefühl im Mund, das auch beim Zähneputzen nicht weggegangen war. Ein ekelhaftes Gefühl, selbst das Sprechen wurde zur Qual. »Überhaupt nichts«, sagte er müde. »Außer der Tatsache, dass unser Vater immer noch im Knast sitzt, ist alles in Ordnung.«

Sam nickte langsam. *Wenn er nicht doch irgendwie in die Sache verwickelt ist*, schien er sagen zu wollen. Aber er verschluckte die Bemerkung.

»Und bei dir?«, fragte Sabrina.

»Alles paletti.«

»Ich meine, hat sich der Adler gemeldet?« Sabrinas Stimme klang etwas dünn.

»Ja, ja, hat er.« So, wie Sam das sagte, klang es allerdings nicht besonders begeistert. »Aber kommt doch erst einmal rein.«

»Wir haben aber nicht viel Zeit«, warnte Pitt vor. »Wir müssen gleich zur Schule.«

»*Müsst* ihr das?«, fragte Sam, während er die beiden an sich vorbeiließ und hinter ihnen die Haustür schloss. »Seid ihr wirklich so scharf darauf, euch von den anderen wegen der Verhaftung eures Vaters anlabern zu lassen?«

Daran hatte Pitt auch schon gedacht. Vor diesem ersten Schultag nach Vaters Verhaftung grauste ihm. Aber jetzt ging es um Wichtigeres. »Was haben die Netsurfer herausgefunden?«

»Hm.« Sam machte einen kleinen Abstecher in die Küche, aber nur, um eine Milchflasche mit auf den Weg ins Wohnzimmer zu nehmen. »Das ist nicht so einfach.«

»Habt ihr rausbekommen, was es mit der Operation Delta auf sich hat?«

Sam nahm einen Schluck aus der Flasche und wischte sich dann den Mund ab. »Ne«, gestand er. »Und das macht mir, ehrlich gesagt, Sorgen.«

»Das heißt also, ihr habt gar keinen Hinweis?«, fragte Pitt enttäuscht.

»*Was* haben wir nicht?«, fragte Sam nun seinerseits und stieß die Wohnzimmertür auf. »Ne, Kleiner, wir haben tonnenweise Material. Du könntest damit sämtliche Zimmer des Hauses tapezieren.«

Pitt schwieg verwirrt. Sie folgten Sam ins Wohnzimmer. Auf dem Tisch lag ein ganzer Stapel Ausdrucke.

Der ältere Junge deutete auf den Tisch. »Das sind nur die interessanten Treffer der Delta-Suche.« Er schmiss sich aufs Sofa und nahm das oberste Blatt. »Hier haben wir zum Beispiel die dänische ›DELTA Electronics‹. Ein seriöses Testinstitut, das es bereits seit einem halben Jahrhundert gibt. Unsere Recherchen haben bestätigt: Die sind staubtrocken und absolut langweilig. Oder das hier«, er nahm das nächste Blatt, »die ›Delta Group‹. Eine ehrenwerte amerikanische Firma.« Er ließ das Blatt achtlos fallen und griff nach dem nächsten. »Dann haben wir zum Beispiel die Fluggesellschaft ›Delta Airlines‹. Die fliegen jeden Tag von München nach Atlanta. Ungefähr so verdächtig wie das Finanzministerium.«

»Und sonst: überhaupt nichts?«, fragte Pitt enttäuscht, während er auf einem Sessel Platz nahm.

»Oh doch, spannende Sachen.« Sam kramte auf dem Tisch herum und hielt schließlich einen Ausdruck mit vielen Grafiken hoch. »Das hier ist die ›Delta-Tau-Delta-Bruderschaft‹. Klingt doch viel versprechend, oder? Nur leider sind die so harmlos wie eine Fledermaus im Winterschlaf.«

»Kann da nicht mehr dahinter stecken?«, fragte Sabrina.

»Klar.« Sam nickte. »Kann immer. Die Netsurfer auf der ganzen Welt gehen jedem Hinweis nach.«

»Die Netsurfer auf der ganzen Welt?«, fragte Pitt irritiert.

»Du weiß doch, dass wir so eine Art internationaler Computerclub sind«, erklärte Sam. »Da ist zum Beispiel Hernandez in Peru, den wir normalerweise *Amazonas* nennen. In Peru spricht man Spanisch, weißt du. Also klappert Amazonas alle spanischen Seiten ab, die in Frage kommen und spricht im Internet mit Leuten, die ihm vielleicht einen Hinweis geben könnten. Aber Amazonas kann kaum Englisch – und schon gar nicht Deutsch. Da kommt dann der Adler zum Zuge.«

»Der Adler kann Spanisch«, erinnerte sich Pitt.

Sam nickte: »Richtig. Zwar nicht so gut wie Amazonas – aber es reicht, um mit ihm die wichtigsten Hinweise durchzukauen.«

»Das klingt nach richtiger Detektivarbeit«, sagte Sabrina begeistert.

»Ja, so könnte man es nennen«, bestätigte Sam. »In Kopenhagen sitzt beispielsweise Swen, im Internet eher als *der Wikinger* bekannt. Er versucht mehr Informationen über die dänische ›DELTA Electronics‹ herauszubekommen, von der ich euch erzählt habe. Und diese Bruderschaft in Amerika wird von *Batman* unter die Lupe genommen.«

»Wie viele Netsurfer gibt es denn eigentlich?«, fragte Sabrina neugierig.

»Genug«, antwortete Sam knapp. »Eigentlich hätte ich euch dies alles gar nicht erzählen dürfen. Ich wollte euch nur deutlich machen, dass wir alles daransetzen, um mehr über die Operation Delta in Erfahrung zu bringen.«

»Aber ihr seid nicht weitergekommen«, stellte Pitt enttäuscht fest.

»Guter Einwurf, *Kleiner.*« Sam wirkte mit einem Mal richtig ärgerlich. »Müllkippe Internet. Das Schlimme ist: *Irgendwo* in den Tiefen des Netzes stecken die Informationen, die wir suchen. Da bin ich mir absolut sicher. Aber uns bleibt nichts anderes übrig, als sie wie eine Stecknadel im Heuhaufen zu suchen.«

»Wenn man nun alle Delta-Informationen ...«

»Komplett falscher Ansatz«, unterbrach ihn Sam gereizt. »Unter Delta werden wir nichts finden. Die haben ihr System komplett abgeschottet. Nein«, er schüttelte den Kopf, »die haben sich unter einem anderen Stichwort versteckt. Da wett ich drauf, mit allem, was mir heilig ist.«

»Dann können wir doch gar nichts mehr machen«, sagte Pitt enttäuscht.

»So ein Quatsch. *Kann nicht, gibt's nicht.* Natürlich können wir etwas tun. Der Adler hat schon einen Vorschlag gemacht ... Gefällt mir aber nicht. Vielleicht fällt uns noch etwas anderes ein.«

»Was für einen Vorschlag denn?«, fragte Sabrina.

»Ach, vergiss es.« Sam verzog unwillig sein Gesicht. »Geht jetzt besser zur Schule. Wenn die Netsurfer etwas rausbekommen, melde ich mich bei euch.«

»*Was* für ein Vorschlag ist das?«, hakte Sabrina nach.

Sam zuckte mit den Schultern. »Also gut. Sei's drum.« Er nahm einen tiefen Schluck aus seiner Milchflasche.

Pitt hätte Sam am liebsten die Flasche aus der Hand gerissen. Aber er biss sich nur auf die Lippen, um seine Ungeduld zu zügeln.

»Aber vorher noch etwas anderes«, begann der. »Etwas, das ich fast vergessen hätte.«

»Und was?«, fragte Pitt neugierig.

»Unserem Freund Amazonas ist es gelungen, noch einmal auf diese Delta-Seite zu kommen. Die haben ihn allerdings sehr schnell abgefangen und rausgeworfen und danach ihr System verriegelt. Das Schlupfloch, durch das er sich Zugang verschafft hatte, ist jetzt absolut dicht.«

»Also auch eine Sackgasse«, stellte Pitt fest.

»Ja, leider, unbedingt.« Sam zuckte mit den Schultern. »Aber sei's drum. Er hat jedenfalls noch etwas aufschnappen können. Demnach nennen sich diese Delta-Typen nicht Delta-Typen sondern *Ecstasys*.«

»Ecstasys?«, echote Pitt.

»Ja«, nickte Sam. »Scheint eine mächtige Organisation zu sein. Wir vermuten, dass die sich auf Computerkriminalität spezialisiert haben. So eine Art *Internet-Mafia*.«

»Na, wunderbar«, sagte Pitt. »'ne Nummer größer hätte es nicht sein können?«

»Find ich auch«, pflichtete Sam ihm bei. »Jedenfalls scheint diese Operation Delta nur eines ihrer Steckenpferde zu sein. Und wenn die Ecstasys wirklich so gefährlich sind, wie wir vermuten, müssen wir zuallererst eins tun: uns selbst *schützen*. Und alles Weitere kommt dann erst später.«

Es war klar, was er mit *alles Weitere* meinte: den Versuch, die Unschuld ihres Vaters zu beweisen. Einige Sekunden rang Pitt mit sich, ob er protestieren sollte. Dann beließ er es bei einem Kopfnicken. »Also gut. Und was erwartest du jetzt von uns?«

»Ich erwarte gar nichts«, sagte Sam gereizt. Das Thema schien ihm mächtig auf die Nerven zu gehen. »Ich wollte euch nur den Vorschlag des Adlers wiedergeben.«

»Dann schieß endlich los«, forderte ihn Sabrina auf.

»Der Adler hat unseren Provider abgecheckt«, sagte Sam rasch. »Und er meint, die Ecstasys sind vielleicht bis zu unserem Provider vorgedrungen.«

»Und dann können sie auch dich finden«, vermutete Pitt.

»Ja. So schlau waren wir ja gestern schon. Aber der Adler glaubt, wir hätten noch eine Chance. Denn ganz so einfach ist es nicht, auf einzelne Teilnehmer zurückzuschließen. Wir haben schließlich nicht einen Allerweltsprovider genommen, sondern einen, der an sich schon sehr zuverlässig ist. Und dann haben Hacky und Michelle da noch etwas eingebaut, um das Ganze noch sicherer zu machen: ein Gerät, das den direkten Zugriff übers Internet auf uns verhindert. So was kann man kaufen; Firmen sichern sich damit ab. Es hat ungefähr die Wirkung eines Filters, der nur bestimmte Informationen passieren lässt. Michelle hat so ein Ding etwas aufgemotzt, damit niemand direkt an uns rankommt. Aber eine Schwachstelle hat das Teil: Man kann es einfach ausbauen …«

»Moment – das ist jetzt alles ein bisschen viel«, unterbrach ihn Pitt. »Heißt das, euer Computerclub hat mit so was *gerechnet*?«

»Aber selbstverständlich, mein lieber Junge«, sagte Sam spöttisch. »Es kann ja immer passieren, dass ein Netsurfer aus dem Internet in irgendein geheimes Netz fällt, so ganz aus Versehen. Meinst du etwa, der Finanzminister oder ein Forschungsunternehmen lässt sich so einfach in die Karten schauen? Ganz zu schweigen, wenn man ein bisschen bei irgendeinem Geheimdienst rumsurft, aus Versehen.«

»*Aus Versehen!*«, ächzte Pitt. »Da kommt man doch wohl nicht *aus Versehen* rein?«

»Hast du 'ne Ahnung.« Sam grinste abfällig. »Die behaupten zwar immer, man könne bei ihnen nicht so einfach reinspazieren. Aber du hast ja gestern gesehen, wie das gehen kann. Man klickt ein bisschen hier und dort, man knackt das eine oder andere Passwort … und – *zack*! – ist man irgendwo, wo man nicht hingehört. Ist uns doch gestern selbst passiert.«

Pitt verkniff sich den Kommentar, der ihm auf der Zunge lag. »Und was bedeutet das jetzt für uns?«

»Sagte ich doch schon«, knurrte Sam ungeduldig. »Wir müssen abchecken, ob der Provider und unser Sicherungssystem noch zuverlässig sind. Das geht allerdings nur vor Ort.«

»Und das machst dann du oder Hacky«, vermutete Pitt.

»Ne, jetzt bist du aber wirklich im falschen Film.« Sam schüttelte entschieden den Kopf. »Das kann niemand von den Netsurfern tun. Wenn es beim Provider eine undichte Stelle gibt – die kennen uns doch. Ne, das müssen ganz harmlose Leute sein. Auf die kein Verdacht fällt.«

»Wie? Was? Du … meinst doch nicht …«, stotterte Pitt.

»Und ob ich das meine«, grinste Sam. »Der Adler dachte an euch zwei Hübsche. Ihr seht doch total harmlos aus. Der Provider hat diese Woche so einen Tag der offenen Tür. Die ideale Gelegenheit für euch zu zeigen, ob Netsurfer-Blut in euren Adern fließt!«

14

Dieser Donnerstag war schulfrei. Nicht, weil Ferien waren oder etwa ein Feiertag. Und nicht für alle Schüler, sondern nur für die Wolters-Geschwister und auch nur deshalb, weil sich der Besuch bei dem Netsurfer-Provider nicht hinausschieben ließ.

Pitt und Sabrina fühlten sich so unbehaglich wie vor einer schweren Klassenarbeit, von der man weiß, dass sie nur mit einer katastrophalen Note enden kann. Sam hatte ihnen klargemacht, dass jede Minute zählte. Trotzdem hatte er sich eine halbe Stunde Zeit genommen, um ihnen bis ins letzte Detail zu erklären, worauf es ankam.

»Ich habe noch nie geschwänzt«, sagte Sabrina unglücklich, als sie die U-Bahn-Station Mayenhofen verließen und die ratternde Rolltreppe hochfuhren.

»Ich schon mal«, gab Pitt zu. »Wenn wir Sport in der letzten Stunde hatten, bin ich manchmal früher abgehauen.«

»Das wusste ich ja gar nicht«, staunte Sabrina.

»Ist ja auch nicht so wichtig«, meinte Pitt und hüpfte mit einem Satz auf den Bürgersteig. »Ich glaube, wir müssen jetzt nach rechts.«

Sabrina nickte. »Ja. Und dann noch zwei Querstraßen weiter.« Sie hielt sich dicht neben ihm. »Und warum hast du Sport geschwänzt?«, fragte sie neugierig.

»Ist doch nicht so wichtig«, versuchte er auszuweichen.

»Nun sag schon«, bohrte sie nach. »Es wird doch wohl einen Grund dafür gegeben haben.«

Pitt seufzte. Er kannte seine Schwester. Sie würde keine Ruhe geben, bis sie nicht ihre Antwort hatte. »Also gut«, sagte er resigniert. »Wenn du es unbedingt wissen willst: Ich hasse Geräteturnen. Und wenn es eine Möglichkeit gibt, mich davor zu drücken …«

»Das darf doch wohl nicht wahr sein!«

»Es ist eben nicht jeder eine solche Sportskanone wie du«, erwiderte Pitt mürrisch. »Leichtathletik mache ich ja gerne. Aber der blöde Reuters steht nur auf Reck und Barren. Ohne mich, kann ich dir sagen!«

»Reck macht doch Spaß!«, behauptete Sabrina. »Da kann man so richtig schön rumwirbeln …«

»Bis einem schwindlig wird, ich weiß. Nein danke.« Pitt deutete nach vorne. »Da ist schon die Elisabethstraße.«

»Auch das noch. Damit wird's jetzt wohl ernst, Bruderherz, oder was?«

Pitt nickte. In seinem Hals schien ein Kloß zu sitzen und seine Beine waren der reinste Wackelpudding. Hoffentlich ging die Geschichte nicht schief.

»Welche Hausnummer war es noch mal?«, riss ihn Sabrina aus seinen Gedanken.

»Dreizehn«, antwortete Pitt automatisch. Ausgerechnet *dreizehn!* Als ob auch nicht schon so alle Zeichen auf Unglück ständen.

»Sieben, neun«, zählte Sabrina. »Wir sind gleich da.«

»Ich weiß nicht«, meinte Pitt. »Ich hab kein gutes Gefühl bei der Sache.«

»Ich auch nicht. Wir könnten … wir könnten ja einfach wieder zurückfahren. Und Sam sagen, wir hätten's nicht gefunden.«

»So ein Quatsch!«

»Da ist es.« Sabrina deutete auf ein unauffälliges Gebäude, ein ehemaliges Wohnhaus, das bestimmt schon an die hundert Jahre alt war. Am Eingang waren Messingschilder angebracht, die zu Rechtsanwaltskanzleien und Steuerberatungsbüros gehörten. Über allem prangte ein flott gestaltetes Kunststoffschild mit dem farbigen Logo: *Connect 2000 GmbH*.

»Au weia«, entfuhr es Pitt. »Ich weiß eigentlich gar nicht so recht, was wir hier sollen.«

»Meinst du etwa, ich?« Sabrina schnaubte. »Sam spinnt doch. Ich mach diesen ganzen Netsurfer-Quatsch einfach nicht mehr mit!«

Pitt seufzte. »Du hast ja Recht. Aber leider gibt es da noch ein kleines Problem.«

»Und das wäre?«

»Es geht um Papa«, sagte er ernsthaft. »Und nicht wir helfen den Netsurfern, sondern sie uns.«

Sabrina funkelte ihn wütend an. Dann zuckte sie mit den Schultern. »Ja. Das ist wohl so. Es geht um Papa.« Ihre Augen füllten sich mit Tränen.

Pitt hätte seine Schwester am liebsten in den Arm genommen – vielleicht sogar mehr, um sich selbst zu trösten.

»Und was machen wir jetzt?«, fragte Sabrina kleinlaut.

Pitt biss sich auf die Lippen. »Was schon. Wir gehen jetzt da rein und bringen es hinter uns!«

15

Das schien leichter gesagt als getan. Zwar war es kein Problem, in das Gebäude und in die Räume der Connect 2000 GmbH zu gelangen. Aber danach wurde es schon schwieriger.

Direkt hinter dem Aufzug, mit dem sie ins oberste Stockwerk gefahren waren, stolperten sie in den Empfangsbereich der Firma. Eine bunt gemischte Gruppe blockierte den Eingang: zwei Krawattenheinis, ein Jeanstyp und zwei Frauen, deren Gesichter hinter dick aufgetragenem Make-up verborgen waren. In lockerem Ton unterhielt sich der Jeanstyp mit einer der Frauen. Die anderen schwiegen und gaben sich offensichtlich alle Mühe unbeteiligt zu erscheinen. Vor ihnen am Empfangstresen stand ein älterer Mann und reichte der dort sitzenden Dame gerade eine Geschäftskarte.

Es war zum Davonlaufen. Hätte ein Schild an der Tür gehangen mit der Aufschrift: *Kinder unerwünscht*, wäre die abschreckende Wirkung nicht größer gewesen.

»Ich glaube, wir verdrücken uns hier ganz schnell wieder«, flüsterte Sabrina ihrem Bruder zu. »Von wegen Tag der offenen Tür – das sieht eher aus wie ein Begräbnis.«

Pitt nickte beklommen, schüttelte dann aber den Kopf. »Nicht so schnell«, gab er leise zurück. »Warten wir erst einmal, bis sich der Verkehrsstau aufgelöst hat.«

In diesem Moment bog ein Mann um die Ecke und steuerte auf die wartende Gruppe zu. Er trug eine bunt schillernde Krawatte und hatte sein Gesicht zu einem Lächeln verzogen, das so breit wie unecht war.

»So, meine Herrschaften«, sagte er mit laut dröhnender Stimme und klatschte dabei in die Hände. »Ich darf Sie erst einmal ganz heeerzlich begrüßen in den Räumen der Connect 2000 GmbH. Ich hoffe, Sie haben nicht zu lange warten müssen. Susan«, er wandte sich an die Empfangsdame, »die Formalitäten lassen wir im Moment erst einmal, ja? Das können wir später noch nachholen.«

Die Empfangsdame nickte ergeben. Sie schien an das übertriebene Gehabe des Breitlächlers gewöhnt zu sein.

»Mein Name ist Nockerberg«, gab der selbst ernannte Empfangschef zum Besten. »Alfred Nockerberg.«

»Alfred J. Quaak«, kicherte Sabrina, die an die bekannte Zeichentrickfigur denken musste.

»Ah, was sehe ich denn da?«, rief nun Nockerberg, wobei sein Mund das unglaubliche Kunststück fertig brachte sich noch mehr in die Breite zu ziehen. »Euch beiden ein ganz besonderes Willkommen zu unserem Tag der offenen Tür. Kommt ihr von dem Computerclub?«

Pitt zuckte erschrocken zusammen, als sich fast ein Dutzend Augenpaare auf sie richtete. »Eh … nicht so direkt«, stammelte er.

»Wir sind noch in der Gründungsphase«, sagte Sabrina betont wichtigtuerisch. »Aber wir sehen uns schon einmal nach dem passenden Provider um.«

»Na, wunderbar!« Nockerberg strahlte. »Wenn ihr da nicht bei mir richtig seid …« Er wandte sich wieder an die Erwachsenen. »Meine Damen und Herren, wenn ich Sie jetzt zu einem kleinen Rundgang einladen dürfte. Zuerst möchte ich Ihnen gerne unsere Räumlichkeiten zeigen. Anschließend bleibt genug Zeit für allgemeine oder speziellere Fragen.«

Wenn dieser Breitmaulfrosch wirklich zu den angeblich so netten und sympathischen Leuten von Connect 2000 gehörte, wie Sam sie beschrieben hatte, dann wollte Pitt einen Besen fressen. Er war überzeugt davon, dass Sam Nockerberg noch nie zu Gesicht bekommen hatte. Sonst hätte er sie bestimmt vorgewarnt.

Nockerberg drehte sich um und eilte voran, sodass den anderen gar keine andere Möglichkeit blieb, als ihm mit ebenso raschen Schritten zu folgen. Pitt und Sabrina hielten sich ein bisschen abseits, sie blieben wenige Meter hinter den anderen.

Mit blassen Gesichtern tauschten sie einen Blick. Sie wussten, dass es jetzt an der Zeit war zu handeln. Dazu mussten sie sich unauffällig verdrücken. Alles, was sie brauchten, waren zwei, drei Minuten, um nachprüfen zu können, ob die Sicherheitseinrichtung der Netsurfer noch funktionierte. *Das Ganze ist an sich eine Kleinigkeit*, hatte Sam gesagt. Der Haken daran war nur, dass nicht *er* die Überprüfung vornahm, sondern sie ihnen überließ.

»Müssen wir vor oder nach der Drehtür abbiegen?«, fragte Sabrina so leise wie möglich.

Pitt zuckte mit den Schultern. »Ich glaube, danach«, flüsterte er. Am liebsten hätte er gar nichts gesagt, sondern wäre einfach davongelaufen.

Es hatte sich alles so leicht angehört. *Wenn man euch entdeckt und fragt, wo ihr hinwollt, sagt ihr einfach, ihr sucht die Toilette.* Aber was war, wenn man sie erwischte und ihnen diese nahe liegende Ausrede *nicht* abnahm?

»Also denn«, sagte Sabrina, nachdem sie die Drehtür als Letzte passiert hatten. Mit einem schnellen Satz bog sie nach rechts ab. Pitt folgte ihr, nach einem prüfenden Blick, ob sich Nockerberg und Gefolge tatsächlich nicht darum kümmerten, was hinter ihrem Rücken vorging.

»Zimmer zwölf, Zimmer dreizehn«, zählte Sabrina ab. »Hier sind wir richtig.«

»Schon wieder dreizehn«, stöhnte Pitt.

»Seit wann bist du abergläubisch?«, fragte sie verwundert. Dann legte sie den Finger auf den Mund, trat einen Schritt näher an die Tür und legte das Ohr dagegen. »Nichts zu hören«, flüsterte sie. »Also: jetzt oder nie.«

»Jetzt«, antwortete Pitt automatisch.

Sabrina legte die Hand auf die Klinke und drückte sie nach unten. Vorsichtig und langsam schob sie sie auf.

Der Raum war voll gestopft mit Computern und Flachbildschirmen. Anders als in Sams Zimmer herrschte hier aber geradezu peinliche Ordnung. Auf den einfachen Tischen, auf denen die Monitore und Tastaturen standen, lagen ein paar Kugelschreiber, mehrere Handbücher und ein paar Notizzettel. Das war alles.

»Hier sind wir richtig«, stellte Sabrina fest.

Pitt nickte. Ohne zu zögern, zog er die Tür hinter sich ins Schloss und steuerte auf die rechte Seite des Raumes zu. »Der rechte Rechner. Es muss ein ›Gateway‹ sein.« Er deutete auf das Firmenzeichen des auf dem Boden stehenden Computers. »Siehst du? Das stimmt schon mal.« Er ließ sich auf dem grünen Stuhl davor nieder. Eine merkwürdige Erregung hatte ihn ergriffen. Es war beinahe so, als ob er sich an die Konsolen eines fremden Raumschiffs setzte. Hier und jetzt ging es jedoch nicht um einen Krieg der Sterne, sondern darum, einen Übergriff der Ecstasys im Keim zu ersticken.

»Start«, sagte er, als er den Einschaltknopf des Monitors drückte. »Sieh mal unter dem Tisch nach, ob das Kästchen noch da ist, das Michelle zusammengebaut hat.«

Sabrina ließ sich wortlos auf die Knie nieder und krabbelte unter den Tisch. »Alles voller Kabel«, schimpfte sie. »Was für ein Durcheinander!«

»Ein weißes Kästchen mit einem grünen Punkt drauf«, zischte Pitt ungeduldig. Der Bildschirm war mittlerweile bereit. Er drückte auf die Leertaste. Augenblicklich huschte ein schwarzer Schatten über den Schirm. »Kennst du noch die geheime Tastenkombination?«, fragte er seine Schwester.

»Steuerungs- plus Druck- plus Rollen-Taste«, kam es dumpf unter dem Tisch hervor.

»Ah ja, genau.« Pitts Augen glitten über die Tastatur. Es kam ihm wie eine Ewigkeit vor, bis er die Druck- und die Rollen-Taste im rechten oberen Eck gefunden hatte. Mit einer entschlossenen Bewegung drückte er die Tasten, die ihn in den geheimen Sicherheitsbereich der Netsurfer führen sollten. Ein paar Zeilen huschten über den Flachbildschirm, so schnell, dass er kein Wort mitbekam. Doch dann stabilisierte sich das Bild.

SICHERHEITSSTUFE 1

»Ich hab das Kästchen gefunden«, rief im gleichen Moment seine Schwester.

Die Zeile wanderte nach oben und dann erschien plötzlich ein anderer Schriftzug, ein rotierendes, widerlich vertrautes Logo:

OPERATION DELTA

Pitt saß wie erstarrt da und starrte hilflos auf den Monitor. »Das gibt's doch nicht«, stammelte er. Er wollte seinen Augen nicht trauen. Überall hätte er die Operation Delta vermutet, aber nicht hier, im geheimsten Sicherheitsbereich der Netsurfer!

»Was ist los?«, fragte Sabrina von unten.

»Komm schnell hoch«, antwortete er mit zitternder Stimme. »Wir müssen weg! So schnell wie möglich!«

»Eh?«, machte Sabrina. Dann tauchte ihr Kopf auf. »Wo brennt's denn?«

»Die Ecstasys«, sprudelte Pitt hervor. »Die sind schon

hier!« Er stieß den Stuhl zurück und stand auf. Seine Knie waren weich wie Butter. »Guck dir das an …«

Ein Geräusch an der Tür ließ ihn zusammenfahren. Er wirbelte so schnell herum, dass er den Stuhl umwarf. Krachend schlug das grüne Ungetüm direkt neben Sabrinas Kopf auf den Boden.

Die Tür wurde aufgestoßen. Pitt erwartete, jeden Moment Nockerberg breit grinsend auf sich zustürmen zu sehen. In diesem Augenblick stand es für ihn zweifelsfrei fest, dass der Breitlächler zu den Ecstasys gehörte.

Aber es war nicht Nockerberg – auch kein anderer Erwachsener.

Es war Michelle.

Der Junge starrte sie mit weit aufgerissenem Mund an. »Aber, aber …«, stammelte er.

Später konnte er nicht mehr sagen, was er in diesem Moment wirklich dachte. Ob er tatsächlich geglaubt hatte, dass Michelle zu den Ecstasys gehörte. Dass Sam ihm eine Falle gestellt hatte. Dass alles eine Verschwörung war und Netsurfer und Ecstasys in Wahrheit identisch waren.

»Schnell!«, rief Michelle. Ihr Gesicht war verzerrt vor Sorge. »Wir müssen weg!«

Sabrina stand mit einem Satz neben Pitt. »Was ist los?«

»Eine Falle«, keuchte Michelle. »Sam schickt mich. Er hatte so ein dummes Gefühl … und Recht damit. Aber ich weiß, wie man hier rauskommt.«

16

Für lange Erklärungen blieb keine Zeit. Michelle stieß sie geradezu aus dem Zimmer, wies nach links und machte ihnen mit wenigen Worten klar, dass sie sich beeilen sollten. Ohne zu zögern, folgten sie ihr.

Es war kein Aufbruch, es war eine Flucht. Ihre Schritte klapperten den Flur entlang. Irgendwo hinter ihnen wurde eine Tür aufgerissen. Eine Stimme schrie ihnen etwas Unverständliches nach.

»Die Nottreppe«, rief Michelle, die sich an die Spitze der Gruppe gesetzt hatte. »Wir müssen die Nottreppe nehmen!«

Sie hatten keine andere Wahl. Mit Riesensätzen stürmten sie auf die Treppenhaustür zu, hofften, dass sie nicht verschlossen war.

»Stehen bleiben«, rief jemand hinter ihnen. »Bleibt sofort stehen!«

Pitt riskierte einen Blick über die Schulter. Dass es Nockerberg war, der sich an ihre Fersen geheftet hatte, wunderte ihn nicht. Was ihn aber richtig erschreckte, waren die beiden finsteren Gestalten in seinem Schlepptau. Sie sahen trotz ihrer Maßanzüge wie Schläger der übelsten Sorte aus.

Michelle stieß vor ihnen die Tür zum Treppenhaus auf. Zumindest war sie nicht abgeschlossen. Damit hatten sie noch eine winzige Chance ihren Verfolgern zu entkommen. Immer zwei, drei Stufen auf einmal nehmend, hasteten sie die Treppe hinab.

Über sich, viel zu nah, hörten sie die Tür gegen die Wand

krachen. Die Männer polterten ihnen hinterher. Sie waren schnell und zielsicher. Ohne Zweifel waren das keine gewöhnlichen Geschäftsleute. Es schienen Profis zu sein, richtige Menschenjäger.

»Was … jetzt?«, schrie Sabrina, als sie mit ihrem letzten Satz direkt neben Michelle im Erdgeschoss ankam.

Das Mädchen trat mit aller Kraft gegen die schwere Holztür, die in die Elisabethstraße hinausführte. Die Tür schwang auf und prallte gegen die Außenwand. Sabrina wollte an ihr vorbei in die Freiheit stürzen, aber Michelle packte sie wortlos am Ärmel ihrer geliebten roten Wetterjacke und riss sie mit sich herum. Mit der anderen Hand versetzte sie Pitt einen Schubs, der ihn direkt in die Dunkelheit unter dem Treppenabsatz beförderte.

»Was …«, begann Pitt. Aber Michelle funkelte ihn nur wütend an und bedeutete ihm mit einer Geste, ruhig zu sein.

Die Geschwister verstanden. Zusammen mit Michelle pressten sie sich gegen das kühle Holz des Treppenaufgangs, tief hinein in den dunklen Schatten.

Es funktionierte. Nockerberg stürmte an ihnen vorbei, dicht gefolgt von den beiden Schlägertypen. Sie rannten auf die Straße hinaus. Pitt wollte schon aufatmen, doch dann hörte er, wie die Schritte der drei abrupt innehielten.

»Was ist?« Nockerbergs Stimme. Trotz der Entfernung war sie laut und deutlich zu vernehmen.

»Ich hab sie noch immer in der Peilung«, antwortete einer der anderen Männer. »Aber *hinter* uns.«

»Der Keller«, sagte Nockerberg sofort. »Sie können nur im Keller sein.«

Pitt glaubte, sein Herzschlag würde aussetzen. *Peilung!* Das bedeutete, dass die Ecstasys sie mit irgendeinem elektronischen Schnickschnack orten konnten!

»Also, kehrt marsch!», rief Nockerberg.

Michelle und die Geschwister schoben sich automatisch noch tiefer ins Halbdunkel unterhalb der Treppe. Pitt stand dicht gedrängt an Michelle. Bei anderer Gelegenheit hätte ihm diese Nähe sicher gefallen. Für weitere Gedanken blieb keine Zeit.

Die Männer hielten direkt auf sie zu, mit zielsicheren Schritten; sie erschreckten ihn mehr, als er es sich eingestehen wollte. Es konnte nur noch Sekunden dauern, bis sie entdeckt wurden. Und was dann geschehen würde, konnte er sich lebhaft vorstellen. Er hielt den Atem an und wartete auf das unvermeidliche *Wen haben wir denn da!* von Nockerberg. Aber dann ereignete sich das Unglaubliche: Nur wenige Meter vor ihnen bogen sie ab! Eine Tür wurde aufgerissen und laut polternde Schritte kündeten davon, dass die Verfolger auf dem Weg in den Keller waren.

Pitt konnte sein Glück kaum fassen. Er wartete noch zwei Herzschläge und zischte dann: »Nichts wie weg hier.«

Die beiden Mädchen folgten ihm. Von Panik getrieben, stürzten sie aus dem Haus. Die gerade durch die dichte Wolkendecke brechende Sonne blendete wie ein Suchscheinwerfer. Sie mussten die Augen zusammenkneifen, um überhaupt erkennen zu können, wo sie sich befanden.

»Nach rechts!«, rief Pitt.

Zur U-Bahn, so schnell wie möglich. Die nächsten Minuten würden darüber entscheiden, ob es ihnen gelänge, genug Vorsprung zu gewinnen. Pitt war gewillt alles dafür zu tun. Die Vorstellung, dem widerlichen Nockerberg in die Hände zu fallen, trieb ihn zu wahren Höchstleistungen. Er war sogar einen Tick schneller als seine spurtstarke Schwester, und das, obwohl auch ihr die Angst ins Gesicht geschrieben stand.

»Die … haben … einen Peilsender«, keuchte Michelle dicht hinter ihm. »Wir … sind … gleich an der … U-Bahn.«

Pitt warf einen irritierten Blick zurück. Michelle hatte nicht ihn gemeint, sie hielt ein kleines Gerät in der Hand, in das sie sprach. Ein Handy! Mit dessen Hilfe hielt sie offensichtlich Kontakt zu den Netsurfern.

Irgendetwas quäkte aus dem Lautsprecher des Handys. Michelle antwortete nicht. Sie schob das Gerät in die Jackentasche zurück und beschleunigte ihre Schritte. »Schnell!«, schrie sie. »Die kommen gleich!«

Da tauchte vor ihnen auch schon die Abzweigung auf. Sie ließen die Elisabethstraße hinter sich und hielten auf die immer noch viel zu weit entfernte U-Bahn-Station Mayenhofen zu. Das blauweiße U-Bahn-Schild war bereits zu erkennen, aber noch mussten sie mehrere hundert Meter hinter sich bringen.

Auf den letzten Metern zog Sabrina dann doch noch an Pitt vorbei. Mit Riesensätzen sprang sie auf den Eingang zur rettenden Station zu und dann hinab in die Tiefe, immer drei, vier Stufen der Treppe auf einmal nehmend.

Bevor Pitt ihr folgte, warf er noch einmal einen Blick hinter sich.

Vor Schreck wäre er beinahe gestolpert. Die drei Verfolger stürmten gerade um die Ecke. Nockerberg hatte sich an die Spitze des Trios gesetzt. Irgendetwas blitzte in seinen Händen auf. Es konnte nur der Peilsender sein, dieses blödsinnige Ding, das sie aus irgendeinem unbekannten Grund orten konnte.

Mit torkelnden, unsicheren Schritten sprang er die Treppe hinab. Sabrina war bereits vor ihm in der Tiefe verschwunden, Michelle dicht hinter ihr.

Pitt hasste diese Treppen. Ein falscher Schritt und er brach sich alle Knochen. Dieses Wissen lähmte, und machte es ihm unmöglich, genauso schnell und geschickt wie die beiden Mädchen zu sein.

Aber es ging ums nackte Überleben. Mit einem letzten Satz sprang er von der Treppe herab …

… und hielt irritiert inne.

Er sah niemanden mehr. Einmal ausgenommen den alten Mann, der sich auf einem der grauen Kunststoffsitze einige Meter von ihm entfernt niedergelassen hatte, und die Mutter, die einen Kinderwagen in Richtung des hinteren Ausgangs schob. Die Mädchen waren wie vom Erdboden verschluckt!

Sein Blick glitt über die Anzeigetafeln für die nächsten Züge. Die eine, Richtung stadteinwärts, war blank und leer, aber die andere kündigte einen Zug an. Diese U-Bahn mussten sie erwischen, koste es, was es wolle.

Aber wo waren die Mädchen? Sie mussten sich irgendwo versteckt haben. Er riss sich aus seiner Erstarrung.

Seine Schritte knallten unangenehm laut auf dem Steinboden und schienen aus der lang gestreckten Röhre widerzuhallen, welche die U-Bahn aus der Innenstadt ausspucken würde.

Und das hoffentlich bald. Bevor Nockerberg die Treppe heruntergestürmt kam. Und bevor Pitt die Mädchen endgültig verloren hatte!

Gerade als er überzeugt war, dass genau das geschehen war, hörte er eine vertraute Stimme. Pitt wirbelte herum.

Da standen sie. Hinter einer der merkwürdig gescheckten Säulen, welche die Decke des unterirdischen Bahnhofs trugen.

Michelle hatte die verschwitzten langen blonden Haare zurückgeschoben und das Handy an das Ohr gepresst; sie nuschelte irgendetwas in das Gerät. Sabrina stand schmal und totenbleich neben ihr.

Gerade in diesem Moment, beim Anblick seiner vollkommen erschöpften Schwester und der nicht minder angeschlagenen Michelle, wurde ihm bewusst, dass sie sich mit Kräften eingelassen hatten, denen sie nicht gewachsen waren. Das Ganze musste ein Ende haben – so schnell wie möglich.

Sabrina winkte ihn heran. »Um Gottes willen«, flüsterte sie. »Bleib da nicht so einfach stehen.«

Pitt trat neben die beiden und lauschte, hoffte auf das leicht grummelnde Geräusch, mit dem sich eine U-Bahn schon viele Sekunden vor dem Einfahren in der Station ankündigt. Er hörte nichts, auch nicht die Schritte ihrer Verfolger.

Michelle seufzte, kniff die Augen zusammen und schüttelte einmal kurz den Kopf. Ihre Haare waren so verschwitzt, dass sie trotz der abrupten Bewegung an ihrem Kopf haften blieben, als wären sie mit Pattex festgeklebt. »Ich glaub's nicht«, murmelte sie. »Ich glaub's einfach nicht.«

»Was ist?«, fragte Pitt besorgt.

»Das war Hacky«, antwortete Michelle nervös. »Er meint, die können uns überall anpeilen und finden ...«

»Aber wie ...?«

»Hab ich nicht verstanden«, antwortete Michelle verzweifelt. »Ist doch auch egal. Er meint jedenfalls, wir hätten nur eine einzige Chance.«

»Und welche?«

»Wir müssen zur Polizei. Müssen denen eine glaubhafte Geschichte auftischen, warum uns diese Typen verfolgen. Hacky und Sam denken sich was aus.« Michelles Stimme klang gehetzt. Es konnte nicht mehr lange dauern, bis Nockerberg hier auftauchte.

»Ob glaubhaft oder nicht, ist mir egal«, sagte Sabrina kraftlos. »Ich will nur noch weg hier.«

»Ja, aber wir müssen sie abhängen«, fuhr Michelle rasch

fort. »Auch elektronisch. Meint Hacky. Drei U-Bahn-Stationen weiter ist eine Polizeiwache. Und wenn wir auf der Wache sind, werden sie uns ja wohl kaum noch etwas tun können.«

»*Und hinterher*?« Sabrina lachte verzweifelt. »Was ist denn das für ein Mist!«

»Wir müssen zur Polizei«, beharrte Michelle. »Die Netsurfer werden uns dann schon nicht im Stich lassen.«

17

Die Zeit drängte. Pitt hatte keine Ahnung, ob die Züge vormittags alle fünf oder alle zehn Minuten fuhren. Aber das war letztlich auch egal. Alles, was sie brauchten, war ein bisschen Glück. Das Glück, dass die U-Bahn gerade noch rechtzeitig kam.

Vielleicht war es besser, schon hier Hilfe zu organisieren. Aber wen? Den alten Mann, der sich in seine Zeitung vertieft hatte? Die Frau mit dem Kinderwagen, die irgendwo weiter hinten versuchte ihren mittlerweile heulenden Säugling zu beruhigen? Oder die beiden Jugendlichen, die kurz nach ihm aufgetaucht waren und sich jetzt leise am Rand des Bahnsteigs unterhielten?

Es war sinnlos. Die U-Bahn, die sie zur Polizeiwache bringen sollte, war ihre letzte Chance.

Und dann hörte er sie: ihre Verfolger, nicht die Bahn. Sie gaben sich offensichtlich Mühe leise vorzugehen. Aber diese Schritte, von Gummisohlen abgefedert und dennoch zielsicher und schnell, waren unverkennbar.

Sie hatten keine andere Möglichkeit, als sich wieder zu dritt aneinander zu pressen. Die Säule war dick und es gab hier unten mindestens dreißig oder vierzig solcher Betonstützen. Aber es konnte nur eine Sache von wenigen Augenblicken sein, bis sie sie entdeckten.

Doch darauf wie Schlachtvieh zu warten – das konnte es nicht sein.

Pitt überlegte fieberhaft, was sie tun könnten.

Ein fernes und leises Rumpeln riss ihn aus seinen Gedanken. Die Bahn! Wie lange würde es dauern, bis sie hier ankam? Er hatte keine Ahnung – es mochten zehn oder zwanzig Sekunden sein. Mehr wohl kaum.

Dann näherten sich Schritte. Kräftige, federnde Schritte. Ein einzelner Mann, vielleicht.

Wenn er sich nur richtig konzentrieren könnte! In seiner Aufregung verschwammen alle Gedanken und Geräusche zu einem einzigen Schwindel erregenden Durcheinander.

Es war ihm klar, dass sie ausweichen mussten, sobald der Mann die Säule passierte. Doch dadurch konnten sie in das Blickfeld der beiden anderen Ecstasys geraten!

Die Entscheidung wurde ihm abgenommen. Michelle zerrte an seinem Ärmel. Sie zog ihn und Sabrina kurzerhand mit sich.

Keinen Augenblick zu früh. Pitt erhaschte noch einen kurzen Blick auf einen der Maßanzüge mit den ausgebeulten Jacketttaschen. Dann war der Mann vorbei. Und nichts weiter in ihrem Blickfeld als der Alte auf dem grauen Sitz, der noch immer in seine Zeitung vertieft war und scheinbar so gar nichts von dem bemerkte, was um ihn herum vorging.

Michelle stieß einen tiefen Seufzer aus. Der Laut vermischte sich mit dem lauter werdenden Rumpeln der herannahenden U-Bahn.

Sie war die Rettung. Aber wie zum Teufel sollten sie es schaffen, unter den wachsamen Augen der Ecstasys zu ihr zu gelangen? Es schien unmöglich. Und wenn die Bahn erst ohne sie losgefahren war, brauchte Nockerberg sie nur noch ganz gemütlich einzusammeln, wie Fallobst im Garten.

»Ich mache es«, flüsterte Sabrina ihm zu.

Er zuckte zusammen. »Was?«, gab er leise zurück.

»Ich lenke sie ab. Wie im Churpfalz-Park.«

»Nein«, antwortete Pitt entsetzt. Vor vielen Jahren hatte seine Schwester einmal in einem waghalsigen Manöver versucht ihre Eltern abzuhängen, um noch einmal ins Kasperletheater des Vergnügungsparks zu kommen. Sie war vorgelaufen zu der Bimmelbahn, die ihre Kreise durch den Park drehte. Hatte sich in einem winzigen, unbeobachteten Moment in den vorbeifahrenden Zug geworfen.

Blaue Flecke waren das Ergebnis des Manövers gewesen und die Eltern hatten sie schließlich dann doch erwischt und Sabrina die kräftigste Standpauke ihres bisherigen Lebens gehalten.

Ein ähnliches Kunststück mit der U-Bahn zu versuchen, wäre reiner Selbstmord. Es musste einen anderen Weg geben, um Nockerberg abzuhängen!

»Wenn es einer schafft, dann ich«, meinte Sabrina. Das war keine Angabe, sondern ihre tiefste Überzeugung.

»Wir müssen etwas tun«, drängte Michelle.

Sie hatten beide Recht. Der Zug kam näher. Ein Luftstrudel, der sich zu einem kleinen Sturm ausweitete, wurde von der U-Bahn in den Bahnhof gedrückt.

Der alte Mann klappte seine flatternde Zeitung zu und erhob sich.

Es brauchte nicht viel Phantasie, um sich vorstellen zu können, wo und wie sich die Ecstasys aufgebaut hatten: zwei am Anfang und Ende des Zuges, der dritte in der Mitte. Noch dazu würde es um diese Uhrzeit ein Kurzzug sein, nicht mehr als drei Wagen. Unmöglich, an den Männern einfach vorbeizustürmen.

»Ihr bleibt hier«, hauchte Sabrina. »Wir treffen uns bei der Polizei. Ihr nehmt ein Taxi, ich die U-Bahn.«

»Aber ...«, protestierten Michelle und Pitt.

»Wir haben sonst keine Chance«, sagte Sabrina beschwörend. »Pitt weiß, was ich vorhabe. Und dass ich es schaffe.«

Gegen seine Willen nickte er. Er hätte sonst was dafür gegeben, wenn er anstelle Sabrinas den Plan hätte durchführen können. Aber das war absolut unmöglich. Er war ein zu schlechter Turner. Mir der sportlichen Geschicklichkeit seiner Schwester konnte er beim besten Willen nicht konkurrieren.

Nein. Wenn einer von ihnen es schaffen konnte, die Ecstasys auf diese Weise auszutricksen, dann Sabrina.

18

Die letzten Momente, bevor die U-Bahn einfuhr, waren grauenhaft. Aus Angst, Nockerberg oder einer seiner beiden Schläger würde sie entdecken, riskierten sie keinen Blick. Pitt fühlte sich furchtbar, meinte Sabrina aufhalten zu müssen – und wusste doch, dass sie sonst keine Chance hatten.

Dann war es so weit. Die Bahn fuhr ein. Mit tiefem Brummen drosselten ihre starken Elektromotoren die Drehzahl. Sie hörten, wie die Türen aufglitten. Das Gemurmel der wenigen aussteigenden Passagiere. Das Klappern ihrer Schuhe auf kaltem Steinboden, das sich zwischen den Säulen verlor. Die Stimme des Fahrers, der rief: »Bitte zusteigen!«

Das war das Signal für Sabrina. Sie stieß sich mit aller Kraft von der Säule ab. Spurtete los. Pitt konnte jetzt gar nicht mehr anders, er lugte hinter der Säule hervor. Und zuckte vor Schreck zusammen.

Der alte Mann, die Jugendlichen und die Frau mit Kinderwagen waren längst in der Bahn verschwunden. Gleich würde der Zug anfahren. Sabrina stürmte so schnell, wie sie konnte, auf ihn zu. Doch sie war nicht allein auf dem Bahnsteig! Nockerberg starrte ihr mit befriedigtem Grinsen entgegen und wirbelte herum, um ihr mit wenigen Schritten den Weg abzuschneiden. Auch einer der beiden anderen Männer war gefährlich nahe. Sabrina konnte es gar nicht schaffen! Nockerberg war erstaunlich schnell, seine Bewegungen geschmeidig und sicher. Sein Kumpan stand ihm darin in nichts nach.

Das schien auch Sabrina zu erkennen. Nur wenige Meter vor dem Zug schlug sie einen Haken.

»Zusteigen, *bitte!*«, dröhnte die letzte Aufforderung des Fahrers.

Wahrscheinlich hatte er mitbekommen, dass das Mädchen im letzten Moment noch aufspringen wollte. Er konnte nicht ahnen, was für sie auf dem Spiel stand. Er würde einfach ohne sie losfahren.

Es konnte nur schief gehen.

Da war Nockerberg bei Sabrina. Seine Hände schnappten gierig nach ihr. Aber er hatte nicht mit der Kaltblütigkeit des Mädchens gerechnet. Ohne einen Sekundenbruchteil zu zögern, ließ sie sich nach unten weggleiten. Dann folgte eine geschickte Drehung in Richtung Bahn und Nockerberg torkelte mit verblüfftem Gesichtsausdruck ins Leere.

Und doch war es zu spät. Die Bahn ruckte an.

Der zweite Verfolger war bis auf einen Meter an Sabrina herangekommen. Er stieß einen triumphierenden Schrei aus. Auch Sabrina schrie jetzt, wie ein Tier, das weiß, dass es allen Mut und alle Kraft zusammennehmen muss, um einem gefährlichen Verfolger zu entkommen.

Pitt konnte sich nicht vorstellen, was sie vorhatte. Gleich würden die Typen sie schnappen. Es war schrecklich, aber die grausame Wirklichkeit. Das Einzige, was ihr jetzt noch helfen konnte, war ein Wunder.

Sie stieß sich ab. Es waren fast noch zwei Meter bis zum Zug. Die U-Bahn nahm Geschwindigkeit auf, der Kopf des Fahrers war längst in der Führerkabine verschwunden. Sabrina flog geradewegs auf den Zug zu, auf den letzten Wagen, auf die letzte Tür, die bereits an ihr vorüberzuziehen schien, die Hände weit ausgestreckt. Ihr Schrei hallte noch in dem unterirdischen Bahnhof wider, als sie bereits auf dem kalten Stahl des Wagens aufprallte. Ein hartes Rumsen. Ihre Finger glitten über Türglas, glattes Metall. Sie verlor den Halt an dem immer schneller werdenden Zug. Etwas quietschte: Fingernägel auf Metall, die verzweifelt versuchten einen Halt zu finden.

Pitts Herzschlag setzte für Sekunden aus. Er konnte nicht mehr denken, sah nur noch entsetzt alles mit an.

Sabrina stieß wieder einen Schrei aus. Viel heller diesmal, leidend, verzweifelt, nein, wie tödlich getroffen.

Dann endlich geschah das Wunder.

Ihre Finger rutschten ab. Pitt war sich sicher, dass sie nun stürzen würde, hinunter auf die Gleise, nein, schlimmer, zwischen Bahnsteig und Gleise, sah sich schon in der Küche bei Mutter sitzen, von dem grausamen *Unfall* erzählen, ihre rot geweinten Augen, dann die Vorwürfe des Vaters.

Doch auch dieser schreckliche, scheinbar eine Ewigkeit währende Moment verging. Sabrinas Finger fanden wieder Halt! Sie packte die Türgriffe. Ein Ruck ging durch ihren Körper. Ihre Beine verschwanden unter dem Zug und Pitt glaubte schon, das Schicksal hätte sich nur einen traurigen Scherz geleistet, eine Verschnaufpause vor der endgültigen Katastrophe.

Dann zog sich seine Schwester an den Türgriffen empor, nein, eigentlich schnellte sie hoch. Gerade als der letzte Wagen mit seinem blinden Passagier auf den Tunnel zuraste, schaffte sie es, ihre Beine hochzuhieven. Dicht an den Wagen geklammert, kämpfte sie um Halt.

Der Zug verschwand zischend tief unter der Stadt in der Unendlichkeit der U-Bahn-Tunnel.

19

Sekundenlang war niemand in der Lage sich zu bewegen. Nicht einmal Nockerberg und seine beiden Schläger rührten sich von der Stelle.

»Das gibt's doch nicht«, sagte einer von ihnen schließlich fassungslos.

»Damit könnte die Kleine im Zirkus auftreten«, bestätigte der andere.

Pitt hörte ihre Stimmen und er spürte, wie sein Herzschlag wieder einsetzte. Sein Kopf dröhnte und seine Hände zitterten.

»Schnell«, meinte Nockerberg. »Wir nehmen den Wagen. An der nächsten Station erwischen wir sie. Wenn sie überhaupt so weit kommt!«

Einer der Männer lachte kurz und gemein auf. Pitt lief es eiskalt über den Rücken.

»Und was ist mit den anderen?«, fragte der zweite, ohne eine Miene zu verziehen.

»Um die kümmern wir uns später. Wenn wir erst eine dieser Gören haben, sind wir schneller bei den anderen, als die sich das vorstellen können«, antwortete Nockerberg.

Pitt stand noch immer beinahe ungedeckt an der Säule. Hätte sich jetzt einer der Männer umgedreht, hätte er ihn und Michelle gesehen.

Aber das Trio eilte, ohne sich umzublicken, auf den Ausgang auf der anderen Seite zu. Hastig stürmten sie die Treppe hoch.

»Komm«, meinte Michelle, als ihre Schritte verklungen waren. Sie berührte ihn sanft am Arm. »Wir müssen los. Wir müssen zur Polizei.«

»Hoffentlich passiert Sabrina nichts«, sagte Pitt, noch immer fassungslos. »Hoffentlich geht das gut!«

»Ich glaub schon«, versuchte ihn Michelle zu beruhigen. »Ich hab so was noch nicht gesehen! Deine Schwester ist die reinste Artistin.« Sie zuckte mit den Schultern. »Aber wenn wir hier Wurzeln schlagen, war die ganze Aktion umsonst.«

Pitt nickte langsam. »Stimmt«, sagte er. »Entschuldige. Es ist nur … Wenn ihr etwas passieren würde, könnte ich mir das nie verzeihen!«

»Ich versteh schon. Und nun komm.« Michelle drehte sich um und begann im schnellen Laufschritt den nun leeren Bahnhof zu durchqueren. Sie hielt auf den entgegengesetzten Ausgang zu. Wenn Pitt nicht allein zurückbleiben wollte, musste er ihr folgen. Er riss sich zusammen und setzte sich in Bewegung.

»Ich weiß nicht, ob sie es schafft, sich bis zur nächsten Station festzuhalten«, rief er Michelle zu, als er sie erreicht hatte und neben ihr die Treppe hochjagte. »Bei so einer Geschwindigkeit!«

»Sie schafft das schon«, versicherte ihm das blonde Mädchen. »Nach dem, was ich gesehen habe, bin ich überzeugt, sie hat noch 'ne ganze Menge mehr drauf!«

»Hoffentlich hast du Recht«, erwiderte er, während er sich umsah, ob sie auch richtig waren. Neben den Hinweisen für Bus- und Tramverbindungen zeigte ihnen auch ein Taxi-Schild den Weg. »Da müssen wir rauf«, sagte er und deutete zum rechts liegenden Aufgang.

Oben empfing sie ein grauer, düsterer Himmel. Der frische Wind hatte erstaunlich schnell Wolken herangetrieben, die sich allem Anschein nach binnen kurzem entleeren würden. Am Taxistand warteten zwei beigefarbene Wagen auf Fahrgäste. Auf den ersten eilten sie zu. Pitt stieg auf der Beifahrerseite ein, während Michelle im Fond Platz nahm.

»Wo soll's denn hingehen?«, fragte der Taxifahrer statt einer Begrüßung und legte die Zeitung zur Seite, in die er sich zuvor vertieft hatte.

»Zur Polizei«, sagte Pitt. Michelle fügte noch einen Straßennamen hinzu.

Der Wagen schoss davon. Offensichtlich gehörte dieser bärtige, vielleicht vierzigjährige Mann am Steuer zu der eher rabiaten Sorte von Taxifahrern, die sich gar nicht schnell genug ihrer Fahrgäste wieder entledigen konnten. Hupend und fluchend bahnte er sich einen Weg durch die schmale Karolingerstraße, bog in die mehrspurige Hauptstraße ein, nahm einem anderen Wagen die Vorfahrt und drängte sich mit überhöhtem Tempo auf die linke Spur.

Pitt war das ganz recht. Sie hatten es eilig. Und in Gedanken war er sowieso woanders. Bei Sabrina, die sich den ganzen Weg lang zwischen zwei U-Bahn-Stationen an dem Wagen festklammern musste.

Er drehte sich zu Michelle um. »Vielleicht sollten wir doch erst zur nächsten Haltestelle fahren«, sagte er.

»Und damit den Ecstasys genau in die Arme laufen?« Michelle schüttelte den Kopf. »Das ist keine gute Idee.«

»Aber Sabrina ...«

»... wird sich ohne uns viel besser zu helfen wissen«, führte Michelle seinen Satz weiter. »Und wenn sie sie wirklich schnappen – wie willst du ihr dann beistehen? Nein, wir bleiben bei unserem Plan.«

»Aber ...«

Michelle schüttelte nur ärgerlich den Kopf. Sie hatte das Handy hervorgekramt und zog nun die Antenne raus. Die Verbindung kam offensichtlich sehr schnell zustande, denn schon nach wenigen Sekunden begann sie in das Gerät zu sprechen – so leise, dass nicht einmal Pitt ein Wort verstand.

Der Taxifahrer runzelte die Stirn und beobachtete Michelle schweigend im Rückspiegel. Wahrscheinlich hielt er sie für so ein verwöhntes Gör, das sich per Taxi zum nächsten Spiel schaukeln ließ und währenddessen mit Freunden per Handy herumalberte.

»Wie weit ist es denn noch?«, fragte Pitt ungeduldig. Weniger die Sorge um sein eigenes Schicksal als vielmehr um das von Sabrina ließ ihm keine Ruhe.

»Nur noch ein paar Querstraßen«, brummte der Taxifahrer. Dann zuckte er zusammen. »He … was soll das denn?«

Zuerst verstand Pitt gar nicht, was er meinte. Doch dann sah er es: Ein großer schwarzer BMW drängte sich von der Seite heran. Ein Fenster war heruntergelassen. Ein Arm mit Polizeikelle lugte daraus hervor. Der Mann auf dem Beifahrersitz des BMW winkte ein paarmal damit. Dann schoss der schwere Wagen an ihnen vorbei, scherte vor dem Taxi ein und bremste hart.

»Der spinnt doch!«, knurrte der Taxifahrer.

Obwohl er mit aller Kraft auf das Bremspedal trat, kam das Taxi dem Heck des BMW gefährlich nahe. Buchstäblich im letzten Moment kam es mit quietschenden Reifen zum Stehen. Zwischen die Stoßstangen der beiden Wagen hätte kaum noch eine Zeitung gepasst.

Auf der Stirn des Taxifahrers perlte Schweiß. Seine Hände hielten das Lenkrad immer noch krampfhaft umklammert, als auch schon zwei Männer aus dem BMW sprangen. Sie trugen dunkle Anzüge und Sonnenbrillen. Mit eiligen Schritten stürzten sie auf das Taxi zu.

Pitt kam gar nicht dazu, sich von seinem Schreck zu erholen. Einer der Männer riss kurzerhand die Fahrertür des Taxis auf.

»Papiere«, herrschte er den verdutzten Fahrer an.

»Aber … aber … ich«, stammelte der.

»Papiere, aber ein bisschen zack«, donnerte der angebliche Polizist.

Pitt wusste sofort, dass dieser Mann genauso wenig mit der Polizei zu tun hatte wie ein Kaninchen mit einem Berggorilla. Er musste zu ihren Verfolgern gehören. Wahrscheinlich hatten die Ecstasys sie angepeilt und sofort ein paar Schläger losgeschickt. Und dabei befand sich die Polizeiwache, in der sie in Sicherheit gewesen wären, nur ein paar Straßen weiter.

Jetzt sah es allerdings nicht so aus, als ob sie da jemals hinkommen würden. Der Beifahrer aus dem BMW war zwei Meter vor dem Taxi stehen geblieben. Sein Blick bohrte sich geradezu in Pitt hinein.

Der Taxifahrer kramte mit zitternden Fingern seine Papiere hervor und reichte sie dem Fahrer des anderen Wagens.

»Anton Huber, so, so«, sagte der Mann. Er holte Stift und Notizblock aus seiner Jackentasche und notierte penibel, aber zügig Name und Adresse.

»Um was geht es denn eigentlich?«, fragte Huber nervös. »Bin ich zu schnell gefahren oder was?«

»Das auch«, antwortete der BMW-Fahrer kalt. »Und dann kämen da noch ein paar andere Verstöße hinzu: Überfahren einer durchgezogenen Linie, Schneiden und Gefährden anderer Verkehrsteilnehmer, kein Blinkersetzen beim Überholen.« Er schüttelte den Kopf. »Aber darum handelt es sich gar nicht, Herr Huber. Es geht um einen ziemlich drastischen Fall von Sorgerechtsverletzung. Die Kinder hier wurden von ihrem Vater entführt, der sie jetzt ins Ausland verschleppen will.«

»Glauben Sie ihm kein Wort!«, schrie Michelle vom Rücksitz. »Das ist überhaupt kein Polizist! Fahren Sie uns lieber zur Polizeiwache!«

»*Kinder*«, sagte der BMW-Fahrer verächtlich. Als er sah, dass Pitts Hand zum Türgriff kroch, warf er ihm einen eiskalten Blick zu. »Zuerst wollten sie bei ihrer Mutter bleiben und plötzlich halten sie zum Vater. Aber wie auch immer: Steigt jetzt aus, Kinder, damit wir euch zu eurer Mutter zurückbringen können. Die macht sich *wahnsinnige* Sorgen.«

»Nein!«, widersprach Michelle.

Der BMW-Fahrer grinste nur und gab Huber die Papiere zurück. »Vielleicht brauchen wir Sie noch als Zeugen, Herr Huber«, sagte er. »Und jetzt raus mit euch!«

»Auf keinen Fall!«, rief Pitt und wandte sich an den Taxifahrer: »Herr Huber, bitte helfen Sie uns! Wir wollten doch zur Polizei! Das würden wir doch nicht, wenn ...«

»Raus, habe ich gesagt«, unterbrach ihn der BMW-Fahrer, während sich sein Kumpan Pitts Tür näherte und sie mit einem Ruck aufriss. »Aber ein bisschen plötzlich, sonst machen wir euch Beine!«

»Lassen Sie sich doch seinen Ausweis zeigen«, sagte Pitt. »Das sind wirklich keine ...«

Die Ecstasys ließen ihm keine Chance. Der Beifahrer packte Pitt am Arm und zerrte ihn zu sich hoch. Der Junge hörte, wie Michelle hinter ihm die Tür aufstieß. Dann ging alles sehr schnell. Der BMW-Fahrer hastete um den Wagen herum. Während sich Pitt im Griff des zweiten Mannes wand, gelang es Michelle tatsächlich, ein paar Schritte zwischen sich und den Wagen zu bringen. Aber sie kam nicht weit. Spielend holte der Ecstasy sie ein und zog sie grob an sich.

»Fahren Sie weiter«, herrschte er dann Huber an. »Machen Sie schon! Sehen Sie zu, dass sie Land gewinnen.«

Im Gesicht des Taxifahrers arbeitete es. Offensichtlich kam ihm an den beiden »Polizisten« einiges merkwürdig vor. Wahrscheinlich machte es ihn stutzig, dass sie sich so viel Mühe gegeben hatten, die Kinder von der Polizeiwache fern zu halten.

Doch dann legte er den Rückwärtsgang ein und setzte mit kreischenden Reifen ein Stück zurück. Ohne sich noch einmal umzusehen, brauste er davon.

20

Sam knautschte die Coladose endgültig zusammen, die er bereits minutenlang in der Hand geknetet hatte, und warf sie in Richtung Mülleimer. Er traf nicht. Die Dose schlug blechern auf dem Boden auf und kullerte ein paar Meter weiter.

»Die haben mich auf der Wache kalt lächelnd abserviert«, knurrte er. Er schob sein Mobiltelefon wieder ins Ladegerät und sprang auf. »Das ist doch einfach unglaublich! Ich hätte wohl zu viele Krimis gesehen, hat der Typ gesagt!«

»Schalt mal 'nen Gang niedriger«, bremste ihn Hacky. »Die müssen doch jeder Anzeige nachgehen. Niemand kann dich so einfach abservieren.«

»Es sei ja nichts passiert, behaupten die. Ich kann ja überhaupt nichts beweisen. Michelle hat es gerade noch geschafft durchzugeben, dass das Taxi gewaltsam angehalten wurde. Aber was danach passiert ist, wissen wir doch selber nicht. Tatsache ist jedenfalls, dass beide nie auf der Polizeiwache angekommen sind.«

»Die wurden von den Ecstasys eingesackt, das ist doch ganz klar«, meinte Hacky.

»Ja, dir und mir ist das klar.« Sam nickte. »Aber das nehmen mir die Bullen nicht ab.«

»Und welche geniale Idee brütet dein Gehirn jetzt gerade aus?«

»Überhaupt keine«, gestand Sam. »Wir müssen uns eben was anderes einfallen lassen.«

»Glückwunsch zu dieser Erkenntnis«, sagte Hacky. »Vielleicht kannst du mir dann auch verraten, wie die Ecstasys unsere Freunde haben anpeilen können? Wir brauchen sie nämlich gar nicht erst zu befreien, wenn die bösen Buben sie danach sofort wieder aufspüren können.«

»Unsere Provider-Freunde könnten ihnen eine Wanze untergejubelt haben.«

»Eine Wanze?« Hacky nickte zuerst, doch dann schüttelte er entschieden den Kopf. »Glaub ich nicht, ich denk eher, die haben Michelles Handy angepeilt! Und wir haben gedacht, wie schlau wir wären, dass wir die ganze Zeit die Handyverbindung aufrechterhalten haben!«

Sam starrte ihn einen Moment entgeistert an, dann nickte er langsam. »Kann sein«, brummte er widerwillig. »Trotzdem drehen wir uns im Kreis. Wenn wir nicht bald eine Lösung finden, geht's unseren Freunden an den Kragen. Denen traue ich alles zu.«

»Ich glaub kaum, dass sie ihnen ein Haar krümmen«, sagte Hacky nachdenklich. »Das würde zu viel Staub aufwirbeln.«

»Bist du dir da ganz sicher?«

Hackys Sonnenbrille rutschte ein Stück von der Nase. Mit einer unwilligen Bewegung schob er sie zurück. »Verdammt, ich bin mir überhaupt nicht sicher!«

»Immerhin wissen wir jetzt, wo die ihr Hauptquartier haben«, fuhr Sam fort. »Da müssen wir einfach rein.«

»Klar«, erwiderte Hacky spöttisch. »Wenn du mich fragst: Wir schnallen uns die Revolvergurte um, nehmen die Winchesters aus dem Gewehrschrank und stürmen die Festung!«

»Gut, dass ich dich nicht frage«, meinte Sam aufgebracht. »Du kannst manchmal ein solcher Hornochse sein.« Er sprang auf und begann unruhig im Raum herumzutigern. »Der Adler hat ihr Hauptquartier ausgespäht, richtig?«

»Überhaupt nicht«, widersprach Hacky. »Er hat einen

ihrer Knotenpunkte entdeckt. Den Münchner Knoten. Nicht mehr und nicht weniger.«

»Das ist doch ganz egal.« Sam redete sich immer mehr in Rage. »Wir können jedenfalls davon ausgehen, dass sie Michelle und Pitt dort hingebracht haben …«

»Nun mal halblang«, unterbrach ihn Hacky. »Geht ein Schiff erst einmal unter, wird der Käpt'n richtig munter.«

»Was soll denn das nun wieder heißen?«

»Dass wir auf die Kommandobrücke der Ecstasys marschieren müssen«, stellte Hacky genüsslich fest. »Dort, wo ihr Käpt'n alle Informationen zusammenlaufen lässt.«

»Informationen, die in Computern gespeichert werden«, sagte Sam aufgeregt. »Weil die bis oben hin gerammelt voll mit Elektronik sind.«

»Die dürften kaum weniger Elektronik an Bord haben als ein Flugzeugträger«, bestätigte Hacky. »Und genau da können wir ansetzen. Wir spazieren übers Internet rein.«

»Mal eben so?« Sam schüttelte den Kopf. »Du weißt doch ganz genau, dass das nicht funktionieren kann. Die sind unter Garantie so abgesichert wie das Oval Office des amerikanischen Präsidenten.«

»Wir brauchen nur den richtigen Trick mit dem Mausklick«, sagte Hacky. »Den Sesam-öffne-dich-Klick. Den Klicktrick.«

»Ach ja? Wie?« Sam schnaubte. »Wenn wir bislang irgendwo reinkamen, war das nach wochenlanger Kleinarbeit.«

»Mag sein«, gab Hacky zu. »Aber wenn du dich jetzt nicht aufraffst und alles versuchst, damit es diesmal schneller geht, ziehe ich dir höchstpersönlich einen Ring durch die Nase und führ dich daran durch die ganze Stadt!«

21

Die Situation war ausweglos. Pitt konnte sich nicht daran erinnern, sich jemals zuvor so mies gefühlt zu haben. Die Fahrt im dunklen BMW hatte sie in einen Teil Münchens gebracht, der ihm vollkommen unbekannt war. Durch die getönten Scheiben sah er, dass sie durch eine Gegend mit großen hässlichen Firmengebäuden kamen.

Irgendwann bremste der Wagen abrupt. Die zwei Ecstasys stiegen aus und schleppten ihn und Michelle in ein Gebäude aus Chrom und Stahl, das vor zwanzig Jahren sicherlich imposant ausgesehen hatte. Mittlerweile machte es allerdings einen eher heruntergekommenen Eindruck.

Sie wurden wortlos einen dunklen Flur entlanggeführt und dann in einen düsteren Raum gesperrt. Nur durch ein vergittertes Oberlicht fiel etwas Licht. Bis auf ein paar Pappkartons und einen alten Bürostuhl, dem die Rückenlehne fehlte, war der Raum leer.

Michelle hockte an der Wand, mit halb geschlossenen Augen. Sie sah vollkommen erledigt aus. Das Schlimmste aber war der Ausdruck von Hoffnungslosigkeit, der sich auf ihrem Gesicht breit gemacht hatte.

»Ich … ich weiß nicht, wie es weitergehen soll«, sagte sie schließlich stockend. »Die lassen uns doch hier nie wieder raus!«

»Doch, sicher«, sagte Pitt schwach. Er hatte auf dem kaputten Bürostuhl Platz genommen. »Die können uns ja nicht ewig hier festhalten.«

»Wenn ich nur wüsste, was die mit uns vorhaben«, klagte Michelle. »Dieses Warten macht mich noch ganz verrückt!«

»Und mich, dass ich nicht weiß, was mit Sabrina passiert ist. Mist, dass sie dir dein Handy weggenommen haben. Dann könnten wir wenigstens Hilfe holen.«

Ein leises Klicken lenkte ihn ab. Er warf einen Blick nach oben an die Wand. In der Ecke neben der Tür war ein Gerät in einem sandfarbenen Gehäuse angebracht. Immer wenn er sich in seinem Stuhl bewegte, leuchte dort ein kleines rotes Licht auf.

Er wusste, was das war. Sein Vater hatte es ihm einmal erklärt, als er ihn in der Bank besucht hatte: Das Ding gehörte zu einer Alarmanlage. Ein so genannter Bewegungsmelder. Das Gerät reagierte auf jede Bewegung in einem Raum und meldete sie weiter. Im Ernstfall, wenn die Alarmanlage eingeschaltet war, würden sofort die Sirenen losgehen.

Aber das war noch nicht alles. Neben dem Bewegungsmelder war eine Videokamera mit Mikrofon installiert. Auch an ihr leuchtete ein kleines Licht, sie war also eingeschaltet. Pitt konnte sich lebhaft vorstellen, wie jetzt jemand sehr interessiert verfolgte, was die Gefangenen miteinander zu bereden hatten.

Das ganze Gebäude schien mit Elektronik voll gestopft zu sein.

22

»Seid ihr in ihrem Sicherheitssystem drin?«, fragte der Adler.

Seine Stimme klang etwas blechern über das laut gestellte Telefon. Aber immerhin klappte die Kommunikation: Während Sam und der Adler per Internet miteinander verbunden waren, tauschten sie sich gleichzeitig übers Telefon aus. Hacky bohrte sich währenddessen über einen zweiten Internet-Kanal tiefer in die Bereiche des World Wide Webs, in denen sie die Ecstasys vermuteten.

»Nein«, sagte Sam. »Aber wir haben ihre Spur aufgenommen. Du hattest Recht: Die haben sich so gut versteckt, dass wir sie glatt übersähen, würden wir nicht das Delta-Geheimnis kennen.«

»Ja, das ist unser Vorteil«, antwortete der Adler.

»Aber die haben ihr Netz nicht nur durch den üblichen Schnickschnack wie Firewalls und Zutrittsbeschränkungen geschützt«, fuhr Sam fort. »Das sieht alles sehr verwirrend aus.«

»Ja, leider. Ich komme auch nicht weiter.« Der Adler schwieg einen Moment. »Um ehrlich zu sein: Mir gehen langsam die Ideen aus.«

Das war schlecht, sogar sehr schlecht. Es gab bei den Netsurfern wohl kaum jemanden, der über so viel Erfahrung im Knacken von Sicherheitseinrichtungen verfügte wie der Adler. Von Hacky einmal abgesehen.

»Wir werden es schon schaffen«, sagte Sam. Im Gegensatz zu seinen zuversichtlichen Worten klang seine Stimme besorgt. »Zuerst einmal müssen wir ja nur rausbekommen, *wo* Michelle und die anderen überhaupt stecken.«

»Im Hauptquartier der Ecstasys«, sagte der Adler. »Das liegt doch wohl auf der Hand.«

»Ja. Klar. Aber wie kommen wir an die Adresse?«

»Wenn ihr ein Kaffeekränzchen gründen wollt, seid ihr hier an der falschen Adresse«, schimpfte Hacky ungehalten. »Bei eurem Geschnatter kann sich ja kein Mensch konzentrieren!«

Sam runzelte die Stirn. »Hast du denn etwas entdeckt, du Mimose?«, fragte er.

»Könnte man so sagen«, knurrte Hacky. Obwohl er zwei Jahre jünger als Sam war, übernahm er in brenzligen Situationen häufig die Führung. »Klemm dich an die zweite Tastatur und leg los.«

Sam zuckte ergeben mit den Schultern. Es hätte jetzt keinen Sinn, Hacky zu fragen, was genau er vorhatte. Wahrscheinlich wusste er es selbst noch nicht so recht.

»Also denn, großer Meister«, sagte er, als er in seinen Sessel rutschte. »Was soll ich tun?«

»Halt mir zusammen mit dem Adler den Rücken frei«, antwortete Hacky. »Ich bin hier auf irgendetwas gestoßen. Aber immer wenn ich eine Ebene tiefer gehen will, schmeißt man mich raus …«

»Man?«

»Ich weiß nicht, was es ist. Ich seh immer nur flüchtig etwas über den Bildschirm huschen, bevor ich wieder draußen bin. Etwas wie einen Vogel.«

»Den Adler?«

»Nein. Eher wie … wie das, was du mir beschrieben hast. Dieser … dieser komische Vogel, der euch beim ersten Mal angenervt hat.«

»Der mich so erschreckt hat, dass ich den Monitor runtergeschmissen habe«, bestätigte Sam grimmig. »Wenn das stimmt, bist du auf der richtigen Spur!«

Er hatte den Monitor umgeschaltet und folgte jetzt der Adressspur, die Hacky auf dem gemeinsamen Rechner hinterlassen hatte. Es war wie eine Reise mit einem Segelboot in stürmischer See: das Gleiten auf einer Welle, das Herabstürzen ins Wellental, der harte Aufprall, die Gischt, die über die Reling bricht, der Gegendruck, der einen vom richtigen Kurs abbringen will. Sam tauchte in den Strudel ein, hatte keinen anderen Gedanken mehr, als das Ganze bestehen zu wollen, weiterzukommen von Welle zu Welle, von Adresse zu Adresse zu hüpfen. Gegenzuhalten, wenn Fehlermeldungen ihn vom Kurs abringen wollten, dranzubleiben, auch wenn eine wichtige Verbindung nicht gefunden wurde.

Und dann sah er ihn.

Es war tatsächlich der Vogel. Sein Schemen huschte über den Bildschirm. Vielleicht war er nur einen Sekundenbruchteil zu sehen gewesen und doch lange genug, um ihn zweifelsfrei wieder zu erkennen. Dieses hämische Vogelgesicht mit den funkelnden Augen würde er wohl sein ganzes Leben lang nicht vergessen.

»Endstation«, stieß Hacky in diesem Moment hervor. »Weiter komme ich nicht. Aber vielleicht sind wir ja auch schon am Ziel.«

Sam verstand nicht sofort, was er meinte. Der Schirm zeigte mittlerweile eine mittelalterliche Szene, eine Burg, mit brennenden Fackeln an der Außenwand, die ihr Licht durch eine rabenschwarze Nacht schickten. Der lateinische Schriftzug In hoc signo vinces schwebte wie ein Banner über der Burg. Doch völlig unpassend zum mittelalterlichen Gepränge pulsierte der Satz wie eine Leuchtreklame in der Fußgängerzone.

»Was heißt hier Endstation?«, fragte Sam. »Wo sind wir denn eigentlich?«

»Auf einer gut abgeschirmten Internet-Seite«, erwiderte Hacky rasch. »Das könnte die Ecstasy-Festung sein. Besser gesagt: ihr Sinnbild.«

»Ich hab ein Lateinlexikon auf der Festplatte«, quäkte die Stimme des Adlers aus dem Telefonlautsprecher. »Gleich hab ich die Bedeutung ... Da: *In diesem Zeichen wirst du siegen*. Genau das heißt dieser Spruch.«

»›In diesem Zeichen wirst du siegen‹?« Sam überlegte. »Dann kann es sich bei dem Zeichen nur um dieses Delta handeln.«

»Delta«, rief Hacky. »Das ist es. Gib ein Delta ein. Unten rechts in der Ecke.«

»Scherzkeks«, meinte Sam. »Da ist kein Feld, in das ich irgendetwas eingeben könnte.«

»Das nicht«, gab Hacky zurück. »Aber ...«

Er kam nicht dazu, seinen Satz zu beenden. Ein Vogel stieß sich rechts oben von einer Burgzinne ab. Er wurde rasch größer, als würde er geradewegs auf den Betrachter zufliegen.

Und es war nicht irgendein Vogel – es war *der* Vogel.

Sam stieß einen Schrei aus. Zu frisch war ihm noch die letzte Begegnung in Erinnerung, als sein Zimmer regelrecht zerlegt worden war. Es konnte doch nicht sein, dass sie schon wieder an diesem Vogel Ka scheiterten!

Von links unten flitzte plötzlich eine andere Figur heran – ein Adler. Mit mächtigem Schwingenschlag hielt er auf den Vogel Ka zu.

Was dann folgte, war ein unglaubliches Schauspiel. Die Tiere flogen aufeinander zu, als wollten sie sich zerschmettern. Im letzten Moment tauchte der Adler unter dem Vogel Ka weg. Dann vollführte er einen klassischen Looping, der einem alten Doppeldecker eher angestanden hätte als einem Adler. Seine Krallen fuhren aus und bohrten sich in seinen Gegner.

Ein schrilles Kreischen zerriss die Luft. Der Laut, der aus den PC-Lautsprechern ertönte, war so realistisch, dass Sam und Hacky ein eiskalter Schauer über den Rücken lief.

Der Vogel Ka schüttelte sich. Der Adler versuchte sich festzuhalten. Aber er schaffte es nicht. Mit kraftvollen Schwingenschlägen setzte der andere Vogel nach. Und kam dann frei.

Hilflos trudelte der Adler auf den unteren Bildschirmrand zu. Kurz bevor er aus dem Sichtbereich verschwand, fing er sich wieder. In einer Kurve, welche die frühere Eleganz vermissen ließ, stürzte er sich erneut auf den Feind.

Die beiden Vögel verkrallten sich ineinander. Federn stoben auf. Ein paar Sekunden lang war auf dem Bildschirm nichts weiter zu sehen als ein undefinierbares Federknäuel. Dann sausten die beiden Tiere, immer noch aneinander geklammert, in die Tiefe. Doch irgendetwas stimmte nicht!

Sam stieß einen Schrei aus, als er sah, dass der Vogel Ka die Oberhand zu gewinnen drohte. Das war nicht mehr länger der Kampf zweier gleich starker Partner. Wie ein Bussard, der eine Maus geschlagen hatte, hielt der Vogel Ka den Adler in seinen Fängen.

Dann stürzten beide ab. Ein letzter Schwingenschlag des Vogels Ka war zu sehen, dann glitten die Flügel unter den Bildschirmrand.

Aber es war noch nicht zu Ende. Aus den Lautsprechern drang nach wie vor das grauenvolle Kreischen. Dann folgten Geräusche wie von hackenden Vogelschnäbeln, ein Schrei, der erschreckend menschlich klang, Flügelschlagen, das schwächer wurde, ein Rauschen, als stürze etwas ab.

»Was … was war das?«, stammelte Sam.

»Still«, zischte Hacky und drehte sich in Richtung des Telefons. »Adler, was ist los mit dir? Bist du okay?«

Statt einer Antwort war ein Klatschen zu hören, dann knackte es ein paarmal in der Leitung und – Stille.

»Adler!«, rief Hacky. »Was ist passiert?«

Am anderen Ende der Leitung passierte etwas. Wie aus weiter Ferne war eine Stimme zu hören, dann undefinierbare Geräusche – und schließlich wieder ein Knacken. Es war kaum zu entscheiden, welches Geräusch aus dem Telefon- und welches aus den Computer-Lautsprecher kam. Endlose Sekunden vergingen, in denen Sam und Hacky wie gelähmt dasaßen, auf jedes Geräusch achtend und doch zur Tatenlosigkeit verurteilt.

Dann kam etwas vom unteren Bildschirmrand her nach oben getorkelt. Ein Vogel. Das ehemals stolze Gefieder sah stark ramponiert aus. Die Flugbewegungen waren unsicher.

Aber es war nicht der Vogel Ka.

Es war der Adler.

23

»Ein Glück, dass das nur Bildschirmfiguren waren«, sagte der Adler. »Wenn es ein echter Kampf gewesen wäre, hätte ich jede Menge Federn lassen müssen.«

Trotz des scherzhaften Tons lachte niemand. Hacky war nach wie vor damit beschäftigt, per Computertastatur die nächsten Schritte einzuleiten. Kurz nach dem Kampf der beiden Vögel war auf der Internet-Seite mit der düsteren Burg wieder dieser komische Buchstabe aufgetaucht, auf den beim ersten Mal Pitt aufmerksam geworden war: das γ.

Nach Anklicken des griechischen Buchstabens und der anschließenden Eingabe des Wortes *Delta* waren sie auf die nächste Internet-Seite geraten. Und das erstaunlicherweise ganz ohne lästige Passwort-Abfrage. Dafür stellte sie die Seite, in die sie nun hineinstolperten, vor neue Rätsel: Zuvor hatten sie eine Burg von außen im Bild gehabt und nun war es das Burginnere, das sich ihnen in einer einfachen, aber detailreichen Grafik präsentierte.

»Was ist eigentlich passiert, nachdem ihr aus dem Sichtfeld verschwunden wart?«, fragte Sam. Er hatte sich in seinem Sessel zurückgelehnt und überließ diesmal Hacky die Erkundung der neuen Web-Seite – ohne allerdings auch nur ein einziges Mal den Blick vom Bildschirm zu nehmen.

»Keine Ahnung«, antwortete der Adler. »Ich hab nicht mehr gesehen als ihr. Schließlich war ich auch nur per Monitor an dem Spiel beteiligt. Und natürlich mit meinem Joystick. Ich hab damit rumgeeiert wie ein Bekloppter.« Ein kurzes Knacken in der Leitung, dann sprach er weiter: »Damit hab ich ihn irgendwie erwischt.«

»Ihr quasselt und quasselt«, schimpfte Hacky. »Seht euch doch mal lieber an, was ich hier gefunden habe.«

»He, das kenn ich doch irgendwoher«, meinte der Adler aufgeregt. »Das sieht aus wie in dem einen Computerspiel … In … Wie hieß es noch mal?«

Sein Vergleich passte – auch wenn er nicht auf den Namen des Spiels kam, das sie aber alle kannten. Eine imaginäre Kamera fuhr durch einen Gang, folgte einer Biegung und kam durch eine geöffnete Tür in einen opulent ausgestatteten Raum. Die Grafik war bescheidener als in einem modernen Computerspiel, mit Rücksicht auf das Internet, über das sich nicht so schnell Daten übertragen ließen wie von einer Spiel-CD. Trotzdem wirkte alles erstaunlich plastisch und überzeugend.

In der Mitte des Raumes stand eine Truhe. Eines dieser typischen Verstecke, in dem ein Schlüssel, eine Waffe oder ein Hinweis verborgen sein konnten.

Oder ein *Monster*. Eine *Bombe*, die hochging, wenn man per Joystick unvorsichtigerweise den Deckel zurückklappen ließ. Oder eine Hand, die einen ins Innere der Truhe zerrte und damit das Spiel beendete.

»Nun mach schon«, sagte Sam. »Worauf wartest du?«

»Das ist eine *Falle*«, stellte Hacky fest. Sein Tonfall ließ keinen Zweifel zu. »Die Truhe steht viel zu einladend da. Seht euch lieber mal um. Ich vermute, hier gibt es irgendwo einen anderen Hinweis.«

»Vielleicht das Bild dort«, sagte Sam. Er meinte einen Ölschinken, der verschwommen an der Wand zu erkennen war.

»Oder eine der Fackeln«, warf der Adler ein.

»Damit dir ein Licht aufgeht«, stichelte Hacky. »Wäre bei dir ja auch mal wirklich nötig.«

»Und was ist mit den griechischen Skulpturen da hinten?«, fragte der Adler.

Hacky erwiderte: »Mensch, du wächst ja richtig über dich hinaus. Wartet mal, ich geh ein bisschen näher ran.«

Die imaginäre Kamera fuhr auf den Hintergrund des Raumes zu, in dem sich schemenhaft und kaum erkennbar Skulpturen abzeichneten. Je näher sie kamen, umso mehr Einzelheiten waren zu erkennen. Rund ein Dutzend Statuen standen da; sie stellten griechische Götter und andere Sagengestalten dar. Zum Beispiel den Kriegsgott Ares mit Schild und drohend erhobenem Schwert, die wunderschöne Liebesgöttin Aphrodite und ganz in der Mitte ragte Göttervater Zeus auf, ein älterer Mann mit Bart und einem Kranz im Haar.

»Jetzt könnten wir Pitt gebrauchen«, sagte Sam, der sich daran erinnerte, dass sich der blonde Junge gut mit der griechischen Antike auskannte.

»Was?«, fragte Hacky

»Vergiss es«, antwortete Sam. »Die Frage ist nur, welche der Statuen uns weiterbringen kann.«

»In der Tat«, bestätigte Hacky. »Das zu ergründen dürfte gar nicht so einfach sein.«

»Es handelt sich vermutlich um jemanden, dessen Namen mit D wie *Delta* anfängt«, vermutete der Adler.

»Aber selbstredend.« Hacky tippte sich mit der flachen Hand gegen die Stirn. »D wie Dauerlutscher oder Delta.«

»Ich hab jetzt auch die Statuen auf dem Schirm«, sagte der Adler, der Hackys Aktion offensichtlich an seinem eigenen Computer nachvollzogen hatte. »Aber das ist alles ein bisschen zu hoch für mich. Ich geh mal in meine Suchmaschine, um mir aus dem Internet Informationen zu holen.«

»Aber geschwind«, drängte Hacky. »Es würde mich nicht wundern, wenn die uns hier bald rauswerfen.«

»Ich geb mir Mühe … Da hab ich auch schon was.« Der Adler schwieg einen Moment und fuhr dann fort. »Also, ich hab hier ›Griechische Götter und Sagengestalten in Wort und Bild‹.«

»Spann uns nicht auf die Folter«, drängte Sam.

»Hab ich nicht vor. Ich muss nur warten, bis sich die Bilder aufbauen … so … Zeus, Hera, Athene, Ares, Hermes, Aphrodite … ne, also bei den Göttern werde ich nicht fündig. Nichts, was so richtig mit D anfängt.«

»Aber es muss doch etwas geben«, sagte Sam verzweifelt.

»Noch ist nicht aller Tage Abend«, antwortete der Adler. »Sehen wir doch mal, was an sonstigen Sagengestalten so rumfleucht.«

»Und?«, fragte Hacky ungeduldig.

»Ah … ja. Wen haben wir denn da? Einen gewissen Dädalus. Gibt es unter den Statuen zufällig so einen Knaben mit Flügeln?«

»Aber ja«, erwiderte Hacky. »Einen Geflügelten haben wir. Der steht ganz rechts in der Ecke.«

»Das dürfte unser Typ sein«, meinte der Adler zuversichtlich. »Klingt doch gut: Erbauer eines Labyrinths. Passt zu dieser Burg. Dann wurde er gefangen genommen. Gar nicht dumm, hat sich Flügel gebaut und ist zusammen mit seinem Sohn Ikarus auf und davon geflogen. Wenn das keine Anspielung auf diesen bescheuerten Vogel ist, mit dem ich das Vergnügen hatte, dann weiß ich auch nicht!«

»Also Dädalus«, sagte Sam grimmig. »Dann wollen wir doch mal sehen, was passiert, wenn wir diese Statue anklicken!«

Er steuerte den Mauszeiger auf die Figur: einen älteren Mann mit Bart, der aussah, als wären ihm gerade Flügel gewachsen. Bei genauerer Betrachtung ergab sich ein etwas anderes Bild. Dädalus stand zwar in einer merkwürdigen Pose da, mit weit gespreizten Armen – aber es handelte sich definitiv um Arme! Die Flügel waren künstlich, mit Ledermanschetten festgezurrt und mit Vogelfedern versehen. Nach der Sage wurden die Federn mit Wachs angeklebt. Ikarus, der Sohn Dädalus', flog mit seinem Paar künstlicher Flügel zu übermütig in Richtung Sonne: Das Wachs schmolz und er stürzte ins Meer

Hoffentlich stürzen wir nicht auch ab, dachte Sam flüchtig.

Im ersten Moment schien auch genau das zu geschehen. Der im Bildschirm gezeigte Raum klaffte auseinander. Was sich dahinter auftat, war zunächst nicht deutlich zu erkennen.

Grüne, blaue, gelbe, türkisfarbene Stränge und Muster wirbelten durcheinander, vereinigten sich mit weiteren Farben und formten sich zu einem Kaleidoskop grell leuchtender Schemen. Aus den Lautsprechern drang gleichzeitig ein schrilles Wimmern. Sam streckte erschrocken die Hand vor, bereit, jederzeit den neu konstruierten Notschalter, mit dem er seine gesamte Anlage abschalten konnte, zu betätigen.

Seine Besorgnis erwies sich als unnötig.

Die Muster und Formen nahmen Gestalt an. Kein Vogel huschte hervor und der Bildschirminhalt floss auch nicht einfach davon. Eine neue, verwirrende Szenerie tauchte vor ihnen auf. Das Kreischen verebbte und machte einem leisen Plätschern Platz.

»Wow, was ist denn das?«, fragte Hacky.

»Weiß nicht«, antwortete Sam. »Es ... es sieht fast wie eine Art Plan aus.«

Das ergab Sinn. Farbige Linien unterschiedlicher Stärke waren zu erkennen, die sich manchmal kreuzten oder streckenweise parallel verliefen. Dazwischen waren andere Elemente gekleckst: Quadrate, Kreise, Rechtecke, auch sie in verschiedenen Farben.

»Mensch«, sagte Hacky. »Das könnte es tatsächlich sein!«

»Was denn?«

»Na, eine *andere* Darstellung der Ecstasy-Festung«, fuhr Hacky aufgeregt fort. »Gerade haben wir als Sinnbild das Innere einer Burg gesehen. Jetzt könnte es der elektronische Plan ihres Hauses sein!«

»Du meinst ...«, begann Sam.

»Ein Kreis könnte zum Beispiel für einen Brandmelder stehen«, unterbrach ihn Hacky. »Ein Rechteck für eine Videokamera. Und so weiter.«

»Und die farbigen Linien sind die Leitungen zwischen diesen Geräten«, vermutete Sam. »Wie bei Bill Gates. Ich habe gerade erst vor kurzem in irgendeiner Computerzeitschrift einen Bericht über sein *Intelligentes Haus* gelesen. Dort ist alles verkabelt und über Computer miteinander verbunden: von den Aufzügen über die Alarmanlage bis zu den Küchenmaschinen, einfach alles.«

»Exakt«, bestätigte Hacky. »Nur eine Kaffeemaschine sehe ich hier nicht. Eigentlich wäre ja auch eine Eismaschine interessanter ... aber egal.« Er zuckte mit den Achseln. »Wir haben dennoch unser Ziel knapp verfehlt. Wir haben zwar die erste Hürde genommen und sind auf den Ecstasy-Rechner gestoßen, aber nicht bis in ihr Allerheiligstes, in ihre geheime Datenbank gelangt. Wir sind lediglich beim Hausmeister gelandet.« Er deutete auf den Monitor vor sich, der immer noch ein verwirrendes Muster farbiger, sich kreuzender Linien zeigte. »Das ist nichts weiter als ein Plan ihrer Hauselektronik.«

»Damit können wir doch gar nichts anfangen«, meinte Sam.

»Mag sein«, sagte Hacky nachdenklich. »Aber vielleicht

haben wir damit auch ein Brecheisen in der Hand, mit dem wir ihre Bude wirklich knacken können.«

»Wie meinst du das?«, quäkte die Stimme des Adlers aus dem Telefonlautsprecher.

»Wir könnten aus diesen bunten Farbklecksen ein bisschen mehr herauszuholen versuchen«, antwortete Hacky. »Wenn da Videokameras drin sind: Was hält uns eigentlich davon ab, sie in unserem Sinne einzusetzen?«

Sam überlegte einen Moment. »Glaubst du wirklich, *das* wäre möglich?«

Hacky achtete nicht weiter auf ihn. Er machte seinem Namen alle Ehre und hackte in schneller Reihenfolge Daten in die Tastatur ein. Sam biss sich nervös auf die Lippen. Er war selbst ein begabter Hacker, aber was sein Freund jetzt vorhatte, verstand er nicht einmal andeutungsweise.

»Adler«, stieß Hacky hervor. »Hast du auch dieses bunte Farbbildchen vor dir auf dem Schirm?«

»Klar«, kam die Antwort zurück.

»Es funktioniert nur, wenn wir das System von zwei Seiten in die Zange nehmen.«

»Wie damals, als wir uns in dem französischen Firmencomputer verheddert hatten und beinahe nicht mehr rausgekommen wären, ohne einen Großalarm auszulösen?«, fragte der Adler.

»Ganz genau«, bestätigte Hacky. »Auf los geht's los … LOS!«

Das letzte Wort schrie er fast. Gleichzeitig hämmerte er eine wirre Zeichenfolge in die Tastatur und schloss sie mit einem Mausklick ab.

Das Bild auf dem Monitor veränderte sich schlagartig. Die bunten Symbole fielen in sich zusammen, während die farbigen Linien zu pulsieren begannen. Es dauerte nur wenige Sekunden, dann schälten sich aus den Symbolen neue

Umrisse, die zunehmend plastischer wurden. Man konnte Videokameras erkennen, graue Kästchen, die wahrscheinlich zur Alarmanlage gehörten, und Netzwerkverteiler für die Computersignale des Gebäudes.

»Mensch, das klappt ja tatsächlich«, schrie der Adler begeistert. Der Lautsprecher des Telefons schepperte unangenehm, er schien diesem plötzlichen Ausbruch nicht ganz gewachsen zu sein.

»Ja, Wahnsinn«, knurrte Hacky. »Aber wie komme ich jetzt an die einzelnen Videosignale?«

»Du willst die Kameras anzapfen?«, stellte der Adler fröhlich fest. »Klasse Idee. Gut, dass wir in den letzten Monaten schon ein bisschen mit der Software von *Intelligenten Häusern* rumgespielt haben. Dieser eine Artikel da in der *c't* war wirklich spitze, und dann diese Simulationssoftware im Internet ...«

»Wenn wir Glück haben, finden wir so Michelle und die anderen«, unterbrach Sam seinen Redefluss.

»Schön, dass du es auch schon geschnallt hast«, murmelte Hacky, während er wild mit der Maus herumhantierte. »Aber stell dir das nicht zu einfach vor mit dieser Hauselektronik. Wenigstens kennen der Adler und ich uns schon recht gut mit solchen Systemen aus – da sieht man mal wieder, wozu ein paar Nachtschichten am Computer gut sind. Und jetzt ... wart mal einen Moment ... na also, warum denn nicht gleich. Jetzt bin ich in der Steuerung drin. Mal sehen, was für ein Film da läuft.«

Er schaltete irgendetwas um. Das verwirrend bunte Gitternetz auf dem Schirm verschwand und machte einem anderen Bild Platz: einem etwas undeutlichen Schwarzweißausschnitt eines Flurs.

»Na prächtig«, maulte Hacky. »Das ist ja fast so spannend wie das Innere von Sams Coladose.«

»Versuch's doch mal mit Kamera dreizehn«, sagte der Adler. »Ich hab da was ganz Interessantes entdeckt.«

Hacky führte ein paar Tastaturkommandos aus und lehnte sich dann zurück. »Gangster bei der Arbeit«, kommentierte er den neuen Bildausschnitt.

Tatsächlich waren drei Männer zu sehen, die in einem Raum zusammensaßen und Skat droschen. Einer von ihnen hatte sein Jackett abgelegt und die Ärmel hochgekrempelt. Die anderen wirkten so korrekt gekleidet wie Bankangestellte vor einer Vorstandssitzung.

Hacky bemerkte: »Spannend. Jetzt fehlen eigentlich nur noch die Bierflaschen auf dem Tisch.«

»Dies ist aber nicht ganz das, was wir suchen«, sagte der Adler. »Wir müssen wohl noch ein bisschen rumklicken.«

»Okay. Gehen wir systematisch vor. Ich fang bei den Nummern von unten an, du von oben.«

»Alles klar.«

Eine Weile war nichts weiter zu hören als das Klacken der Tasten und gelegentliche gemurmelte Flüche. In der Tat erwiesen sich die Videobilder alles andere als spannend. Lagerräume, leere Flure, Parkplätze, ein leerer Konferenzraum, ein paar Büros, in denen Männer und Frauen scheinbar ganz normalen Tätigkeiten nachgingen.

»Ich glaub, das war ein Satz mit X«, sagte Hacky schließlich. »Das war wohl nix.«

»Da bin ich mir nicht so sicher.« Die Stimme des Adlers klang jetzt so leise, dass sie über Telefon kaum zu verstehen war. »Ich hab da noch einen zweiten Videobereich entdeckt. Einen, der etwas versteckt ist, weil er auf einer extra gesicherten Leitung liegt. Ich geb dir die Koordinaten.«

Hacky gab die Zahlenkombination ein, griff nach der Maus, betätigte die Eingabe – und starrte geradewegs in Pitts Gesicht.

Der Junge saß auf einem Stuhl und blickte in die Videokamera, als wolle er sie hypnotisieren. Im Ausschnitt des dunklen, ruckelnden Bildes waren auch die beiden Mädchen zu erkennen. Erschöpft und offensichtlich vollkommen erledigt saßen sie auf dem Boden. Doch zumindest wirkten sie unverletzt.

Sam und Hacky konnten nicht ahnen, dass man Sabrina erst kurz zuvor zu Pitt und Michelle gesperrt hatte. Sie interessierte im Augenblick nur eines: dass sie die drei tatsächlich gefunden hatten!

Der Anblick war so überraschend, dass Sam vor Erleichterung einen schmerzhaften Stich in der Magengrube verspürte. Ein paar Sekunden konnte er gar nichts sagen, sondern ließ seine Augen einfach nur von einem zum anderen der drei Gefangenen wandern.

»Mensch, Wahnsinn!«, rief er schließlich mit fast unmerklich zitternder Stimme. »Da hast du mal wieder echt einen Treffer gelandet, Hacky!«

»Von wegen Treffer«, antwortete der aufgebracht. »Wir können sie zwar sehen, aber nicht mit ihnen sprechen. Und was das Abgefahrenste dabei ist: Ich hab immer noch keinen blassen Schimmer, *wo* sie überhaupt stecken.«

Sam schwieg betroffen. Hacky hatte Recht. Sie hatten ihre Freunde zwar im Internet aufgestöbert, aber die Ecstasys waren nicht so freundlich gewesen ihnen gleich auch noch die Adresse des Gefängnisses mitzuliefern.

»Kriegen wir denn nicht wenigstens den Ton drauf?«, fragte Sam schließlich, während er in den Gesichtern von Michelle und den Geschwistern nach irgendeinem Hinweis suchte, nach einem winzigen Zeichen, das ihnen weiterhelfen könnte.

»Das ist unwahrscheinlicher als sechs Richtige im Lotto«, behauptete Hacky. »Hast du überhaupt eine Ahnung, wie viel Glück wir bislang hatten? Dass die Ecstasys ihre Bude nach dem Schema eines *Intelligenten Hauses* verkabelt und auch die Videoanlage in ihr Computernetz eingebunden haben – das zeigt nur, die sind auf der Höhe der Zeit. Aber alleine hier reinzukommen war schon kein Pappenstiel. Und wenn ihre Software nicht so ähnlich wäre wie die, die der Adler und ich aus dem Internet kennen – dann hätten wir uns daran die Zähne ausgebissen.«

»Außerdem bringt uns das wohl kaum was«, mischte sich der Adler ein. »Wenn sie nicht zufällig die Adresse ihres Gefängnisses nennen, wird uns der Ton nicht weiterhelfen. Auf jeden Fall können wir *nicht* mit ihnen sprechen.«

Sam starrte enttäuscht auf den Monitor. Seine Freunde nur zu sehen, ihnen aber nicht helfen zu können, war bitter.

»Wir brauchen eine neue Idee«, stellte er fest.

»Kluges Kerlchen«, spottete Hacky. »Hast du zufällig ein paar davon auf Lager?«

»Vielleicht«, sagte Sam. »Es könnte doch sein, dass … He, was ist *das*?«

Etwas ging auf dem Bildschirm vor sich, eine plötzliche Veränderung, die ihn erschreckt zusammenzucken ließ. Dann erkannte er, um was es sich handelte: Ein dicker, fetter roter Schriftzug schob sich über das schwarzweiße Wackelbild der Videokamera.

Es war mehr als nur eine Störung, es war eine Alarmmeldung. Die ganze Zeit über hatte Sam schon gefürchtet, man könne ihnen auf die Schliche kommen. Und jetzt war es passiert. Mit gnadenloser Deutlichkeit stand da:

VERSCHWINDET ENDLICH AUS
DER LEITUNG!

24

»Jetzt haben sie uns am Kanthaken«, jammerte der Adler. »Die haben uns *erwischt* und schmeißen uns raus!«

Hacky hämmerte auf seine Tastatur ein. »Irgendetwas blockiert meine Signale«, stieß er zwischen zusammengebissenen Zähnen hervor. Mit einer für ihn ungewöhnlichen Hektik versuchte er den Computer wieder unter seine Kontrolle zu bringen.

Sam war aufgesprungen. Er wusste, dass er jetzt nicht helfen konnte. Aber die Spannung war so unerträglich, dass er es einfach nicht mehr länger in seinem Sessel aushielt. Fassungslos beobachtete er, wie der nächste Schriftzug ins Bild glitt.

BRECHT SOFORT DIE VERBIN-
DUNG AB!

»Leichter gesagt als getan«, quetschte Hacky hervor. »Ich bin ja nun wirklich nicht scharf darauf, dass die uns zurückverfolgen und aufspüren. Ich *will* ja raus. Aber es geht nicht!«

»Wenn die uns anpeilen, stehen sie zehn Minuten später bei mir vor der Tür!«, schrie Sam. »Ich schalte jetzt einfach die Kiste aus.« Er machte einen Satz nach vorne, in Richtung des Notschalters …

… und verhielt mitten in der Bewegung.

Die nächste Meldung war so unglaublich, dass er einen Moment überhaupt nicht begriff, was er da las. Dann erst, langsam, sackte die Bedeutung der zwei Sätze in sein Bewusstsein.

DAS IST EINE OFFIZIELLE
POLIZEIAKTION.

WENN IHR NICHT SOFORT AUS
DER LEITUNG GEHT, MACHT
IHR EUCH STRAFBAR!

»Ein Trick«, stammelte Hacky. »Das kann nicht sein!«

»Da bin ich mir nicht so sicher«, entgegnete Sam. Seine Finger schwebten über dem Notschalter. Es wäre ein Leichtes gewesen, die Verbindung zu kappen. Aber er bezweifelte plötzlich, dass das sinnvoll war. Was, wenn es sich wirklich um die Polizei handelte?

»Ich übernehme jetzt«, rief er. Sam ließ sich in seinen Sessel gleiten und riss Hacky die Tastatur aus den Händen.

»He, Mann, du kannst doch nicht …«, protestierte der.

»Und ob ich kann«, sagte Sam entschlossen. Er drückte gleichzeitig die *Steuerungs-*, *Alt-* und *Entfernen*-Tasten – der Geiergriff, wie ihn die Experten nannten. Sofort bekam er die Übersicht über die einzelnen Programme, die zurzeit aktiv waren. Er schloss blitzschnell diejenigen, hinter denen *»reagiert nicht«* stand und kehrte dann zum Internet zurück.

»So«, sagte er grimmig, »jetzt wollen wir doch mal sehen, wer sich da in unsere Verbindung einmischt.«

WIR WISSEN NICHTS VON EINER POLIZEIAKTION, hämmerte er in die Tastatur. Seine Finger flogen über die Tasten. ABER WIR KÖNNEN NICHT SO EINFACH DIE VERBINDUNG KAPPEN. FREUNDE VON UNS SIND IN GEFAHR.

Die Antwort, in etwas kleinerer Schrift und damit nicht mehr ganz so bedrohlich, ließ nicht lange auf sich warten:

WIR WISSEN VON EUREN FREUNDEN.

Sam runzelte überrascht die Stirn. Das allein war schon erstaunlich. Aber die nächsten Sätze, die über den Bildschirm flackerten, verblüfften ihn noch mehr:

WIR KÜMMERN UNS DARUM. SOBALD
IHR AUS DER LEITUNG VERSCHWUN-
DEN SEID.

»Nur ohne Polizei fühl ich mich richtig frei«, murmelte Hacky. »Wenn das nur wirklich die Bullen sind! Die verirren sich höchst selten ins Internet.«

»Keine Ahnung«, antwortete Sam. WIR HABEN UNSERE FREUNDE NUR PER INTERNET-VERBINDUNG AUFSPÜREN KÖNNEN, tippte er. WISSEN SIE, WO SIE STECKEN?

NEGATIV. WENN IHR HINWEISE AUF
IHREN AUFENTHALTSORT HABT,
DANN TEILT SIE UNS MIT.

NEGATIV, antwortete Sam. ALLES, WAS WIR HABEN, IST EINE VIDEOVERBINDUNG ÜBERS INTERNET. ABER OHNE DIE MÖGLICHKEIT EINZUGREIFEN.

Als er das letzte Wort getippt hatte, hob er die Hände so abrupt von der Tastatur, als hätte er sich verbrannt. Er hatte eine ganze Menge preisgegeben. Wenn das auf der Gegenseite Ecstasys waren, konnte es übel enden.

Diesmal dauerte es etwas länger, bis die Antwort kam:

WAS SOLL DAS? TREIBT KEINE
SPIELCHEN MIT UNS.

Sam schüttelte den Kopf. Fehlte noch, dass sie wegen irgendwelcher blöden Missverständnisse Zeit verloren. WIR TREIBEN KEINE SPIELCHEN, gab er ein. ABER WIE KANN ICH SICHER SEIN, DASS IHR WIRKLICH VON DER POLIZEI SEID?

ALSO GUT, antworteten sie und nach einer Pause:

WIR SIND DIE CYBER PATROL,
EINE INTERNATIONALE SPEZIAL-
EINHEIT FÜR DIE VERBRECHENSBE-
KÄMPFUNG IM INTERNET. WIR SIND
EINER GEWISSEN OPERATION DELTA
AUF DER SPUR. JETZT STOLPERT
IHR PLÖTZLICH REIN UND GEFÄHR-
DET DIE GANZE AKTION.

GEFÄHRDEN? WIESO HABT IHR UNS DANN NICHT VORHER GEWARNT?, hielt Sam dagegen, während sich gleichzeitig seine Gedanken überschlugen. Was zum Teufel war die Cyber Patrol? Von einer solchen Organisation hatte er noch nie etwas gehört!

ZUM DISKUTIEREN IST JETZT
KEINE ZEIT. WENN IHR KEINE
WEITEREN INFORMATIONEN MEHR
FÜR UNS HABT, VERSCHWINDET IHR
JETZT BESSER. UND ZWAR EIN
BISSCHEN PLÖTZLICH.

Da schien jemand ärgerlich zu werden. Wahrscheinlich, weil die Cyber Patrol viel weniger gegen die Operation Delta in der Hand hatte, als ihr recht sein konnte.

Sam zögerte einen Moment. Dann wusste er, was er zu tun hatte. ICH HAB ABER NOCH WAS, tippte er. Mit wenigen Worten schilderte er der Cyber Patrol, wie er mithilfe der beiden anderen Netsurfer doch noch herausbekommen konnte, wo die Ecstasys ihre Gefangenen versteckt hielten.

»So«, sagte er zu Hacky, nachdem er das erledigt hatte. »Jetzt müssen wir nur noch sehen, dass wir unseren Part erfüllen. Voraussetzung dafür ist erst einmal, dass ihr die Kontrolle über die Videokameras gewinnt und sie ein bisschen hin und her schwenken lasst.«

»Eine Wasserverflüssigungsmaschine zu bauen wäre einfacher«, klagte Hacky, während er sich wieder hinter den Computer schwang, den Sam für ihn geräumt hatte. »Du verlangst heute definitiv ein paar Wunder zu viel.«

»Ich denke, ihr beiden kennt euch mit diesem Programm für die Haussteuerung aus?«, meinte Sam und setzte sich auf die Tischkante direkt neben dem Monitor. »Dann mal hopp, hopp: Zeigt, was ihr mit den Videokameras alles anstellen könnt!«

Die Hektik der letzten Minuten hatte auch Hacky angesteckt. Im Zusammenspiel mit dem Adler machte er sich sofort daran, Sams Geistesblitz in die Tat umzusetzen. Die beiden fachsimpelten über die richtige Strategie und versuchten dann auf getrennten Wegen zum Ziel zu kommen.

»Das Problem ist, in dem ganzen Wirrwarr die richtige Softwareschicht zu treffen«, meinte der Adler nach einiger Zeit via Telefon.

»Genau«, bestätigte Hacky. »Sonst erwischen wir aus Versehen die Aufzugssteuerung – und lassen die Aufzüge ums Gebäude kreisen, bevor sie in den Himmel davonschießen.«

»Warte mal ... ne.« Der Adler murmelte irgendetwas Unverständliches. Dann war seine Stimme wieder klar und deutlich zu hören: »Bist du dir überhaupt sicher, dass sich die Videokameras bewegen lassen?«

»Na klar«, mischte sich Sam ein. »Kaufhäuser und Bahnhöfe arbeiten schon seit Jahren in der Videoüberwachung mit schwenkbaren Kameras, die über kleine Motoren gesteuert werden. Glaubst du vielleicht, die Ecstasys würden darauf verzichten?«

»Ne, eigentlich nicht«, gab der Adler zurück. »Obwohl ... ne ... doch, jetzt hab ich was! Ich glaub, ich hab den Bogen heraus.« Der Telefonlautsprecher schepperte bedrohlich. »Wenn du auf die zweite Steuerungsleitung gehst, Hacky, und dann den horizontalen Schalter erwischt, kannst du an den Kameras kurbeln wie ein Weltmeister.«

»Moment«, sagte Hacky angespannt. »Ich schalt mal um.« Er gab ein paar Kommandos ein und nickte dann befriedigt. »Ich bin immer noch auf Kamera fünf. Und, Mensch ... das ist ein Volltreffer!«

25

»Jetzt schwenken die auch noch mit der Videokamera hin und her«, sagte Pitt viele Kilometer von Hacky und Sam entfernt, ohne zu ahnen, dass die Bewegungen der Kamera in ihrem ungemütlichen Gefängnis von Hacky gesteuert wurden.

»Was?«, fragte Sabrina verstört. Sie warf ihrem Bruder einen verwirrten Blick zu. Als die Typen sie an der U-Bahn-Station Geranienweg geschnappt hatten, hatte sie das Gefühl komplett versagt zu haben. Immer noch schmerzten ihre Arme vom Anklammern an die Haltegriffe der Tür, von diesem wahnsinnigen Ritt mit der U-Bahn durch einen dunklen Tunnel, der fast über ihre Kräfte gegangen war. Und alles umsonst. Zwei finster blickende Kleiderschränke hatten sie hierher geschleppt. Und so erleichtert sie auch gewesen war Pitt und Michelle unversehrt wieder zu sehen: Unbeschreiblich viel lieber wäre es ihr gewesen, die beiden hätten sich ohne sie zur Polizeiwache durchschlagen können.

»Die Kamera dreht von links nach rechts und zurück, als ob sie besoffen wäre«, stellte Pitt fest. »Ich möchte mal wissen, was da vor sich geht …«

»Jetzt hast du aber lange genug mit dem Ding gespielt«, sagte Sam, nachdem die Gesichter von Michelle und den Geschwistern mehrmals hintereinander in schneller Fahrt über den Bildschirm gehuscht waren. »Das macht einen ja ganz schwindlig.«

»Kommt nur davon, weil du als kleines Kind zu oft Karussell gefahren bist«, sagte Hacky.

»So ein Quatsch. Schalt lieber mal auf eine Außenkamera um.«

Das Schrillen des zweiten Telefons riss Sam aus seinen Gedanken. Er ließ auch noch das nächste Klingeln verstreichen, bevor er abrupt den Hörer von der Gabel riss.

»Ja?«, sagte er kurz angebunden in die Sprechmuschel.

»Matthias Richter?«, fragte eine junge, aber sehr energische Männerstimme.

»Kein Mensch nennt mich Matthias«, protestierte Sam automatisch.

»Egal«, sagte die Stimme kurz angebunden. »Wir haben gerade per Internet miteinander gesprochen. Mein Name ist Ray Gunson von der Cyber Patrol.«

»Eh … ja«, antwortete Sam fassungslos.

»Ich denke, wir sollten die Aktion nun besser telefonisch koordinieren«, fuhr Gunson fort. Erst jetzt fiel Sam auf, dass der Mann einen leichten Akzent hatte.

»O…o…okay«, stotterte Sam. »Nur einen … einen Moment.« Er fuhr sich einmal mit der Hand durch die Haare und schüttelte den Kopf. »Adler«, sagte er dann, »ich schalt jetzt die Cyber Patrol auf den Lautsprecher … und dich auf den Telefonhörer.«

»Aber wieso …«, protestierte der.

»Keine Zeit für Diskussionen«, sagte Sam knapp und drückte eine Taste am Telefonapparat. »Wenn was ist, dann melde dich kurz übers Internet. Ich geh dann an den Hörer.«

»Was ist nun?«, fragte Ray Gunson, der das kurze Gespräch offensichtlich mitbekommen hatte. Seine Stimme dröhnte jetzt laut und deutlich durch den Raum. Und – er hatte einen Akzent. Vielleicht amerikanisch, vielleicht aber auch schwedisch oder norwegisch.

»Wir haben die Kontrolle über die Kameras«, sagte Sam – und brach dann erst einmal stockend ab. Er bekam langsam Probleme, die Übersicht zu behalten, wusste kaum noch, wer gerade auf welcher Telefonleitung war, geschweige denn, dass er sich noch vorstellen konnte, welche Szene der Adler in seinem Zimmer im fernen Wien gerade auf seinem Monitor im Auge behielt und was dieser Typ von der Cyber Patrol eigentlich von ihm wollte. »Wir können jetzt ...«, setzte er erneut an.

»Hallo, Jungs, hört mir mal zu«, unterbrach ihn Ray Gunson. Seine Stimme klang besorgt. »Wir haben vielleicht nicht mehr viel Zeit. Wir haben berechtigten Grund zu der Annahme, dass die Ecstasys eure Freunde außer Landes bringen wollen. Und das vielleicht schon sehr bald.«

»Was?«, rief Sam. Er fühlte eiskalte Angst in sich hochsteigen.

Doch er kam nicht dazu, sich von dem Schrecken zu erholen, den Gunsons Worte bei ihm auslösten: Hacky schloss sich als Überbringer einer weiteren schlechten Nachricht sofort an.

»He, was ist das?«, sagte sein Freund mit der Baseballmütze und deutete aufgeregt auf den Bildschirm. »Da kommen ein paar schräge Vögel den Flur runter.«

Bei der Suche nach einer Außenkamera war er offensichtlich gerade in einem Gang gelandet. Und er hatte allen Grund, jetzt erst einmal *nicht* umzuschalten. Ein paar Männer gingen zielstrebig einen der dunklen Flure entlang – nein, eigentlich *stürmten* sie ihn entlang.

»Was ist da los?«, stieß Sam besorgt hervor.

»Ich fürchte, die wollen unseren Freunden an die Wäsche«, meinte Hacky. »Wenn ich mich nicht täusche, führt dieser Flur geradewegs zu dem Raum, in dem sie untergebracht sind.«

Sam schüttelte verwirrt den Kopf. Er wollte etwas sagen, brach dann aber hilflos ab. Der Zeitdruck, unter dem sie standen, war jetzt beinahe körperlich spürbar. Auch wenn er es sich nicht gerne eingestand: Die Sache wuchs ihm langsam über den Kopf.

Seinen einzigen Hoffnungsschimmer stellte die Unterstützung von offizieller Stelle dar – gegen die er sich in jeder anderen Situation vehement gewehrt hätte. Doch insgeheim war er mittlerweile mehr als froh, dass sie sich in der Person von Ray Gunson nun wieder über den Telefonlautsprecher einschaltete. Doch leider nicht mit den aufmunternden Worten, die Sam jetzt so dringend gebraucht hätte.

»Oh, verdammt«, sagte der Mann von der Cyber Patrol stattdessen. »Wenn ihr richtig liegt, habt ihr nicht mehr viel Zeit.«

Darauf wäre Sam auch allein gekommen. So viel zum Thema *Hilfe* von offiziellen Stellen.

Da er im Moment sowieso nichts tun konnte, schaltete Hacky die Flurkamera weg, und ein, zwei Sekunden lang zeigte der Bildschirm nichts anderes als vollkommene Schwärze. Dann hatte Hacky die Steuerung mit ein paar Tastaturbefehlen umgestellt und klickte in schneller Folge einige andere Kameras durch. Nachdem er vier oder fünf Innenräume auf den Schirm gezaubert hatte, zeigte das nächste Bild den Hof. Hacky klapperte hektisch mit der Tastatur und die Kamera vollführte einen Schwenk. Sie glitt über abgestellte dunkle Limousinen, über einen Müllcontainer und einen leeren Fahrradständer.

Sam achtete nur mit einem halben Auge darauf. Er hielt noch immer den Telefonhörer in der Hand, der ihn jetzt mit dem Adler verband. Da sie jetzt nicht mehr live Zeuge waren von dem, was sich im Inneren des Gebäudes abspielte, musste der Adler mit seinem scharfen Blick auf alles Auffällige achten. Und vor allem darauf, dass Michelle und den Geschwistern nichts passierte.

»Behalt mit Kamera fünf unsere Freunde im Auge«, sagte er. »Und melde dich, wenn da etwas geschieht.«

»Geht klar«, antwortete die vertraute Stimme des Adlers. »Wart mal … jetzt öffnet sich die Tür …«

Auf eine so prompte Rückmeldung war Sam eigentlich gar nicht scharf gewesen. Zu allem Überfluss schloss sich auch gleich noch Hacky mit einer Katastrophennachricht an: »Das war ein Schuss ins Ofenrohr«, sagte er. »Diese Kamera bringt uns nicht weiter.«

»Beeil dich, Hacky«, drängte Sam, während er gleichzeitig das Gefühl hatte, sein Kopf fange langsam an zu rotieren und werde ihm ein paar Umdrehungen später vom Hals sausen. »Die Ecstasys scheinen unsere Freunde zu holen.«

»Was ist?«, fragte Gunson in diesem Moment.

»Die Ecstasys holen offensichtlich gerade unsere Freunde«, sagte Sam mit einer Ruhe, die ihn angesichts seines schweißüberströmten Rückens selbst überraschte.

»Und noch kein Hinweis auf ihren Aufenthaltsort«, vermutete Gunson. »So ein Mist. Wenn die Zeit nicht so knapp wäre, würde ich jetzt zu euch rüberkommen. Denn ich hab langsam das Gefühl, unsere Leute schaffen es einfach nicht, das Videosystem zu knacken.«

Das war ein deutlicher Hinweis darauf, dass die Cyber Patrol selber in das System der Ecstasys einzudringen versuchte. Offensichtlich betrachteten sie ihn und Hacky nur als Notnagel. Wenn die Cyber Patrol in der Lage gewesen wäre, die Steuerung des Videosystems zu übernehmen, dann hätten sie die Netsurfer nicht einmal eines Blickes gewürdigt.

»Ich hab jetzt wieder eine Außenkamera erwischt«, sagte Hacky. »Und diesmal sieht's echt interessant aus.«

Sam war mit einem Schritt bei Hacky. Zumindest hier etwas Greifbares. Auf dem Bildschirm zeigte sich eine Straßenszene; offensichtlich war diese Kamera in der Nähe der Eingangstür montiert. Sie schwenkte über parkende Autos, trist aussehende Bäume und die Fassade mehrerer düster wirkender Industriegebäude.

»Stopp«, sagte Sam und deutete mit dem Finger auf ein schmuddelig-graues Haus, das lediglich durch einen Metallzaun von der Straße getrennt war. »Kannst du das mal näher heranholen?«

»Du meinst zoomen?«, fragte Hacky zweifelnd. »Wie viel Zaubertricks verlangst du eigentlich noch von mir? Ich weiß gar nicht, ob die Kamera das kann.«

»Versuch's doch einfach, ja?«, bat Sam. Dann sagte er in den Telefonhörer: »Adler, wie sieht's aus? Ist bei dir noch alles ruhig?«

»Nein«, antwortete der Adler aufgeregt. »Ein paar Typen kommen gerade durch die Tür …«

26

Pitt und die beiden Mädchen zuckten zusammen. Die Tür, die der erste Mann gewaltsam aufgestoßen hatte, schlug gegen die Wand, prallte zurück und verhielt dann zitternd. Seine beiden Begleiter drängten sich hinter ihm in den Raum, ohne darauf zu achten, und starrten sie aus eiskalten Augen an.

»Wir werden jetzt einen kleinen Ausflug machen«, sagte der größte von den dreien, ein Zweimeterkoloss mit Schultern, die Arnold Schwarzenegger alle Ehre gemacht hätten.

Pitt ruckte mit dem angeknacksten Stuhl so schnell herum, dass er fast abgerutscht und unsanft auf dem Boden gelandet wäre. »Was haben Sie mit uns vor?«, brachte er eine Spur zu schrill hervor.

Der Riese entblößte seine Zähne zu einem Grinsen. »Das werdet ihr schon noch sehen«, sagte er. »Kommt jetzt. Und macht keine Zicken.« Er deutete einladend auf die Tür, neben der ein weiterer Mann stand – kleiner als die beiden anderen, älter und eher vom Typ Buchhalter. Zu seinem äußeren Erscheinungsbild passte auch die Aktentasche, die er eng an sich gepresst hielt.

Vielleicht kamen sie mit einer schnellen Bewegung an ihm vorbei ... Wenn Pitt aber auch nur einen Moment lang daran gedacht hatte, einen Fluchtversuch zu unternehmen: Der dritte Mann musste ein derartiges Vorhaben von vornherein zum Scheitern verurteilen! Es hatte keinen Zweck.

Widerstandslos ließen sie sich nach draußen führen. Der

Mann mit der Aktentasche lief mit kleinen trippelnden Schritten vor ihnen her. Er passte so gar nicht zu dem Bild, das sich Pitt bislang von den Ecstasys gemacht hatte. Abgesehen von seinem Äußeren machte er einen gehetzten Eindruck. Vielleicht lag es daran, dass die ganze Situation aus dem Ruder gelaufen war: nicht nur für Pitt, Sabrina und Michelle, sondern offenbar auch für die Ecstasys.

Während die beiden Kleiderschränke sie rücksichtslos durch den Korridor trieben, fragte sich Pitt, was jetzt mit ihnen geschehen würde. Die Ecstasys konnten nicht an Zeugen interessiert sein, die von ihren Machenschaften in Sachen Computerkriminalität wussten. Aber sie konnten sie auch nicht so einfach … *beseitigen.* Sein Vater steckte nach wie vor in der Klemme, aber gerade das gab ihnen einen gewissen Schutz: Wenn jetzt seine Kinder verschwanden, würde die Polizei wohl kaum an einen Zufall glauben.

Eine düstere Ahnung ergriff Pitt, dass die Ecstasys versuchen würden ihn, seine Schwester und die Netsurfer in den Bankbetrug zu verwickeln – als eine Art verlängerten Arm seines Vaters. Sie brauchten wahrscheinlich nur ein bisschen Zeit, um Beweise zu fälschen und sie alle als Komplizen bei dem Computerbetrug erscheinen zu lassen.

Das Schlimme daran war: Er konnte nur hoffen, dass er mit seiner Vermutung Recht hatte und dass die Ecstasys nichts Übleres mit ihnen vorhatten …

27

Die Flurkamera, auf die Hacky kurzfristig umgeschaltet hatte, zeigte, wie der Mann mit Aktentasche die Führung übernahm. Die Kinder waren direkt hinter ihm. Danach folgten zwei kräftige Gestalten in Maßanzügen.

Die Szene wirkte im schwarzweißen Videobild ohne Ton noch wesentlich bedrohlicher, als sie es ohnehin schon war.

Sam beschrieb dem Mann der Cyber Patrol mit wenigen Worten die Situation.

»Ihr müsst euch beeilen«, sagte Ray Gunson. Seine Stimme hatte sich verhärtet.

Hacky hatte mittlerweile wieder auf die Kamera am Hauseingang umgestellt. »Das mit dem Zoomen kannst du vergessen. Aber vielleicht hilft uns ja das weiter.« Er deutete auf einen wahren Schilderwald, den er jetzt in die Mitte des Bildes geholt hatte. »Lauter Firmenschilder. Daran sollte man doch erkennen können, um welche Straße es sich handelt.«

Ray Gunson hatte mitgehört. »Im Prinzip schon«, sagte er. »Aber das kann dauern. Bekommt ihr denn nirgends ein Straßenschild ins Bild?«

»Keine Chance«, meinte Hacky. »Obwohl ... auf den Münchner Hausnummernschildern steht häufig unten auch der Straßenname. Klein, aber immerhin. Nur ... wie krieg ich das ohne Zoom ins Bild?«

»Ich hab da eine Idee«, sagte Sam aufgeregt. »Schwenk

doch die Kamera aufs eigene Gebäude! Das dürfte ja wohl nah genug sein!«

Hacky griff den Vorschlag sofort auf: »Wenn ich die Kamera so weit rumkriege … ja. Das wollen wir doch gleich mal sehen.«

Er drehte die Kamera so weit wie möglich nach links. Ein Stück Münchner Gewerbegebiet zog an ihnen vorbei, ein tristes Durcheinander verschiedener Baustile, das durch das düstere Wetter auch nicht gerade freundlicher wirkte.

Schließlich befand sich die Kamera am Anschlag. Sie hatte kein Hausnummernschild einfangen können.

»Dann eben nach rechts«, sagte Hacky verbissen. Wieder zogen dieselben Gebäude, dieselben Wagen in den voll besetzten Parkbuchten vorbei. Die Kamera schwenkte mit der diesen Geräten eigenen Beharrlichkeit weiter.

»Da ist es«, riefen Sam und Hacky im selben Moment. Und Sam entzifferte: »Trabanerstraße fünfundzwanzig. Reicht *das*?«

Es reichte. Aus dem Lautsprecher, der Ray Gunsons Stimme übertrug, drang ein Durcheinander von Geräuschen. Offenbar hatte die Cyber Patrol nur auf die Adresse gewartet, um sofort losschlagen zu können, und rückte nun augenblicklich ab.

»Ich gehe jetzt einen Moment aus der Leitung«, meldete sich Ray Gunson noch einmal, »bleibt an den Typen per Video dran. Wir schicken eine Spezialeinheit los. Wenn sie ankommt, müssen wir ganz genau wissen, wo eure Freunde stecken.«

»Alles klar«, sagte Sam, nur zum Teil erleichtert. Es war gut, dass die Cyber Patrol jetzt die Adresse hatte. Aber wer sagte ihm, dass sie auch wirklich rechtzeitig eintraf? Und wer sagte ihm, dass es dann nicht zu einer Schießerei kam, die auch für die Gefangenen gefährlich werden konnte?

Während er die Telefonverbindung umschaltete und den Adler wieder auf den Lautsprecher legte, bemerkte er, dass seine Hände zitterten. Seine Gedanken waren bei Michelle und den Geschwistern. Alles, was er jetzt tun konnte, war, ihnen Glück zu wünschen und auf einen guten Ausgang des Abenteuers zu hoffen.

28

Ob es nun an Sams geistiger Fürsprache lag oder nicht: Der Spuk endete so schnell, wie er begonnen hatte. Die Münchner Polizei schickte ein Spezialkommando zur Trabanerstraße fünfundzwanzig. Automotoren jaulten auf, Bremsen quietschten. Vermummte, mit Panzerwesten ausgestattete Scharfschützen sprangen aus den großen Einsatzwagen, während Streifenpolizisten mit ihren Fahrzeugen Ein- und Ausfahrten des Ecstasy-Anwesens absperrten. Zwei Wagen der Cyber Patrol spuckten ein paar Internet-Agenten aus, zu denen auch Ray Gunson gehörte.

Einen Augenblick lang herrschte Verwirrung. Doch dann hatten die Streifenpolizisten ihre Position bezogen und die Männer der Spezialeinheit drangen in das Gebäude ein. Sie bewegten sich leise und vorsichtig wie Katzen auf der Mäusejagd. Einige Sekunden lang war nichts weiter zu hören als gedämpfte Befehle.

Plötzlich zerriss ein dröhnendes Megaphon die Stille. »Hier spricht die Polizei«, donnerte die Stimme des Einsatzleiters. »Wir haben das Haus umstellt. Jeder Widerstand ist zwecklos. Räumen Sie sofort das Gebäude. Ich wiederhole: Räumen Sie sofort das Gebäude und kommen Sie mit erhobenen Händen heraus.«

Seine Worte wurden offensichtlich gehört. Aber so schnell gaben die Ecstasys nicht auf. Irgendwo fiel ein Schuss. Der Knall hallte über den Vorplatz des Gebäudes. Alle Männer, egal welchen Rang sie bekleideten und welche Funktion sie innehatten, zuckten zusammen und griffen nach den eigenen Waffen.

In den nächsten Sekunden lag über dem gesamten Gelände eine Atmosphäre gespannter Aufmerksamkeit. Es hätte nach dem Schuss nur noch einer weiteren Kleinigkeit bedurft, um die Stimmung umschlagen zu lassen, um Sorgfalt und Vorsicht in Gewaltbereitschaft zu verwandeln. Doch offensichtlich begriffen die Ecstasys, dass tatsächlich jeder Widerstand zwecklos war. Die Polizei war nicht nur in der Überzahl, sie handelte auch zu schnell und gezielt.

Nach und nach verließen Männer und Frauen das Gebäude Trabanerstraße fünfundzwanzig. Mit erhobenen Händen und gesenkten Köpfen wurden sie von Polizisten zu den wartenden Gefängniswagen geführt, die sie abtransportieren sollten.

Die ganze Operation verlief reibungslos, aber Ray Gunson wurde zunehmend nervöser. Ihm waren die Büroangestellten und die Männer mit den breiten Schultern und den Maßanzügen, die von den Polizisten nach draußen begleitet wurden, im Moment herzlich egal. Seine Augen streiften unruhig über die Fassade des Gebäudes und huschten immer wieder zu der Einfahrt, die zur Rückseite führte. Er vermisste Michelle und die Wolters-Geschwister.

Gerade, als er Sam anrufen wollte, um von ihm weitere Informationen zu erfragen, entdeckte er die drei vermissten Kinder. Sie kamen in Begleitung zweier Streifenpolizisten aus einem Seiteneingang. Ray Gunson atmete erleichtert auf. Es bestand kein Zweifel: Das blonde Mädchen musste Michelle sein, die schmale Dunkelhaarige Sabrina und der blonde Junge, der ihn mit einem erschöpften Blick streifte, Pitt.

Gunson steckte sein Handy, das er die ganze Zeit in der Hand gehalten hatte, wieder ein.

Diesmal hatte er die Netsurfer nicht gebraucht, um den Aufenthaltsort der drei Gefangenen ausfindig zu machen. Und er hoffte, dass er ihre Hilfe auch nie wieder benötigen würde.

Noch ahnte er nicht, dass er die Netsurfer, denen er auf so dramatische Weise zum ersten Mal begegnet war, nicht mehr so schnell aus den Augen verlieren würde …

29

»Da vorne muss es sein«, sagte Pitt, der auf dem Beifahrersitz saß und einen Stadtplan auf den Knien ausgebreitet hatte. »Dort, wo der Kleinbus parkt.«

Frank Wolters nickte. Er war immer noch ein bisschen blass um die Nase. Auch nach der Verhaftung der Ecstasys hatte es ein paar Tage gedauert, bis er aus der Untersuchungshaft entlassen worden war. Der Haftrichter hatte erst einmal überzeugt werden müssen, dass Frank Wolters nicht doch ein Mitglied der Bande war. Und so ganz vom Tisch war die Sache immer noch nicht.

»Kannst du wirklich nicht zu unserer kleinen Siegesfeier mitkommen?«, fragte Sabrina vom Rücksitz aus.

»Würde ich ja gerne ...«, bedauerte ihr Vater. Er trat auf die Bremse und drehte den Kopf nach hinten, um rückwärts in eine gerade frei gewordene Parkbucht zu setzen. »Aber leider muss ich noch einmal zur Polizei. Die lassen mich einfach nicht in Ruhe.«

»Langsam reicht es aber«, sagte Pitt ärgerlich. »Wie viele Beweise wollen die denn noch?«

»Es steht nun mal leider fest, dass jemand in unserer Bank diesen Ganoven geholfen hat«, sagte ihr Vater und stellte den Motor ab. »Bevor dieser Punkt nicht ganz geklärt ist, werden mich die Herrschaften immer wieder vorladen.«

»Kannst du nicht wenigstens kurz mit reinkommen?«, drängelte Sabrina.

»Ich fürchte nicht.« Ihr Vater blickte auf seine Armbanduhr. »Ich muss jetzt gleich wieder los. Die bringen es fertig und schicken einen Streifenwagen, wenn ich mich verspäte.«

»Wirklich *schade*«, meinte Sabrina enttäuscht. Sie öffnete die Wagentür und war mit einem eleganten Satz draußen.

»Finde ich auch«, rief ihr Vater hinter ihr her. »Bestell schöne Grüße!«

Sabrina antwortete nicht und lief ohne ein weiteres Wort auf das Café zu, in dem sie sich mit den Netsurfern und Ray Gunson verabredet hatten. Sie schien wirklich beleidigt zu sein.

Pitt faltete den Straßenplan zusammen und wollte ihr folgen. »Nicht ganz so schnell, mein Sohn«, sagte sein Vater. »Hier.« Er drückte Pitt einen Fünfzig-Euro-Schein in die Hand. »Als kleinen Beitrag zu eurer Siegesfeier. Und wenn das Ganze vorbei ist«, fuhr er fort, während er den Motor wieder anließ, »lad ich euch alle zusammen noch einmal ein.«

»Danke, Papa«, sagte Pitt. Er stieg aus und winkte seinem Vater noch einmal zu, der sich mit seinem Wagen bereits wieder in den Verkehr einfädelte.

Pitt folgte seiner Schwester. Es war ein merkwürdiges Gefühl, an diesem schönen Montagnachmittag die Netsurfer in einem Café zu treffen. Seit ihrem gemeinsamen Abenteuer waren fünf Tage vergangen – und doch kam es ihm wie eine Ewigkeit vor. Vielleicht deshalb, weil sie seit ihrer Befreiung aus der Gewalt der Ecstasys kaum Ruhe gefunden hatten. Trotz des dazwischen liegenden Wochenendes war die Erinnerung an die schrecklichen Ereignisse noch sehr frisch.

Aber nichtsdestoweniger war das nun Vergangenheit. Und die Gegenwart fand hier und jetzt statt, in einem kleinen Giesinger Café, in das Ray Gunson sie alle fünf eingeladen hatte. Gerade, als Pitt das Café betrat, stellte der Internet-Polizist einen Becher voll mit dampfend heißem Kaffee auf dem Tisch vor sich ab.

»He, Pitt«, rief er und winkte ihn heran. »Schnapp dir einen Stuhl und setz dich zu uns!«

Die erfrischende Art des jungen Mannes ließ Pitts Laune gleich um ein paar Punkte steigen. Er, seine Schwester und Michelle hatten Ray Gunson direkt nach der Befreiung durch die Polizei kennen gelernt. Der Mann von der Cyber Patrol hatte es sich nicht nehmen lassen, sie nach Hause zu fahren. Sehr zum Leidwesen des Einsatzleiters übrigens, der die Kinder erst einmal hatte verhören wollen. Aber Ray Gunson hatte sich durchgesetzt: »Die brauchen erst einmal Ruhe«, hatte er gesagt und sich durch nichts davon abbringen lassen.

Als Pitt sich seinen Weg zu dem Ecktisch bahnte, an dem die anderen saßen, gab es ein großes Hallo. Sam grinste breit und Michelle strahlte ihn freundlich an. Nur Hacky wirkte etwas muffelig, verdrossen rührte er in seinem Eisbecher herum, als wolle er Sahne schlagen.

»Alles klar, Pitt?«, fragte Ray Gunson.

Der nickte und ließ sich neben seiner Schwester nieder. »Klar«, antwortete er, während er Michelle einen verstohlenen Blick zuwarf. »Obwohl ... unser Vater musste schon wieder zu einem Verhör. Kann es sein ... dass er noch mal *verhaftet* wird?«

Ray Gunson schüttelte den Kopf. »Keine Sorge«, sagte er so leise, dass ihn zwar alle fünf Kinder, aber keiner der anderen Gäste in dem Café hören konnte. »Euer Vater ist aus der Sache raus. Er wird nur noch einmal verhört, weil er dieser Operation Delta in seiner Bank als Erster auf die Schliche gekommen ist. Aber er hat einen Fehler gemacht. Um nicht unnötig einen Kollegen anzuschwärzen, ist er mit seinem Verdacht nicht gleich zu seinem Vorgesetzten gegangen, sondern wollte erst weitere Beweise sammeln. Dabei gehörte sein feiner Kollege mit zur Bande.«

»Für diesen kleinen Fehler saß Papa ja auch ein paar Tage im Knast«, bemerkte Sabrina säuerlich.

»Ja.« Gunson lächelte. »Und aus den Tagen hätten ein paar Jahre werden können, wenn ihr euch da nicht reingeklemmt hättet.« Die nächsten Worte gingen in einem Hustenanfall unter.

»Haben Sie sich verschluckt?«, fragte Michelle besorgt.

Gunson hörte abrupt auf zu husten. »Ne.« Er grinste. »Aber ich habe auch nichts gesagt. Oder habt ihr was gehört? Die offiziellen Organe wollen natürlich von eurer Einmischung nichts wissen. Oder, um das noch deutlicher auszudrücken«, er beugte sich ein Stück vor, »wenn die von unserem kleinen netten Treffen hier erfahren, werde ich wahrscheinlich zu einer Hundestaffel versetzt.«

»Haben Sie denn was gegen Hunde?«, fragte Hacky spitz.

»Ich *mag* Hunde«, antwortete Gunson ungerührt. »Aber es sind eher Computer und böse Buben, die meinen Berufsalltag ausmachen. Und dabei soll es auch bleiben.«

Pitt wandte sich ihm wieder zu, nachdem er bei der Kellnerin ein Glas Zitronenlimonade bestellt hatte. »Verstehe ich das richtig?«, fragte er. »Dann sind *Sie* es also, der hier unsere kleine Siegesfeier finanziert und nicht die Cyber Patrol als solche?«

»So könnte man es ausdrücken«, lächelte der junge Mann zurück.

»Das finde ich aber toll!«, rief Michelle. »Vielen Dank auch!«

»Ja, herzlichen Dank«, schloss sich Pitt an. »Wobei ich allerdings etwas zur finanziellen Entspannung beitragen kann.« Er holte den Fünfzig-Euro-Schein aus seiner Hosentasche hervor, legte ihn vor sich auf den Tisch und glättete ihn mit den Händen. »Mit schönen Grüßen von meinem Vater. Als kleiner Beitrag zu unserer Feier. Außerdem will er uns alle demnächst noch einmal einladen.«

»Super«, sagte Hacky und hechelte wie ein Hund an einem heißen Sommertag. »Dann kann ich mir ja gleich noch ein Eis bestellen.«

Die Kinder lachten und Ray Gunson schmunzelte.

»Mensch, bin ich froh, dass das alles gut ausgegangen ist!«, sagte Sabrina.

»Zumindest teilweise«, bestätigte Gunson. Sein leichter Akzent gab seinen Worten eine für Polizeibeamte ungewohnte Lockerheit. »Wir haben von dem harten Kern allerdings nur die drei Männer geschnappt, die sich mit euch auf dem Weg zum Wagen befanden. Alle anderen waren ganz normale Büroangestellte, die von den kriminellen Machenschaften höchstens am Rande wussten. Vergesst das nicht.« Er kniff die Lippen zusammen. »Um ehrlich zu sein: Wir waren weit weniger erfolgreich als geplant. Wenn wir ein, zwei Minuten früher gekommen wären ... oder wenn die Gangster es nicht geschafft hätten, den Löschbefehl für sämtliche Daten der Operation Delta einzugeben ...«

»Aber weshalb konnten Sie dann sicher sein, dass unser Vater unschuldig ist?«, wollte Pitt wissen.

»Die Unterlagen, die wir in der Aktentasche eines der Gefangenen gefunden haben, waren zumindest in dieser Richtung deutlich genug«, antwortete Gunson. »Es handelt sich um Ausdrucke, die manipulierte Kontenbewegungen im großen Stil beweisen. Aber es sind eben auch nur Ausdrucke. Und nicht einmal viele. Nein«, er schüttelte den Kopf, »ich fürchte, an die Hintermänner werden wir leider nicht so schnell rankommen. Es ist noch lange nicht zu Ende.«

Er lehnte sich wieder zurück und sein Gesicht bekam plötzlich einen entschlossenen Ausdruck. »Es könnte sein, dass sich diese Typen wieder an euch ranmachen«, fuhr er fort. »Ihr müsst vorsichtig sein. Wenn ihr irgendetwas Verdächtiges bemerkt, gebt mir sofort Bescheid. Meine Internet-Adresse und meine Telefonnummer bekommt ihr noch.«

Seine Worte wirkten auf die Netsurfer wie eine kalte Dusche. Sie hatten gedacht, mit der Verhaftung der Ganoven sei alles vorbei. Vielleicht war es das ja auch. Aber andererseits – die Ecstasys hatten so viel kriminelle Energie bewiesen, dass einfach mit allem zu rechnen war.

»Na, dann ist es ja gut, dass zumindest die Netsurfer jetzt Verstärkung bekommen«, sagte Sam schließlich und zwinkerte Sabrina zu. »Bei deinem Einsatz in der U-Bahn hast du ja wohl mehr als bewiesen, dass echtes Surfer-Blut in deinen Adern fließt, Sabrina. Zuerst einmal vielleicht nur U-Bahn-Surfer-Blut, aber das mit dem Netsurfen kriegen wir schon noch hin.« Dann wandte er sich an Pitt. »Und ohne dich wären wir gar nicht erst auf die Operation Delta gestoßen. Ich hätte mir zwar nicht träumen lassen, dass Griechischkenntnisse im Internet weiterhelfen können – aber nachdem du mich vom Gegenteil überzeugt hast, bleibt mir wohl nichts anderes übrig, als dich bei den Netsurfern willkommen zu heißen.«

Als er die überraschten Gesichter der beiden Geschwister sah, fügte er rasch hinzu: »Natürlich nur, wenn ihr wollt.«

»Klar wollen wir«, sagte Pitt und Sabrina nickte zustimmend. Sie sahen beide aus, als hätten sie den ersten Preis in einer Tombola gewonnen. Auch Michelle lächelte und Gunson betrachtete das ganze Geschehen schmunzelnd, als würde er die Netsurfer wirklich für Mitglieder eines ganz normalen, harmlosen Computerclubs halten.

Nur Hacky schien über Sams Angebot gar nicht glücklich zu sein. »Waaass …«, begann er. Doch bevor er die spöttische Bemerkung, die ihm auf der Zunge lag, herausbringen konnte, verschluckte er sich an seinem Eis. Sein Gesicht lief purpurrot an und dann schüttelte es ihn so kräftig, dass seine Baseballmütze ins Rutschen kam und in einer unmöglichen Position quer über seinem Gesicht hängen blieb.

Statt ihn zu bemitleiden, brachen die anderen in ein ohrenbetäubendes Gelächter aus.

»Lass gut sein, alter Kumpel«, stieß Sam lachend hervor, während er Hacky kräftig auf den Rücken klopfte. »Auch du wirst dich noch daran gewöhnen, dass es bei den Netsurfern künftig etwas anders zugehen wird!«

Netsurfer®

Sams Geheimnis

1

Auf dem Schulhof herrschte sommerlich buntes Flohmarkttreiben. An vielen kleinen Ständen boten Schüler ihre Waren feil: ausrangiertes Spielzeug, mehr oder weniger zerlesene Bücher, Computer- und Videospiele und was sich sonst noch so alles im Laufe eines Jahres angesammelt hatte. Die rege Tausch- und Kaufbörse wurde angeheizt durch eine pralle Sonne, die kaum behindert durch ein paar Quellwölkchen auf die Fichte-Schule niederbrannte.

Als die fünf Netsurfer den Schulhof betraten, war der Verkauf bereits im vollen Gange. Der Trubel war schon einige Straßen vorher zu hören gewesen und dröhnte jetzt fast schmerzhaft in ihren Ohren.

»Eine bessere Gelegenheit gibt es nicht«, sagte Sam. »Wir mischen uns einfach unters Volk und treffen uns in fünf Minuten am Toilettenaufgang. Dann stürmen wir den Computer.«

Der Computerexperte Sam war so etwas wie das Haupt der Münchner Netsurfer, ein schlanker, etwas eigenbrötlerisch wirkender Junge mit einem ausgeprägten Gerechtigkeitssinn.

Direkt neben ihm watschelte Hacky her. Mit Sonnenbrille und Baseballmütze hatte er sich dem Klima perfekt angepasst – allerdings eher unfreiwillig, denn von diesen Kleidungsstücken pflegte er sich auch mitten im Winter nicht zu trennen. »Hoffentlich hat der Computer heute nicht hitzefrei«, knurrte er.

Die drei anderen Netsurfer kicherten. Dabei war ihnen eigentlich gar nicht nach Lachen zumute. Sie fühlten sich aufgeregt wie schon lange nicht mehr. Schuld daran war die Gefahr, in der Sam schwebte: Sein unglaubliches Geheimnis stand vor der Aufdeckung, noch dazu durch den eigenen Klassenlehrer. Der Flohmarkt bot ihnen die vielleicht letzte Chance, Sams Lehrer noch rechtzeitig zu stoppen.

Kaum hatten sie die ersten Verkaufsstände erreicht, blieb Sam abrupt stehen. »Also in fünf Minuten«, sagte er energisch. »Und wenn etwas schief geht, treffen wir uns beim Fahrradkeller.«

»Meinst du nicht, wir sollten doch noch mal per Internet auf den Schulcomputer zugreifen?«, fragte die goldblonde Michelle.

Sam schüttelte den Kopf und warf einen schnellen, argwöhnischen Blick in die Runde, um sicherzustellen, dass sie nicht belauscht wurden. »Nein«, sagte er dann entschieden, »das haben wir doch schon alles zigmal durchgekaut. So kommen wir nicht weiter. Wir müssen direkt an die Kiste ran, um herauszufinden, wer da rumgefummelt hat.«

»Aber wäre es nicht sinnvoller …«, bohrte Michelle weiter.

»Komm, komm, Blondie«, unterbrach sie Hacky. »Erst einmal knöpfen wir uns die Blechkiste vor. Über alles andere reden wir später.«

So ein Blödmann, dachte Pitt Wolters, der zusammen

mit seiner sportlichen Schwester Sabrina erst vor kurzem zu den Netsurfern gestoßen war. Einen Herzschlag lang war er versucht Michelle in Schutz zu nehmen. Aber dann dachte er bei sich: Dies ist weder der rechte Ort noch der rechte Zeitpunkt für einen Streit.

»Also zum letzten Mal«, drängte Sam. »Wir treffen uns in genau fünf Minuten am Toilettenaufgang.«

Die anderen nickten. »Geh du nur mit Hacky«, flüsterte Pitt seiner Schwester zu. »Ich werde Michelle begleiten.«

»Eh-eh, daraus wird nichts«, antwortete Sabrina schnippisch und hakte sich bei Michelle ein. »Bis gleich, Bruderherz.«

Mit diesen Worten verschwanden die beiden Mädchen im Trubel des Flohmarkts. Pitt blieb unschlüssig ein paar Sekunden lang stehen, bis auch Hacky und Sam in unterschiedliche Richtungen davonrauschten.

»Na, dann eben nicht«, murmelte der blonde Junge enttäuscht und drehte den Kopf weg. Vielleicht ein bisschen zu schnell, denn ein scharfer Schmerz jagte ihm durch den Schädel. Diese blöden Kopfschmerzen! Sie verfolgten ihn schon den ganzen Morgen.

Er entschied, sich mit einem Glas Limo zu trösten. Die Strahlen der Sonne sengten so ungeheuerlich, dass sich sein Körper schon ganz ausgedörrt anfühlte und sein Hals unerträglich brannte. Mit entschlossenen Schritten steuerte er einen Limo-Stand an und kaufte sich einen Pappbecher voll des ekelhaft süßen Zeugs. Der erste Schluck schmeckte widerlich und nur mit Mühe konnte er einen würgenden Hustenreiz unterdrücken. Aber immerhin besser als gar nichts.

Dann schlenderte er mit dem Becher in der Hand an den Ständen vorbei. Das Gejohle und Gefeixe überall ging ihm ganz schön auf die Nerven. Trotzdem, und obwohl er Sam auf jeden Fall helfen wollte, war ihm alles andere als wohl bei dem Gedanken, in wenigen Minuten durch das Lehrerzimmer in das Allerheiligste der Schule einzudringen: das Büro des Rektors. Denn nur von dort aus kam man in den kleinen Raum mit dem zentralen Schulrechner. Ihm war schon ganz flau im Magen.

Als Pitt endlich daran dachte, auf die Uhr zu schauen, musste bereits einige Zeit vergangen sein. Verdammt! Wie sollte er jetzt wissen, wann die vereinbarten fünf Minuten vorbei waren, nach deren Verstreichen sie sich am Toilettenaufgang hatten treffen wollen? Sein Blick irrte über die Menge, auf der Suche nach seiner Schwester oder einem anderen Netsurfer. Aber er konnte niemanden entdecken. Wahrscheinlich warteten sie schon ungeduldig auf ihn. Vor lauter Aufregung drückte er den Pappbecher zu fest zusammen und klebrige Flüssigkeit spritzte über seine Hand.

»So ein Mist«, murmelte er. Pitt drängte sich durch die Menge, musste ein paar Knüffe einstecken, bevor er den hinteren Teil des Schulgebäudes erreichte. Ohne groß zu zielen, warf er den Pappbecher in Richtung Mülleimer und verfehlte ihn natürlich knapp. Entgegen seiner sonstigen Gewohnheit machte er sich diesmal nicht die Mühe ihn aufzuheben und korrekt zu entsorgen. Stattdessen stürmte er die Treppe hoch.

Niemand zu sehen bis auf zwei Mädchen, die gerade aus der Toilette kamen und sich angeregt unterhielten. Die fünf Minuten waren wahrscheinlich schon lange um und die anderen Netsurfer längst auf dem Weg zum Lehrerzimmer. Oder war er zu früh dran? Das konnte er sich nicht vorstellen. Trotzdem spähte er noch einmal in den Schulhof hinaus, so weit er ihn eben vom Treppenabsatz aus einsehen konnte. Kein Netsurfer weit und breit. Also weiter.

Er atmete tief durch und betrat den Korridor, der an die Toiletten angrenzte. Nach der blendenden Helligkeit auf dem Schulhof hatte er jetzt alle Mühe hier überhaupt irgendetwas zu erkennen. Und dann sah er sie: besser gesagt, ihn. Es war Hacky, ein massiver Schatten am Ende des Korridors.

»He, Hacky!«, rief er automatisch und biss sich sofort auf die Zunge. Noch blöder konnte er sich wirklich nicht anstellen, um auf sich und die anderen aufmerksam zu machen. Da konnte er ja gleich zu Rektor Schlüters gehen und ihm beichten, was sie vorhatten.

Hacky verschwand hinter der Ecke. Vielleicht war es ganz gut so. Denn hätte er ihn gehört und gewartet, wäre eine bissige Bemerkung fällig gewesen.

Pitt nahm die Beine in die Hand und lief schnell, aber leise hinterher. Verdammt, warum konnten die anderen nicht einen Moment stehen bleiben?

Die Antwort ergab sich von selbst, als er um die Ecke schoss – und mitten hinein in die Fleischmassen von Michael Hammerschmidt.

2

Die Erkenntnis, dass er es mit Michael Hammerschmidt und nicht mit Hacky zu tun hatte, kam reichlich spät. Dabei war es schon äußerst dämlich, beide miteinander zu verwechseln. Hacky war klein und bestenfalls knubbelig zu nennen, während Michael so viel Fett mit sich herumschleppte, dass er kaum durch eine Tür passte. Noch dazu überragte er Pitt mindestens um einen Kopf.

»He, Kumpel, wohin so eilig des Wegs?«, fragte der Dicke, bevor sich Pitt von seinem Schreck hatte erholen können. Zu allem Überfluss umklammerte noch eine ekelhaft feuchte Pranke sein Handgelenk. Der Druck dieser Hand war so kraftvoll, dass an ein Entkommen nicht zu denken war.

»Eh, ich wollte … ich wollte nur …«, stotterte Pitt. Wenn er doch nur genauer hingesehen hätte! Der Teufel sollte diese blöde Sonne holen; fast blind war er durch den Flur gestolpert, sonst hätte er Hacky nie mit dieser fetten Ratte verwechselt.

»Ach so. Du wolltest nur.« Fettbacke verzog das feiste Gesicht zu einem abfälligen Grinsen. »Na, vielleicht hast du dich hier nur ein bisschen verlaufen. Was, du kleiner Pinscher?«

»Genau«, sagte Pitt, dankbar nach diesem Strohhalm greifend. »Ich hab dich mit einem Freund verwechselt.«

Auf dem Bulldoggengesicht Michaels zeichnete sich die Andeutung eines verächtlichen Lächelns ab. »Laut genug hast du den Namen ja rausposaunt, Käsegesicht. Hacky, nicht wahr? Einer dieser ekelhaft beschränkten Netsurfer-Typen. Und wo steckt euer großer Oberguru Sam?«

»Eh, ich … Was?!?« Das letzte Wort hatte Pitt fast geschrien. Die Existenz des internationalen Computerclubs Netsurfer war streng geheim. Selbst den Namen kannten nur Eingeweihte. Warum wusste dann ausgerechnet dieser hirnlose Idiot davon?

Michael kicherte leise. »Du siehst aus, als hättest du gerade eine vergammelte Pizza verdrückt, Kleiner. Hältst dich wohl für so 'nen Überschlauen, was?«

»Ne … also, ich weiß wirklich nicht, was du von mir willst«, jammerte Pitt. Der Druck um sein Handgelenk wurde langsam unerträglich. Wenn Fettbacke so weitermachte, würde er seine Hand tagelang nicht mehr benutzen können. »Lass mich los, bitte. Ich hab dir doch nichts getan.«

»Du mir nicht, aber ich dir gleich«, erwiderte Michael kichernd. Und dann brach ein gewaltiges Lachen aus ihm hervor und brachte die Fettmassen auf seiner massigen Brust zum Erbeben. Ein Übelkeit erregender Anblick.

Doch schlagartig brach das Gelächter in sich zusammen und Fettbacke kniff die Augen zu, um drohend an Pitt vorbeizusehen. »Was wollt ihr denn hier?«, fragte er dann.

»Lass ihn los«, sagte in diesem Moment eine Stimme hinter Pitt und er spürte, wie eine Woge der Erleichterung durch seinen Körper flutete. Er versuchte den Kopf zu verrenken, um nach hinten zu sehen, aber der Dicke verstärkte den Druck seiner Hand und Pitt wurde zurückgerissen.

Doch vorher hatte er noch kurz einen Blick erhaschen können. Es waren die Netsurfer. Alle vier. Sam hatte sich vor Fettbacke aufgebaut, während Hacky lässig an der Wand lehnte und sich die beiden Mädchen etwas im Hintergrund hielten.

»Du solltest Pitt besser gehen lassen, bevor wir dir einen Ring durch die Nase ziehen und dich als Tanzbären meistbietend versteigern«, sagte Hacky ruhig.

Michael schüttelte angesichts solcher Frechheit überrascht den Kopf. »Dich kleinen Hosenscheißer knöpfe ich mir gleich vor«, sagte er. »Ich verspeise dich zum Frühstück, wenn ich will.«

»Ich würde dir ganz schön schwer im Magen liegen«, behauptete Hacky. »Also mach schon, bevor ich ernsthaft böse werde.«

Der Dicke verzog den Mund zu einem abfälligen, aber missglückten Grinsen. Offensichtlich war er sich trotz seiner beachtlichen Körpermasse unsicher, ob er es mit allen Netsurfern auf einmal aufnehmen konnte.

»Also denn«, sagte er, während er gleichzeitig Pitts Handgelenk freigab und ihn schwungvoll von sich stieß, »für heute lass ich's gut sein. Aber wagt es nicht, mir noch einmal unter die Nase zu kommen. Sonst walze ich euch platt!«

3

»Ich weiß ja«, sagte Pitt, als sie wie begossene Pudel vom Schulhof trotteten und der Lärm des Sommerflohmarkts hinter ihnen verklang, »ich habe Mist gebaut. Aber nun hackt doch nicht alle auf mir rum.«

»Wer den Schaden hat, spottet jeder Beschreibung«, setzte Hacky noch eins drauf. »Und dass du Fettbacke mit mir verwechselt hast, werde ich dir noch in tausend Jahren nicht verzeihen.«

»Ach, Hacky, das bringt doch nichts«, sagte Michelle. »Wir sollten lieber überlegen, warum dieser Hammerschmidt dort war, wo er war.«

»›Dort war, wo er war‹«, äffte Hacky sie mit verstellter Stimme nach und trat nach einem Kieselstein, der im hohen Bogen wegspritzte. »Du müsstest dich selber einmal hören, Michelle. Du bist nicht nur blond, du redest auch schon so. Woran erkennt man übrigens, dass gerade eine Blondine am PC ist? Am Angstgeschrei wegen der Maus.«

»Dein Niveau ist wirklich unerreicht«, sagte Michelle. »Weißt du eigentlich, warum Blondinenwitze immer kurz sind? Damit selbst Typen wie du sie behalten können.«

»Bitte, Leute«, meinte Sam. »Es reicht, ja? Michelle hat vollkommen Recht. Hammerschmidt war sicher nicht zufällig dort. Und dass er weiß, wer wir sind, macht mir Sorgen. Schließlich haben wir nicht gerade am schwarzen Brett ausgehängt, dass wir zu den Netsurfern gehören.«

»Fettbacke Hammerschmidt …« Hacky überlegte. »Du hast doch gesagt, Sam, er habe plötzlich auffallend gute Noten.«

»Stimmt.«

»Also, ich versteh's immer noch nicht«, warf Sabrina ein. »Ich kann's nicht begreifen. Sam, wieso wolltest du unbedingt heimlich an den Schulcomputer? Ich finde das nicht richtig.«

Sam runzelte ärgerlich die Stirn. »Das musst du mir schon selbst überlassen, Kleine«, sagte er schroff. »Ich glaube kaum, dass du auch nur im Geringsten beurteilen kannst, was ich zu tun oder zu lassen habe.«

»Kann sein«, antwortete Sabrina. Es klang wie das Fauchen einer Katze. »Aber dann kannst du auch nicht erwarten, dass wir dir bei diesem … diesem Einbruch ins Lehrerzimmer helfen.«

Pitt wusste, dass seine Schwester kurz davor war zu explodieren. »He, Leute«, sagte er deshalb. »Wie wär's mit einem kurzen Abstecher in *Antonios Eiscafé*? Dort können wir in Ruhe die nächsten Schritte besprechen.«

»Einverstanden«, sagte Michelle, die Pitts Absicht offenbar sofort durchschaut hatte. Sie hakte sich bei ihm ein und zog ihn dann regelrecht mit sich. Pitt konnte nicht verhindern, dass ihm dabei das Blut in die Ohren schoss. Die flüchtige Berührung von Michelles Arm war ihm beileibe nicht unangenehm, aber sie kam so überraschend, dass er kein Wort mehr herausbringen konnte.

Was auch nicht nötig war. Denn es dauerte nur ein, zwei Minuten, bis sie die nächste Ecke erreicht hatten, die von dem Eiscafé dominiert wurde. Michelle steuerte mit Pitt im Schlepptau einen ruhigen Ecktisch an.

»So, da wären wir«, sagte sie, als sie sich von ihm löste und auf einem der bunten Plastikstühle Platz nahm. »Hier dürften wir erst einmal unsere Ruhe haben.«

»Bis die Leute nach ihrem Flohmarktbesuch wie ein Heuschreckenschwarm hier einfallen«, stellte Hacky fest.

»Ob Heuschrecken oder nicht«, sagte Sabrina. »Ich will jetzt endlich wissen, was los ist.«

»Okay, okay«, meinte Sam beschwichtigend und setzte sich neben Michelle. »Ich werde dir alle Fragen beantworten, Sabrina. Aber vielleicht willst du vorher etwas bestellen.«

»Gute Idee«, sagte Hacky an ihrer Stelle und winkte dem Ober. »Jetzt hauen wir erst mal rein. Und danach hauen wir Fettbacke zusammen.«

4

Natürlich dachte keiner ernsthaft daran, sich an diesem heißen Sommertag noch einmal mit dem dicken Michael Hammerschmidt anzulegen. Aber während ihrer hitzigen Diskussion begriffen die Netsurfer, dass nur allzu bald schon wieder ein Streit mit Fettbacke drohte.

»Also, gestern hast du uns erzählt, du bekommst in Deutsch eine Sechs«, sagte Sabrina, während sie in ihrem schon reichlich matschigen Eis herumrührte. »Und wir müssten noch dieses Wochenende an den Schulcomputer, um dort die Noten deiner Klasse zu kontrollieren. Weil da irgendjemand dran rumgespielt haben soll. Und plötzlich taucht Fettbacke auf. Das ist doch ein komischer Zufall.«

»Finde ich auch«, meinte Sam. »Aber es muss etwas mit meiner Deutschnote zu tun haben. Ich bin vielleicht in Deutsch keine große Leuchte – aber dass plötzlich unser neuer Klassenlehrer Forschmann behauptet, ich hätte, bevor er die Klasse übernahm, nur lauter Sechser geschrieben, ist doch echt abgefahren. Das ist ein solcher Unsinn, dass ich dem unbedingt auf den Grund gehen muss!«

»Das wissen wir ja bereits alles«, sagte Pitt irritiert. »Ansonsten hättest du uns kaum dazu überreden können, während des Flohmarkts den Schulcomputer mal ein bisschen genauer unter die Lupe zu nehmen. Aber ich glaube fast, da steckt mehr dahinter.«

»Unglücklicherweise – ja.« Sam atmete tief durch und machte eine unglückliche Handbewegung. »Die Sechs in Deutsch ist nur der Stein, der das Ganze ins Rollen bringt …«

»Aber wie kann dieses Frosch-Männeken, oder wie immer der heißt, behaupten, dass du so schlecht stehst?«, hakte Sabrina nach. »Das stimmt doch nicht. Wenn einer deine wahren Noten kennt, dann dein Klassenlehrer!«

»Das habe ich euch bereits gestern zu erklären versucht«, antwortete Sam. »Er hat erst vor einem Monat die Klasse übernommen. Und er hält sich an die Unterlagen, die er hat.«

»Das gibt's doch gar nicht«, meinte Sabrina und runzelte ärgerlich die Stirn. »Du brauchst ihm doch bloß dein Klassenarbeitsheft unter die Nase zu reiben!«

»Herrgott, wir haben doch kein Klassenarbeitsheft!«, polterte Sam ungewohnt heftig los. »Du kannst einem aber auch wirklich Löcher in den Bauch fragen. Dann erzähl ich eben die ganze Geschichte noch einmal von vorn bis hinten, bis du sie endlich kapierst!«

»Also bitte.« Sabrina war beleidigt.

»Nun, ganz einfach: Wir schreiben unsere Arbeiten auf spezielle Bögen, die nach dem Test eingesammelt werden. Dann korrigiert sie der Lehrer und gibt die Noten anschließend in den Schulcomputer ein. Natürlich muss er auch die Arbeiten aufbewahren und dazu hat er noch ein normales Notenbüchlein. Ich schätze, beides deponiert er üblicherweise irgendwo im Lehrerzimmer. Nur leider scheint das in diesem Fall der alte

Clasen, unser Expauker, offensichtlich nicht so gemacht zu haben. Wahrscheinlich wurden die Unterlagen von ihm mit nach Hause genommen. Aber dort hat man sie nach seinem Tod nicht gefunden.«

»Nach seinem Tod?«, echote Pitt betroffen. »Aber wieso …?«

»Hast du das etwa nicht mitgekriegt, Träumer?«, fragte Hacky. »Der alte Clasen hatte doch diesen schrecklichen Autounfall.«

»Ja, natürlich wissen wir das«, sagte Sabrina ungeduldig. »Nun aber weiter, Sam.«

»Also, es gelten für dieses Schuljahr nur die im Computer gespeicherten Noten«, fuhr Sam fort. »Eine höchst merkwürdige und unangenehme Situation. Denn mit Computern lässt sich eine Menge Unsinn anstellen, wie ihr wisst.«

»Das klingt alles sehr verworren«, meinte Sabrina. »Wer sollte denn ein Interesse daran haben, dir schlechte Noten unterzuschieben?«

»Eine sehr gute Frage. Die habe ich mir auch schon gestellt. Aber vielleicht steht ja Fettbackes Auftauchen damit in irgendeinem Zusammenhang.« Er hielt die Hand mit einem Daumen nach oben. »Punkt eins: Fettbacke hat Wache vor dem Lehrerzimmer geschoben, als habe er damit gerechnet, dass wir dort auftauchen.« Er ließ den Zeigefinger folgen. »Punkt zwei: Fettbacke kannte unseren Namen. Dabei hätte er von den Netsurfern gar nicht wissen dürfen. Und schließlich«, Sams Mittelfinger schnellte hoch, »Fettbacke gehört zu den Gewinnern des ganzen Schwindels. Er hat wie aus heiterem Himmel unverschämt gute Noten.«

»Woher weißt du das denn so genau?«, fragte Pitt.

»Ganz einfach«, antwortete Sam. »Über das Internet konnte ich immerhin auf eine Bewertungsdatei zugreifen, die mehr als nur seltsame Ergebnisse enthielt. Michael Hammerschmidt, seines Zeichens absoluter Rekordhalter im Sitzenbleiben, erfreut sich plötzlich ganz ausgezeichneter Noten. Auch ein paar andere Typen stehen weitaus besser da, als sie es eigentlich dürften.«

»Das mag ja alles stimmen«, sagte Sabrina. »Aber es muss doch eine Möglichkeit geben, diesem Forschmann klarzumachen, dass die Noten im Schulcomputer nicht stimmen. Vielleicht sollten deine Eltern mal mit ihm reden.«

Sam zuckte zusammen, als habe man ihn geschlagen. »Auf genau diese Idee ist Forschmann bereits von allein gekommen«, erwiderte er leise. »Er will unbedingt mit ihnen sprechen, und nachdem ich nun schon einige Termine verschoben habe, besteht er darauf, am Montagnachmittag auf alle Fälle bei uns vorbeizukommen. Ich weiß nicht, wie ich das verhindern soll.«

»Aber wieso willst du das denn überhaupt?«, fragte Sabrina. »Das macht doch keinen Sinn.«

»Und ob das Sinn macht!«, kam es von Michelle.

Sabrina fuhr zu ihr herum. Das Mädchen sah sehr ernst, konzentriert und gar nicht so aus, als ob ihr nach Scherzen zumute wäre.

»Eh«, machte Pitt. »Wie … was meinst du damit?«

»Darf ich?«, fragte Michelle in Sams Richtung. Dieser nickte nur müde. »Es gibt da nämlich ein Geheimnis, das unbedingt und unter allen Umständen eines bleiben muss. Schwört ihr, bei allem was euch heilig ist, dass ihr Sams Geheimnis bewahren werdet, egal, was passiert?«

»Na, hör mal«, empörte sich Sabrina. »Ihr müsstet uns doch langsam kennen. Wir würden nie etwas wirklich Geheimes ausquasseln!«

»Schwört ihr nun?«, beharrte Michelle.

»Also gut«, antwortete Pitt. »Ich schwöre, dass ich Sams Geheimnis nie und nimmer verraten werde.«

Sabrina nickte. »Dem schließe ich mich an. Obwohl das Ganze eigentlich überflüssig ist.«

»Das ist es eben nicht«, behauptete Michelle. »Aber egal.« Sie zögerte einen Moment und strich sich die langen blonden Haare zurück. »Um es kurz zu machen: Sams Eltern sind nicht nur verreist, wie er euch erzählt hat, sie sind überhaupt nicht da.«

Einen Moment lang herrschte Totenstille. »Was … was heißt, überhaupt nicht da?«, fragte Pitt schließlich. »Sind sie … ich meine … ich weiß zwar nicht …«

»Das heißt, dass sie nicht da sind, basta«, sagte Hacky barsch. »Die Alten sind verschwunden. Vielleicht gekidnappt, verschleppt von irgendwelchen Schweinebacken.«

»Okay, das reicht«, sagte Sam. »Das Geheimnis, von dem wir gesprochen haben, ist, dass ich nicht weiß, wo meine Eltern stecken. Sie sind vor gut zwei Monaten verschwunden.«

»Aber die Polizei …«, begann Pitt.

»He, stopp, keine Polizei.« Sam schüttelte den Kopf. »Das Ganze ist eine wirklich lange und traurige Geschichte, über die ich euch noch genauer informieren werde, sobald wir etwas Luft haben. Um es auf den

Punkt zu bringen: Ich bin ganz sicher, dass meine Eltern tatsächlich entführt wurden. Und das schon vor etlichen Wochen. Ich habe sofort alle Hebel in Bewegung gesetzt, um sie zu finden, und bin tatsächlich im Internet auf ein paar Spuren gestoßen. Sobald ich etwas Greifbares habe, werde ich mich an die Polizei wenden.«

»Vielleicht kann dir Ray Gunson helfen«, sagte Sabrina aufgeregt. Den jungen Polizisten der Cyber Patrol hatten sie bei ihrem letzten Abenteuer kennen und schätzen gelernt.

»Bitte, glaub mir, dass ich wirklich schon alle Möglichkeiten überdacht habe«, sagte Sam. »Aber ich habe Angst zur Polizei zu gehen, weil das für meine Eltern gefährlich sein könnte. Die hauen dann mit aller Staatsgewalt dazwischen und schließlich bleiben meine Eltern auf der Strecke.«

»Aber wieso bist du dir so sicher?«, fragte Sabrina. »Die Bullen haben doch Erfahrung mit so was!«

»Mit einem Wissenschaftlerehepaar, das an einem Geheimprojekt gearbeitet hat und wahrscheinlich deswegen entführt wurde? Nein.« Sam schüttelte entschlossen den Kopf. »Keine Diskussionen mehr zu diesem Thema. Schließlich geht es im Augenblick um etwas ganz anderes – auch wenn es wiederum auf andere Art mit meinen Eltern zusammenhängt.«

»Stellt euch mal vor, dieser forsche Forschmann lässt sich nicht abschütteln«, erklärte Hacky an seiner statt. »Der taucht auf und verlangt wirklich die Alten von Sam zu sehen! Dann dauert es gar nicht mehr lange, bis das Jugendamt aufkreuzt und feststellt: Ein Dreizehnjähriger darf auf keinen Fall alleine leben. Die stecken ihn dann in irgendein finsteres Waisenhaus. Und von dort wird er seine Eltern wohl kaum suchen können.«

Pitt schüttelte langsam den Kopf. Das alles war ein bisschen viel. »Aber das kann doch nicht ewig so weitergehen«, sagte er schließlich.

»Soll es ja auch gar nicht«, warf Sam wild entschlossen ein. »Ich werde meine Eltern schon finden. Die Netsurfer in der ganzen Welt helfen mir dabei.«

»Sag bloß, die wissen alle Bescheid«, sagte Sabrina vorwurfsvoll. Sam hatte bislang weder ihr noch Pitt auch nur ein Sterbenswörtchen von seinem Geheimnis verraten. Wenn er dagegen weltweit alle anderen Netsurfer eingeweiht hatte, konnte er etwas erleben!

»Nein.« Sam schüttelte den Kopf. »Das wäre viel zu gefährlich. Und trotzdem unterstützen sie mich bei meinen Nachforschungen im Internet – ohne allerdings den genauen Grund zu kennen. Doch jetzt ist erst einmal ein anderes Problem zu lösen: Ich muss Forschmann dazu bringen, dass er von dem Gespräch mit meinen Eltern am Montag ablässt. Sonst kommt er noch hinter mein Geheimnis – und das darf auf keinen Fall geschehen!«

5

Es hielt die Netsurfer nicht mehr länger im Eiscafé. Nach dem Bezahlen machten sie sich auf den Weg zu Sams Haus. Die Augustsonne brannte heiß vom Himmel und die wenigen Bäume am Straßenrand spendeten angenehmen Schatten. Die gepflegten Vorgärten, das leise Vogelgezwitscher, irgendwo das Geräusch eines elektrischen Rasenmähers: All das erschien ihnen wie das Versprechen einer heilen Welt.

Bis sie zum Haus Birkenstraße siebzehn kamen. Es verwahrlost zu nennen, wäre untertrieben gewesen. Im Vergleich zu den adretten Nachbarhäusern wirkte das Gebäude wie ein in Putzlumpen gekleidetes Aschenputtel inmitten vornehm ausstaffierter Prinzessinnen. Und der Vorgarten glich mit seinem dornenbewachsenen Dickicht einem Urwald, der zufälligen Besuch zuverlässig abschreckte. Was er ja auch sollte.

Sam schloss die Haustür auf und stürmte gleich nach oben, in sein Allerheiligstes, den Computerraum, der ein bisschen wie die Kommandozentrale von Han Solo aussah – allerdings nach einem mittelschweren Angriff der feindlichen Verbände des finsteren Imperators. Zeitschriftenstapel, Disketten- und CD-ROM-Hüllen bildeten mit Kabeln und verschiedenem Rechnerzubehör ein wüstes Durcheinander, in dem gerade eine Schneise zum breiten Tisch mit den drei Computern darauf frei geblieben war.

»Setzt euch irgendwo hin«, sagte Sam und wedelte großzügig mit der Hand, während er in seinem Kommandosessel Platz nahm. Die anderen wechselten einen entgeisterten Blick.

»Wenn ich mich nicht täusche, hatten wir hier letzte Woche etwas Ordnung gemacht«, sagte Michelle verzweifelt.

»Ja, ja«, meinte Sam gut gelaunt und betätigte den Hauptschalter zum Starten seiner PCs. »Ich hab meine Computerbücher auch nicht mehr angerührt. Die sind immer noch in den Kisten dort hinten, in die ihr sie verstaut habt.«

»Aha«, machte Michelle. Pitt und Hacky hatten währenddessen die Klappstühle hinter der Tür hervorgeholt und schleppten sie jetzt durch das Chaos nach vorne.

»Sollten wir nicht vielleicht besser ins Wohnzimmer gehen?«, setzte Michelle noch einmal an. »Dort ist es … irgendwie gemütlicher.«

»Ach ja«, sagte Sam zerstreut und klickte mit der Maus auf ein Bildschirmsymbol. »Aber hier haben wir gleich unsere Lieblinge parat. Ein unschätzbarer Vorteil.«

Es was klar, was er damit meinte: seine Computer. Wenn er an ihnen herumhantierte, war er wie ausgewechselt. Eben hatte er noch traurig und niedergeschlagen gewirkt, doch jetzt schien ihn neue Kraft zu durchpulsen.

Es blieb den vieren nichts anderes übrig, als das Beste aus der Situation zu machen. Pitt gab es schließlich entnervt auf, nach einem Platz für seinen Klappstuhl zu suchen. Er hockte sich einfach auf einen Zeitschriftenstapel. Seine Schwester ließ sich wie gewöhnlich auf dem Boden nieder, musste aber vorher noch das eine oder andere Kleinteil zur Seite schieben. Nur Hacky und Michelle kämpften mit der Disketten-Kabel-CD-ROM-Flut, bis sie neben Sam einen Platz für ihre Stühle freigeschaufelt hatten.

Als die drei Monitore fröhlich vor sich hin blinkten, ließ Sam seinen Ledersessel herumschwingen und legte die Füße auf einen Papierhaufen. »Ich denke, wir sollten noch einmal eine kleine Bestandsaufnahme machen«, sagte er. Ohne auf eine Antwort zu warten, berichtete er dann von seinem Versuch über das Internet in den Schulrechner einzudringen. »Leider war ich nur zur Hälfte erfolgreich. Ich konnte zwar auf den Rechner zugreifen, aber nicht die Noten ändern.«

»Wäre ja auch noch schöner«, sagte Sabrina, »wenn da jedermann einfach reinspazieren könnte, um seine Noten mal eben etwas aufzubessern.«

»Nur zu wahr«, bestätigte Sam, schnappte sich eine Coladose, die auf dem Boden stand, und riss sie mit einem Ruck auf. »Aber leider haben sich daran ein paar üble Burschen zu schaffen gemacht. Sie haben einfach den Umstand ausgenutzt, dass die Noten vom alten Clasen nur noch im Computer stecken. Es gibt überhaupt keine schriftlichen Unterlagen mehr.«

»Aber was hat Fettbacke davon?«, überlegte Pitt laut. »Dann hat er eben dieses Jahr gute Noten. Na und? Im nächsten wird doch der neuer Lehrer, dieser Forschmann, schnell merken, was Sache ist.«

»Darum geht's ja gerade«, sagte Sam. »Forschmann will irgendein Pilotprojekt bei der Notengebung durchziehen. Die *papierlose Schule* oder irgend so einen Unsinn. Der Mann setzt voll auf den Computer. Was mir in diesem speziellen Fall nicht gerade sympathisch ist.«

»Was ist dieser Forschmann eigentlich für ein Typ?«, fragte Sabrina.

»Eine sehr gute Frage«, meinte Sam und nippte nachdenklich an seiner Cola. »Ich werde nicht schlau aus ihm. Ich habe in aller Ruhe mit ihm zu sprechen versucht – mehrfach. Aber es war einfach kein Rankommen an ihn. Er hat mir noch nicht einmal richtig zugehört.«

»Kann es sein, dass er mit in der Sache drinhängt?«, fragte Pitt.

Sam zuckte mit den Schultern. »Das ist sehr unwahrscheinlich. Nein, eigentlich kann ich mir das nicht vorstellen.«

»Aber es würde einiges erklären«, beharrte Pitt nachdenklich.

»Wie auch immer«, sagte Sam. »Wir müssen sehen, dass wir irgendwie die Notenmanipulation beweisen. Nur so kann ich Forschmanns Besuch verhindern und mein Geheimnis wahren.«

»Und wo setzen wir an?«, fragte Pitt.

»Nun«, Sam schwang wieder mit dem Sessel zu seinen Konsolen herum, »nachdem wir auf direktem Weg nicht an den Schulcomputer kommen, wenden wir uns doch einmal den Hauptpersonen zu.« Er führte ein paar Kommandos mit der Maus aus. »Einen unserer Gegner kennen wir ja schon ...«

»Fettbacke.«

»Genau.« Auf dem großen Hauptmonitor flimmerte das Logo des Internetanbieters, über den sich Sam ins Netz der Netze einklinkte. »Jetzt müssen wir nur rausbekommen, wer noch alles dazugehört. Denn dass Fettbacke allein hinter der ganzen Aktion steckt, ist kaum anzunehmen.« Er gab in schneller Folge etwas in die Tastatur ein.

»Und wie willst du die anderen enttarnen?«, fragte Pitt nach.

»Es könnte jeder aus meiner Klasse zu ihnen gehören, der plötzlich bessere Noten als üblich hat«, überlegte Sam laut. »Aber das bedeutet natürlich nicht, dass nur Schüler aus meiner Klasse daran beteiligt sind. Nein, ich fürchte, das Ganze ist etwas komplizierter.«

»Und du willst jetzt ...« Die Worte blieben Pitt im Halse stecken, denn statt bunter Bildchen stabilisierte sich plötzlich etwas anderes auf dem Monitor: das Gesicht eines frechen Mädchens, das sie fröhlich anstarrte.

»Hallo, Adler an Bodenstation.« Die Erscheinung grinste.

»Eh ...«, krächzte Pitt. »Was ist denn das?«

»Aha«, sagte das Mädchen. Es hatte rote abstehende Haare, die an einen Hahnenkamm erinnerten. Das lustige Grübchen am Kinn, die roten Wangen und die Sommersprossen verstärkten den Eindruck, dass sie es mit einem Spaßvogel zu tun hatten. »Du musst Pitt sein«, fuhr die Rote fort. Ihr Blick wanderte zu Boden. Dann zwinkerte sie Sabrina zu. »Und du bist wahrscheinlich die U-Bahn-Surferin Sabrina. Es war schon ein tolles

Ding, wie du die bösen Ecstasy-Buben mit dem U-Bahn-Trick abgehängt hast.«

»Jetzt schlägt's aber dreizehn«, rief Pitt. »Was, um alles in der Welt, hat das zu bedeuten?«

»Darf ich vorstellen«, sagte Sam und deutete auf den Monitor: »Das ist der Adler.«

6

»Eh … puh«, machte Pitt. Er kratzte sich verzweifelt am Kopf. »Kann mir mal jemand erklären, was hier überhaupt abgeht?« Er zeigte mit einer verzweifelten Geste auf den Bildschirm. »Wenn ich nicht vollkommen bekloppt bin, ist das doch ein Mädchen! Aber wie kann der Adler ein Mädchen sein?«

Die Frage war berechtigt. Denn der Adler war nicht irgendwer. Michelle hatte ihn einmal als »Spinne im Netz der Netsurfer« bezeichnet, als wahres Sprachgenie, das ständig Kontakt zu den Netsurferfreunden weltweit hielt.

Das war wichtig, denn die Netsurfer stellten mehr als nur einen internationalen Computerclub dar, der über das Internet regen Gedankenaustausch pflegte. Er spürte üblen Machenschaften im so genannten *World Wide Web* nach und hatte schon so manchen Übeltäter enttarnt, der glaubte, über das Internet schmutzige Geschäfte abwickeln zu können.

Pitt und Sabrina waren ganz selbstverständlich davon ausgegangen, dass der Adler ein Junge war. Während ihres letzten Abenteuers, bei dem ihnen der Greifvogel mit seinen mächtigen Schwingen kräftig unter die Arme gegriffen hatte, hatten sie mit ihm nur per Telefon Kontakt gehabt. Gut, die Stimme hatte etwas hell geklungen, aber das war für einen zwölfjährigen Jungen ja schließlich nicht gerade ungewöhnlich.

»Hast du irgendwas dagegen, dass ich der Adler bin?«, fragte die Rothaarige. »Hast vielleicht gedacht, ich sei ein strahlender männlicher Muskelprotz, und bist jetzt enttäuscht, nur ein kleines mickriges Mädchen vor dir zu haben?«

»Eh, aber … nein … überhaupt nicht«, stammelte Pitt. »Ich dachte … nur …«

»Das ist eben immer ein Fehler, wenn Jungen denken.« Sie lachte glockenhell.

»Wenn du der Adler bist«, sagte Pitt immer noch reichlich verdattert, »wie kommst du dann plötzlich in Sams Computer?«

»Natürlich durch Hokuspokus, du Schnellmerker«, antwortete die Rothaarige kichernd. Ihre Mundwinkel zogen sich vor lauter Lachen so weit auseinander, dass sie in wenigen Augenblicken die Ohren erreichen mussten. »Das … ist ja … echt abgefahren, mit dem … Bildschirmtelefon«, stieß sie lachend hervor. »So kann ich … dein bescheuertes … Gesicht live … miterleben.«

Alle anderen fielen nun in das Lachen des Mädchens ein, was es Pitt nicht gerade leichter machte. »Na, wirklich klasse, dein neues Bildschirmtelefon, Sam«, schimpfte er. »Jetzt könnt ihr mal auf meine Kosten so richtig ablachen.« Er machte eine ärgerliche Handbewegung. »Aber woher sollte ich wissen, dass der Adler ein Mädchen ist? Schließlich habt ihr immer von *dem* Adler gesprochen.«

»Hätten wir etwa *die* Adler sagen sollen?«, fragte Hacky scheinheilig, was sofort wieder eine Lachsalve auslöste. Dabei erzürnte es Pitt besonders, dass nun auch seine Schwester aus vollem Hals mithielt. Die sollte nur ganz ruhig sein. Schließlich war sie dem gleichen Irrtum aufgesessen wie er.

»Mach dir nichts draus«, sagte Hacky in Richtung Bildschirm. »Pitt ist im Allgemeinen ganz pflegeleicht. Nur ab und zu setzt eben bei ihm etwas aus.«

»Ja, das tut es wirklich gleich, wenn ihr nicht endlich friedlich seid«, sagte Pitt mit hochrotem Kopf. »Und vielleicht kann mir jemand in der Zwischenzeit ganz einfach erklären, wie dieses ... dieses Bildschirmtelefon funktioniert.«

»Da wollen wir mal nicht so sein«, sagte Hacky gönnerhaft. »Denn das immerhin könntest du ja verstehen.«

»Siehst du die kleine Kamera oben am Monitor?«, fragte Sam, ohne auf die Stichelei einzugehen. »Das ist meine neueste Errungenschaft. Dank ADSL ruckt das Bild auch nicht mehr so wie früher mit dem alten ISDN-Geraffel. Der Adler hat auf seiner Seite natürlich auch so eine Kamera.«

»Ah ja«, meinte Pitt. Er wollte sich vor Hacky nicht die Blöße geben und nachfragen, was der Unterschied zwischen ADSL und ISDN sei. Aber das war ja eigentlich auch egal. Wichtig schien nur, dass sie irgendwie weiterkamen. »Also, Adler, es freut mich, dich jetzt endlich auch sehen zu können«, sagte er.

»Ganz meinerseits«, antwortete die Rothaarige mit dem Hahnenkamm. Dabei entblößte sie ihre Zähne und eine im Gegenlicht funkelnde Zahnspange. Ihr verwegenes Äußeres wurde dadurch nur noch mehr betont.

»Und jetzt zu dir, Sam«, fuhr der Adler fort. »Ich hab

deine Anfrage mal abgecheckt. Zuerst habe ich mir deine Klassenkameraden vorgenommen. Ich muss schon sagen, da sind ein paar echte Früchtchen drunter.«

»Das ist mir nicht neu«, sagte Sam, »aber toll, dass du dich gleich der Sache angenommen hast. Denn wir sind leider fürs Erste nicht weitergekommen.« Er berichtete dem Adler mit wenigen Worten von der missglückten Aktion mit dem Schulcomputer. Die Rothaarige quittierte es mit einem ruhigen »Na, einen Versuch war es allemal Wert!«.

Das, was ihnen der Adler zu sagen hatte, schlug dagegen wie eine Bombe bei den Münchner Netsurfern ein. Ihre Wiener Freundin hatte auf Sams Bitte die ganze 8a unter die Lupe genommen. Unter den Schülern hatte sie so manches schwarze Schaf entdeckt; so war beispielsweise Bruno Humpel schon einmal wegen des Diebstahls von Autoradios vorübergehend verhaftet worden. Aber der eigentliche Hammer war das, was sie über den neuen Klassenlehrer Forschmann herausgefunden hatte.

»Es ist total verrückt«, sagte die Rothaarige. »Forschmann ist wie aus dem Nichts vor einem Monat auf der Fichte-Schule aufgetaucht. Keiner kannte ihn, kein Mensch hatte ihn je zuvor gesehen. Und jetzt haltet euch fest.« Ihr Blick schien sich an Pitts Augen festzusaugen. »Ich habe ein wenig nachrecherchiert bei der Bremer Schule, an der er angeblich vorher war. Da hat es wirklich mal einen Forschmann gegeben. Aber nach ein bisschen Hin und Her habe ich herausbekommen: Dieser Forschmann unterrichtet jetzt an einer Schule in Leverkusen.«

»Was soll das heißen?«, fragte Pitt.

»Das heißt, dass unser Forschmann nicht der echte sein kann. Keine Ahnung, wer er wirklich ist. Die Papiere, die er der Schule vorgelegt hat, haben meiner Überprüfung jedenfalls nicht standgehalten. Sie sind eindeutig gefälscht.«

7

»Also Forschmann«, sagte Sam erschüttert. »Ich hätte es gleich wissen müssen. Der Mann steckt bis zum Hals in der Sache drin.«

»Ich versteh das nicht«, widersprach Pitt. »Was soll der ganze Unsinn? Ein Lehrer kann doch kein Interesse daran haben, einen Notenschwindel durchzuführen.«

»Vielleicht doch«, meinte Hacky. Er begann auf seinem weißen Klappstuhl hin und her zu wackeln. »Wenn er dafür jede Menge Mäuse abzocken kann.«

»Du glaubst wirklich, er kassiert von Hammerschmidt und den anderen Geld für bessere Schulnoten?«, fragte Pitt ungläubig.

»Vielleicht ist ja nicht Fettbacke der große Zahlemann«, überlegte Hacky. »Es könnte ja jemand in der Klasse sein, der richtig Zaster lockermachen kann. Der einen Onkel wie Dagobert Duck hat ...«

»Stopp, stopp«, sagte die rothaarige Adlerin. »Ich glaube nicht, dass bei euch in München andere Gesetze der Logik gelten als bei uns in Wien.«

»Bitte, was?«, fragte Hacky und hielt mit seinem Stuhl abrupt inne. »Willst du etwa meine messerscharfen Schlussfolgerungen anzweifeln?«

»Weit gefehlt, Sonnenbebrillter«, sagte der Adler. »Aber ich habe nur gesagt, dass Forschmann wie aus dem Nichts bei euch auf der Schule auftauchte. Das muss keinesfalls heißen, dass er auch in den Notenschwindel verstrickt ist.«

»Muss nicht«, gab Hacky zu. »Aber es liegt verdammt nahe. Und außerdem ist das unser einziger Anhaltspunkt.«

»Stimmt nicht«, sagte Sam. Er hatte das Gespräch mit halb geschlossenen Augen verfolgt, doch jetzt ging förmlich ein Ruck durch ihn. »Wir haben noch einen Ansatzpunkt: Bruno Humpel.«

»Was ist denn mit dem humpelnden Bruno?«, fragte Hacky genervt. »Hat er etwa seinen Roller im Halteverbot geparkt?«

»Das nicht«, erwiderte Sam. »Eher im Gegenteil. Er hat ihn im Internet abgestellt.«

»He?«, machte Hacky. »Bin ich jetzt schräg von der Gleisspur oder was? Was soll das denn nun wieder bedeuten?«

»Das heißt, wir haben es mit einem Internetspezialisten zu tun«, sagte Sam. »Im EDV-Leistungskurs ist er mir sofort aufgefallen.« Er machte eine wegwerfende Handbewegung, bedachte aber nicht die Coladose, die er in der Hand hielt. Ein paar Spritzer der braunen Flüssigkeit platschten auf den Teppich. »Er kennt sich im Web fast so gut aus wie ich.«

Die anderen schwiegen betroffen. Dass Sam einräumte, jemand anderer neben ihm, Hacky und dem Adler würde genauso – oder fast ebensoviel von Computern verstehen, war erstaunlich. Der *humpelnde Bruno*, wie ihn Hacky nannte, schien tatsächlich eine Menge auf dem Kasten zu haben.

»Du meinst also, er steckt hinter der ganzen Sache«, stellte Hacky fest.

Sam biss sich auf die Lippen und zuckte dann mit den Schultern. »Vielleicht will ich ihm das ja auch nur in die Schuhe schieben, weil ich ihn absolut nicht leiden kann«, gestand er ein. »Aber wenn du mich direkt fragst: Ja, ich glaube, er hat mit der Sache zu tun. Er und Fettbacke hängen sowieso oft miteinander herum.«

»Hm«, machte Hacky. »Dann passt ja alles wunderbar zusammen. Nach dem Wochenende nehmen wir uns Bruno einfach mal zur Brust und quetschen so lange an ihm herum, bis er die Wahrheit ausspuckt.«

Sam schüttelte den Kopf. »Oh nein«, sagte er. »Denkt daran, dass ich kaum noch Zeit habe. Wenn ich bis Montag Forschmann nicht einen stichhaltigen Beweis unter die Nase halten kann, dass es einen Notenschwindel gegeben hat, stecke ich mächtig in Schwierigkeiten.«

»Womit wir wieder bei Forschmann wären«, meinte Pitt. »Wenn er nun doch in den Schwindel verstrickt ist?«

»Du hast Recht. Das ist ein Risiko. Forschmann dürfen wir auf keinem Fall aus den Augen lassen.«

»Genau«, sagte Pitt aufgeregt. »Wir müssen getrennt marschieren! Ein paar von uns hängen sich an Forschmann und die anderen knüpfen sich Bruno vor.«

Sam nickte bedächtig. »Klingt sinnvoll. Wenn auch nur einer der beiden mit der Sache zu tun hat, haben wir ihn.«

»Eh?«, machte Sabrina. »Kann mir vielleicht einer der Herren erklären, *wie* wir uns an Bruno und den Lehrer ranhängen sollen?«

»Ach ja«, spöttelte Hacky. »Kommen die Damen schon wieder mit kleinlichen Einwänden? Wie wär's, Ladys, wenn ihr die lästigen Details klären würdet, nachdem wir Herren der Schöpfung schon die Hauptsache erledigt haben?«

8

Allen war klar, dass sie keine Zeit mehr zu verlieren hatten. Mittlerweile war es bereits Samstagmittag und damit blieben ihnen nur noch zwei Tage, bis Forschmann bei Sam auftauchte, um mit dessen Eltern zu sprechen.

Pitt und Sabrina riefen zu Hause an und sagten, sie würden nicht zum Mittagessen kommen, weil sie bei einem Freund wären. Das war nicht ungewöhnlich. Die Familie Wolters ließ am Wochenende öfters das Mittagessen ausfallen, wenn die Eltern ihre Kinder anderweitig versorgt wussten. Bei Michelle und Hacky verhielt sich das nicht viel anders.

Wer welche Aufgabe übernahm, war schnell geklärt. Sam und Hacky würden versuchen Bruno Humpel per Computer einen Besuch abzustatten. Sollte ihnen das nicht gelingen, käme noch einmal via Internet der Schulcomputer an die Reihe. Der rothaarige Adler konnte ihnen dabei sicherlich aus der Ferne behilflich sein; schließlich waren die drei ein eingespieltes Team.

Michelle, Sabrina und Pitt hatten dagegen die Aufgabe Forschmann auf den Fersen zu bleiben. Sie machten sich sofort auf den Weg. Wahrscheinlich trieb sich der Lehrer noch auf dem Flohmarkt herum. Deshalb hielten sie nun bereits zum zweiten Mal an diesem heißen Sommertag auf die Schule zu. Dort mussten sie Sams Klassenlehrer unauffällig aufspüren. Wenn sie es geschickt anstellten, konnten sie sich dann an seine Fersen heften.

»Jeder Hinweis kann wichtig sein«, hatte Sam gesagt. »Vor allem müssen wir rausbekommen, mit wem Forschmann Kontakt hat. Wenn er wirklich von irgendwelchen Schülern geschmiert wird, trifft er sich vielleicht mit ihnen.«

Die Vermutung lag nahe. Doch das konnte die Woltersgeschwister und Michelle auf ihrem Rückweg zum Flohmarkt auch nicht gerade aufheitern. Während sie durch die sengende Sonne marschierten, diskutierten sie die Details der unglaublichen Geschichte.

»Und wenn Forschmann nun gar nicht mehr in der Schule ist?«, sagte Michelle. »Was machen wir dann?«

Pitt klopfte auf den Computerausdruck in seiner Hosentasche. »Sam hat mir doch Forschmanns Adresse direkt vom Schulcomputer herunter ausgedruckt«, sagte er. »Das ist schon toll, wie er und Hacky mit PCs umgehen können.«

»Und der Adler«, warf Sabrina kichernd ein.

»Ja, selbst der«, antwortete Pitt ärgerlich. »Aber wie auch immer: Ist Forschmann nicht in der Schule, schauen wir bei ihm zu Hause vorbei.«

»Und legen uns vor seiner Wohnungstür auf die Lauer?«, fragte Michelle. Sie schüttelte den Kopf. »Ich fürchte, du hast ein paar Krimis zu viel gesehen.«

»Eine solide kriminalistische Ausbildung kann nicht schaden«, sagte Pitt. »Deswegen müssen wir ja nicht gleich reihenweise Flitzer zu Schrott fahren wie die Leute von der Autobahnpolizei Cobra 11.«

»Wir können ja nicht einmal Auto fahren«, sagte

Michelle. »Das Ganze ist doch eine Schnapsidee. Wenn Forschmann in seinen Wagen steigt und abdampft, sehen wir ganz schön alt aus.«

Pitt überlegte eine Weile krampfhaft. »Ja dann …«, sagte er. »Dann …«

Das war dummerweise die einzige Antwort, die ihm einfiel. Schließlich hatte Michelle vollkommen Recht und außerdem machte ihm die Hitze so zu schaffen, dass er kaum noch einen klaren Gedanken fassen konnte.

Zum Glück erreichten sie in diesem Moment die Schule und tauchten gleich wieder in den Flohmarkttrubel ein. Die mittlerweile etwas überdrehte Atmosphäre dort wirkte auf sie nicht gerade einladend. Es wurde gescherzt, gelacht, gestritten und um den Preis für alles mögliche Gelumpe gefeilscht, das die glücklichen Käufer wahrscheinlich schon nach ein paar Tagen wieder los sein wollten.

Sie hatten kaum ein paar Schritte gemacht, als Michelle Pitt in die Seite stieß. »Vorsicht«, flüsterte sie. »Dort hinten steht Fettbacke.«

Pitt starrte in die angegebene Richtung und zuckte betroffen zusammen. Es war eindeutig Michael Hammerschmidt, der sich da an einen Stand mit Informationsmaterial der Schule gelehnt hatte, sich jetzt abstieß und auf sie zustampfte.

»Dann nichts wie weg«, brachte Sabrina hervor. Sie packte ihren Bruder am T-Shirt. »Ich glaube, er hat uns noch nicht gesehen.«

»Ja, kommt hier rüber«, sagte Michelle und deutete auf eine Reihe bunt geschmückter Trödelstände. »Lasst uns da hingehen. Dort wird er uns nicht finden.«

»Ich meine schon, dass er uns gesehen hat«, warf Pitt besorgt ein, folgte aber den beiden Mädchen und lehnte sich dann neben sie an einen der Stände. »Aber ... puh ... ist mir plötzlich schwindlig.«

Michelle berührte flüchtig Pitts Arm. »He«, sagte sie ebenso leise wie besorgt. »Was ist los mit dir? Du bist ja weiß wie die Wand.«

»Ich ... ich ... die Hitze«, würgte Pitt mühsam hervor. Er hatte plötzlich das Gefühl flüssiges Eisen zu atmen und keinen klaren Gedanken mehr fassen zu können.

»Zum Tratschen haben wir keine Zeit«, sagte Sabrina. »Kommt endlich. Sehen wir zu, dass wir Forschmann aufstöbern, bevor ... Verdammt!«

Das letzte Wort galt Hammerschmidt, der mit einem feisten Grinsen auf den Lippen gerade um die Ecke bog und direkt auf sie zusteuerte. »Na, da sind sie ja, unsere lieben Kleinen«, höhnte er. »Eure Frechheit ist bewundernswert.«

»Verschwinde«, stieß Pitt hervor. Er wollte Fettbacke eigentlich noch ein paar Unverschämtheiten an den Kopf werfen, aber ein plötzlicher Hustenreiz ließ aus seinem »Sonst mache ich dir Beine!« nur hilfloses Gestammel werden.

»Macht sich der Kleine etwa vor Angst gleich in die Hose?«, fragte der Dicke. Er wischte sich mit der rechten Hand dicke Schweißperlen von der Stirn. Ein ekelhafter Anblick.

»Freut mich, mal wieder mit dir geplauscht zu haben«, sagte Sabrina zu Fettbacke.

Dem Dicken hängte sich vor Überraschung fast der Unterkiefer aus, hatte er doch keine Ahnung, worauf das schmächtige Mädchen mit den frechen Zöpfen hinauswollte.

»Aber jetzt muss ich leider gehen«, fuhr Sabrina zuckersüß fort.

Nur langsam schien Fettbacke zu begreifen, was los war. Er sah nun fast aus wie Fred Feuerstein, kurz bevor ihn eine Steinzeit-Dampfwalze überrollt.

»Tschüs, Fettkloß«, hauchte Sabrina noch, dann wirbelte sie auch schon herum und war mit ein paar schnellen Sätzen zwischen den Verkaufsständen und in der wogenden Kinderschar verschwunden.

»Eh, was …?« Fettbackes Augen verengten sich, wodurch sein Gesicht eine verteufelte Ähnlichkeit mit einem Schwein bekam, dem man gerade den Futtertrog geklaut hatte. Trotz der bedrohlichen Situation konnte Pitt nicht anders, als laut aufzulachen.

Doch der Husten machte ihm einen Strich durch die Rechnung. Sein Lachen ging in einem kläglichen Anfall unter, in einem Würgen und unerträglichen Kopfschmerzen, die beißend und scharf durch seinen Kopf fuhren. Was war bloß los mit ihm?

»Na, wenigstens ihr beide bleibt mir noch erhalten«, knurrte Hammerschmidt und sein Gesicht hellte sich wieder auf. »Wenn ihr auch die kleine Wieselnummer abziehen wollt, muss ich euch leider enttäuschen. Noch mal macht das keiner mit mir.« Er grinste. »Wir sollten jetzt endlich unser Gespräch von heute Morgen zu Ende führen oder was meinst du, Pitt?«

Pitt räusperte sich krampfhaft. Fettbacke war nur einen Schritt entfernt. Unerträglicher Schweißgeruch wehte von ihm herüber.

»Bist du heute Mor… Morgen in einen Schweinekoben gefallen oder weshalb stinkst du … du so?«, brach es aus ihm hervor. Es war Wahnsinn, Hammerschmidt zu reizen. Pitt verfluchte sich dafür. Blanke Mordlust blitzte jetzt in Michaels Augen auf.

»Du verdammter kleiner Dreckskerl«, zischte Fettbacke. »Ich ramme dich ungespitzt in den Boden.«

»Das würde ich an deiner Stelle nicht tun«, sagte Michelle. »Oder was meinst du, Sam?«

Fettbacke zuckte überrascht zusammen und wirbelte mit einer Leichtigkeit herum, die man ihm gar nicht zugetraut hätte. Offensichtlich erwartete er wirklich Sam hinter sich stehen zu sehen. Aber da war natürlich niemand. Der Kerl schien wirklich doofer zu sein, als die Polizei erlaubte.

»Los jetzt!«, schrie Michelle.

Pitt schwang herum; das Mädchen war bereits mit langen Sätzen losgesaust. Ihm selbst kam es vor, als bewege er sich wie in Zeitlupe. Die heiße Luft umwaberte unerträglich seinen Körper und erschwerte jede Bewegung. Michelle war dagegen schon an einer Gruppe Teenager vorbeigespurtet und in der Menschenmenge verschwunden.

»Du Ratte!«, quietschte Fettbacke hinter ihm. Wie viele Dicke bewegte er sich mit einer überraschenden Eleganz und Kraft – zumindest dann, wenn er wütend wie ein Stier war.

Pitt erschrak. Passte er nicht auf, würde ihn der Fettsack wirklich noch erwischen. Er beschleunigte seinen Lauf. Ein paar entgegenkommende Kinder konnten ihm nicht mehr ausweichen. Pitt stieß mit einem kräftigen

Jungen zusammen und hatte alle Mühe auf den Beinen zu bleiben.

»He, pass doch auf«, rief der Angerempelte und grapschte nach seinem Arm.

Pitt stieß ihn beiseite. In seinem Nacken spürte er Hammerschmidts heißen Atem. Michelle war längst im Gedränge untergetaucht. Es gab nur noch ihn, Fettbacke und die Kinder, die nicht schnell genug zur Seite sprangen, als er durch die Menge schoss.

Doch das war nichts im Vergleich zu Fettbacke. Wie ein durchgedrehter Elefant galoppierte er durch die Kinder, bahnte sich mit Gewalt seinen Weg. Wer nicht schnell genug beiseite sprang, wurde einfach weggewischt. Es gab niemanden, der es wagte, sich ihm entgegenzustellen, und niemanden, der bereit gewesen wäre Pitt zu helfen.

Er keuchte weiter. Mund und Brust schmerzten bei jedem Atemholen. Er konnte die heiße Luft gar nicht schnell genug ausstoßen, um frische nachzutanken. Schwarze Punkte tanzten vor seinen Augen.

Letztlich hätte ihn Fettbacke bestimmt eingeholt und platt gewalzt. Wenn nicht Sabrina wie aus heiterem Himmel plötzlich wieder aufgetaucht wäre! Eine typische Rettungsaktion, wie sie nur seiner Schwester einfallen konnte.

»Hier bin ich, du Hirni!«, rief sie laut und schrill und übertönte damit den allgemeinen Trubel. »Fang mich doch, wenn du kannst!«

Hammerschmidt heulte auf. Ein fast schon tierischer Schrei, voller Wut und Kampfeslust. Er brach zur Seite aus, stieß ein Kind weg, das ihm nicht schnell genug

Platz gemacht hatte, und jagte dem frechen Mädchen mit den wild abstehenden Zöpfen hinterher.

Das war die Rettung! Pitt flitzte in die andere Richtung, hechtete über eine Decke, auf der billiges Plastikspielzeug und anderer Trödel ausgebreitet lagen, stieß mit der Schulter gegen einen Sonnenschirm, der sich daraufhin bedrohlich zur Seite neigte, und wäre fast in einen Erwachsenen hineingestolpert. Der Mann starrte dem flüchtenden Jungen fassungslos aus seiner randlosen Brille nach.

Pitt achtete nicht auf ihn. Nur weg hier, dachte er. Er wusste, dass Sabrina auf sich selbst aufpassen konnte, dass sie nicht ernsthaft in Gefahr war, solange sie nicht übermütig wurde. Er kannte keinen Menschen, der so sportlich und geschickt war wie seine Schwester. Oft hatte er sie wegen ihrer Fähigkeiten beneidet. Im Moment war er nur froh, solch eine Schwester überhaupt zu haben.

Mit einem gehetzten Blick zurück überzeugte er sich, dass Hammerschmidt nicht mehr hinter ihm war. Keinen Augenblick zu früh. Er konnte einfach nicht mehr. Sein Kopf fühlte sich wie ein Ballon kurz vor dem Platzen an. Seine Atemwege und Bronchien brannten, als habe jemand Säure hineingekippt. Egal, ob nun von Fettbacke oder jemand anderem gejagt: Jetzt hätte er sich nicht mehr wehren können.

Er stemmte die Hände in die Hüften und versuchte erst einmal etwas zu Atem zu kommen. Viel Zeit durfte er sich dabei allerdings nicht lassen. Es würde nicht lange dauern, bis Hammerschmidt auf der Suche nach ihm wieder auftauchte. Wirklich gut, dass er mit den anderen bereits bei ihrem ersten Besuch des Flohmarkts einen Treffpunkt ausgemacht hatte: den Fahrradkeller. Er hoffte nur, dass auch die beiden Mädchen noch daran dachten – und dass Sabrina mittlerweile Fettbacke abgehängt hatte.

9

»In einen fremden PC reinzukommen ist nicht gerade die einfachste Übung«, meinte Sam.

»Na, hör mal«, sagte Hacky. »Microsoft, AOL und wie sie alle heißen müssen doch immer wieder Sicherheitslöcher in ihren Programmen eingestehen. Denk doch nur einmal daran, was dieser Fabio Ciucci herausgefunden hat: Da kann man mit einem kleinen Java-Prögrämmchen übers Internet einen beliebigen Rechner einfach abschießen. Nichts geht dann mehr. Es wäre ja nicht das erste Mal, dass wir eine kleine Programmschwäche für unsere Zwecke ausnützen.«

»Aber Bruno ist ein Profi«, gab Sam zu bedenken. »Der wird doch mit seinem PC nicht ungeschützt ins Internet gehen.«

Hacky nickte langsam. »Da ist was dran«, sagte er. »Bei mir kommt auch niemand so einfach rein. Aber es wäre ja nicht das erste Mal, dass auch ein so genannter Profi die einfachsten Grundregeln außer Acht lässt. Oder muss ich dich erst daran erinnern, dass du immer wieder vergisst deine Daten zu sichern und deshalb erst letztens wieder bei einem Systemabsturz viele Daten unwiederbringlich verloren hast?«

Sam pfiff durch die Zähne und tat so, als studiere er intensiv die Deckenverkleidung seines Computerraums.

»Du hast ja Recht«, seufzte er dann widerstrebend, obwohl er es von Hacky nicht gerade nett fand, dass der ihn immer wieder mit seiner kleinen Schwäche aufzog. »Machen wir also weiter. Wobei noch die Frage zu klären ist, ob wir es mit ActiveX oder mit Java zu tun haben.«

»Das werden wir schon sehen«, sagte Hacky. »Wobei mir ActiveX und der Internet Explorer ganz lieb wären. Die schaff ich doch mit links. Aber lass uns erst einmal die Hürde über den Provider nehmen. Wenn wir den geknackt haben und Bruno das nächste Mal ins Internet einsteigt, dann brauchen wir bloß noch seine Spur zu verfolgen. Das ist dann fast so etwas wie eine Fangschaltung der Polizei. Und mit ein wenig Glück können wir direkt übers Internet auf seinen PC zugreifen und dort ein bisschen rumstöbern.«

10

Als Sam vom Fahrradkeller gesprochen hatte, hatte er einen ganz bestimmten Ort gemeint: einen dunklen, von der Rampe recht weit entfernten Bereich, in den sich die Netsurfer gelegentlich in Pausen zurückzogen, wenn sie ihre Ruhe haben wollten. Natürlich war es streng verboten, sich in irgendwelchen Kellerräumen der Schule herumzutreiben. Aber manchmal musste man eben Verbote umgehen oder geringfügig übertreten.

»Na, da bist du ja endlich«, sagte Michelle, als Pitt durch das Halbdunkel in den hinteren Kellerteil taumelte. »Wo hast du denn deine Schwester gelassen?«

»Sabrina?« Pitt durchfuhr ein heißer Schreck. Er hoffte nur, dass Fettbacke sie nicht erwischt hatte.

»Hast du sonst noch eine Schwester oder was soll die Frage?«, versetzte Michelle gereizt.

»Ich weiß nicht, wo sie steckt«, sagte Pitt unglücklich. »Als ich sie zuletzt gesehen habe, war gerade Hammerschmidt hinter ihr her.«

»Oh Gott«, meinte Michelle. »Wenn das nur gut geht.«

»Es ist gut gegangen«, sagte eine Stimme hinter Pitt. Er wirbelte herum. Vor ihm stand Sabrina, verschwitzt, aber mit einem zufriedenen Lächeln. »Mann, ist das ein Idiot«, fuhr sie fort und hechtete elegant über den immerhin brusthohen Betonsockel, der diesen Teil des Kellers vom eigentlichen Fahrradraum trennte.

Pitt war sich nicht ganz sicher, ob sie mit Idiot ihn oder Fettbacke gemeint hatte. Er hielt es jedenfalls für klüger, eine entsprechende Frage zu unterlassen.

»Sag mal, Bruderherz, was war denn eigentlich vorhin mit dir los?«, fragte sie dann und das klang ganz und gar nicht freundlich. »Du bist gelaufen wie mit einer ganzen Packung Schlaftabletten im Bauch.«

»Ich weiß auch nicht«, antwortete Pitt unglücklich, während er zu Michelle hinüberschielte. Vielleicht war ja auch sie Sabrinas Meinung. »Die Hitze …«

»Du musst ja bei diesem Wetter auch unbedingt ohne Käppi rumlaufen!«, schimpfte Sabrina. »Dabei dürfte dir doch klar sein, dass deine Mattscheibe durch Sonneneinwirkung noch trüber wird, als sie es eh schon ist.«

Pitt fuhr sich automatisch mit der Hand in die Haare. Er hatte tatsächlich heute Morgen vergessen seine Mütze aufzusetzen. Aber er hatte sich immerhin mit Sonnencreme eingerieben und geglaubt, das würde ausreichen. »Vielleicht kriege ich ja eine Erkältung oder so was«, sagte er schwächlich. Es war absolut unnötig, dass ihn seine Schwester ausgerechnet vor Michelle so herunterputzte.

»Von wegen Erkältung«, schnaubte Sabrina. »Du meinst wohl eher einen Sonnenstich. Ohne ›Strahlenschutz‹ bei diesem Wetter rumzulaufen! So ein Schwachsinn.«

»Aber …«

»Nichts aber«, sagte Sabrina wütend. »Es sei denn, du

kannst mir erklären, was wir jetzt tun sollen.« Sie machte eine ausladende Handbewegung. »In diesem wunderschönen Keller werden wir ja wohl kaum über Forschmann stolpern.«

»Vielleicht ist das auch gar nicht nötig«, mischte sich Michelle ein und zog ihr kleines Handy aus der Gürtelhalterung. »Ich werde mal Sam anrufen, um rauszubekommen, wie es um unsere Hacker mit ihrem Computerzeug steht. Vielleicht sind sie ja schon auf eine heiße Spur gestoßen und wir müssen uns gar nicht mehr an Forschmann ranhängen.«

»Eine gute Idee«, sagte Pitt dankbar. »Dann können wir auch gleich ...«

Er kam nicht dazu, seinen Satz zu vollenden, denn in diesem Moment gab es vom Treppenaufgang her ein fürchterliches Gepolter. Es klang fast wie die einleitenden Takte zu einer wilden Technoparty. Krachen, Rufen, Stöhnen, dann schnelle Schritte, die laut von den Kellerwänden widerhallten.

»Was zum Teufel ...«, begann Pitt. Er hatte automatisch seine Stimme gedämpft. »Fettbacke?«

Michelle schüttelte den Kopf. »Das glaube ich kaum ...« Verwirrt steckte sie ihr Handy zurück.

»Vamos«, dröhnte eine Stimme durch den Keller. Was dann folgte, war ein Schwall fremdartiger Worte. Und die kamen von keinem Kind oder Jugendlichen, sondern von einem Erwachsenen, einem sehr selbstbewussten Mann, einem Italiener oder Spanier vielleicht.

Ein Klatschen unterbrach seine Worte. Jemand fluchte. Dann wieder das Tappen von Füßen, laut, platschend, schnell und gleichzeitig unsicher. Ein Mensch flüchtete. Andere Schritte mischten sich in die ersten, leise aber nicht minder flink.

Sie waren ganz offensichtlich Zeuge einer Auseinandersetzung zwischen Erwachsenen. Doch es handelte sich offenbar nicht um einen einfachen Streit, sondern das Ganze klang irgendwie … bedrohlicher. Pitt war sich da ganz sicher, obwohl er nicht exakt in Worte hätte fassen können, warum. Er spürte geradezu, dass sich in dem dunklen Keller eine gewalttätige Auseinandersetzung anbahnte. Und die Schritte hielten geradewegs auf die Netsurfer zu!

Ohne ein weiteres Wort, duckten sich die drei in den Schatten der Betonwand, die Sabrina gerade übersprungen hatte. Sie brauchten sich nicht erst darüber auszutauschen, dass sie mit der ganzen Sache nichts zu tun haben wollten. Die Mafia, schoss es Pitt durch den Kopf, wir sind mitten in einen Mafiakrieg geraten! Aber das war natürlich Schwachsinn. Was hatte die Mafia im Fahrradkeller der Fichte-Schule in einem Münchner Vorort verloren?

Trotzdem wäre es Pitt beinahe lieber gewesen, Fettbacke polterte jetzt auf sie zu. Hinter der Betonmauer waren sie einigermaßen geschützt. Was aber, wenn die Männer ebenfalls über den Sockel sprangen? Was würde dann passieren?

Er hatte den Gedanken kaum gedacht, als auch schon etwas von der anderen Seite gegen die Mauer knallte. Einen fürchterlichen Moment lang fürchtete Pitt, dass man sie entdeckt hätte. Doch dann begriff er, nicht er und die beiden Mädchen befanden sich in unmittelbarer Gefahr, sondern jemand anderer.

»Verdammt!«, kreischte eine panikerfüllte Männerstimme. »Was wollt ihr von mir?«

In schneller Folge prasselten ein paar fremdländische Sätze auf den Gejagten ein.

»Ich verstehe euch nicht«, protestierte der Erste matt.

Pitt versuchte einen Blick mit einem der Mädchen zu tauschen, aber in der Dunkelheit waren ihre Gesichter nicht viel mehr als verwaschene Flecken. Immerhin erkannte er, dass sich beide eng beieinander an die Betonmauer drückten. Das war wohl das Beste, was sie im Moment tun konnten.

»Du verstehst uns sehr gut, Loderer«, sagte nun eine harte Stimme mit fast unmerklichem Akzent. »Vielleicht sogar viel zu gut. Du weißt genau: Dein Spiel ist aus. Also Schluss mit der Maskerade!«

»Wieso Loderer?«, fragte der erste Typ ängstlich. »Ich bin nicht Loderer. Da muss eine Verwechslung vorliegen.«

Der Angesprochene lachte und ein oder zwei weitere Männer fielen in sein Lachen mit ein. Verdammt, wie viele gab es da noch? Das musste ja eine ganze Bande sein!

»Glaubt mir doch«, winselte der Mann. »Mein Name ist nicht Loderer, sondern Forschmann! Helmut Forschmann.«

Das Lachen steigerte sich noch – und verstummte dann schlagartig. Pitt fühlte sich wie vor den Kopf geschlagen. Loderer – Forschmann ... Was war hier eigentlich los? Handelte es sich wirklich um Sams Klassenlehrer, den sich diese Mafiosi da vorgeknöpft hatten?

»Gib auf, Loderer«, sagte der Anführer. »Du kannst vielleicht den deutschen Behörden etwas vormachen … Aber hast du im Ernst geglaubt, dass du uns auf Dauer entkommen kannst?«

Pitt hielt unwillkürlich die Luft an. Seine Gedanken überschlugen sich. Irgendwie passte alles zusammen. Forschmanns geborgte Identität. Seine gefälschten Papiere. Die Männer, die ihn verfolgten. Plötzlich begriff er die Zusammenhänge. Dieser Loderer war auf der Flucht vor irgendjemandem, vor der Mafia oder sonst einer gefährlichen Bande, und er hatte sich hier unter falschem Namen in die Fichte-Schule eingeschlichen.

Forschmann war Loderer.

Das bedeutete Gefahr für alle, die davon wussten. Pitt drückte sich noch stärker an die Betonmauer. Die kühle massive Wand war der einzige Schutz, den sie hatten. Er konnte nur hoffen, dass die Männer nicht einen Blick hinter das nur knapp einen Meter fünfzig hohe Mäuerchen warfen.

»Wie oft soll ich Ihnen noch sagen, dass ich nicht dieser Loderer bin«, begann nun erneut der vermeintliche Forschmann.

»Lass den Quatsch, Loderer«, erwiderte der Unbekannte. »Deine Papiere hier sind Fälschungen. Gute Fälschungen, zugegebenermaßen. Mich wundert, dass du dir so etwas hast besorgen können. Aber egal, lass uns zum Geschäftlichen kommen. Du wirst uns jetzt dorthin führen, wo wir unser kleines Pfand in Empfang nehmen können. Und ich rate dir: Mach keinen Fehler. Es könnte dein letzter sein.«

»Aber ich …«, wollte Forschmann protestieren. Er kam nicht dazu, seinen Satz zu beenden. Ein dumpfes, hartes Geräusch unterbrach ihn, ein Schlag, den Forschmann mit einem erstickten Laut quittierte.

Pitt fühlte tiefes Entsetzen in sich aufsteigen. Er saß hier gefangen hinter der Mauer, konnte nicht helfen, sondern nur Zeuge sein von einem schier unglaublichen Vorgang, als sei ein Fernsehkrimi Realität geworden. Zu allem Unglück begann sich nun wieder der Hustenreiz in seiner Kehle bemerkbar zu machen. Es war zum Verrücktwerden. Mit aller Macht versuchte er sich darauf zu konzentrieren, ruhig und gleichmäßig zu atmen. Er durfte einfach nicht sich und die beiden Mädchen durch einen Hustenanfall verraten!

»Hat das gereicht oder willst du noch ein bisschen ›Nachschlag‹?«, fragte der offensichtliche Anführer der Peiniger.

»Nein, nein.« Forschmann stieß ein Keuchen aus. »Schon gut. Lasst uns … reden. Aber nicht mehr schlagen.«

»An mir soll es nicht liegen«, meinte der Unbekannte. »Du musst nur die Diskette rausrücken.«

»Und dann?«

Pitt konnte förmlich spüren, wie Forschmann den Kopf schüttelte.

»Das hat doch alles … keinen Sinn.« Das Sprechen schien Sams Klassenlehrer Schwierigkeiten zu bereiten. Wahrscheinlich hatten ihm die Schweine in den Magen geboxt. »Die Diskette … ist meine … Lebensversicherung. Wenn ihr sie habt, ist mein Leben … keinen Pfifferling mehr wert.«

»Red keinen Unsinn«, sagte der Anführer scharf. »Die Sache liegt immerhin drei Jahre zurück. Der Zorn unseres Herrn und Meisters hat sich bereits lange gelegt. Wenn er die Diskette zurückbekommt und sicher ist, dass keine Kopien existieren, wird er dich in Ruhe lassen. Du kannst dann hier, unter welchem Namen auch immer, unbehelligt weiterleben.«

»Und das soll ich glauben?«, ereiferte sich Forschmann. »Für wie naiv haltet ihr mich eigentlich?«

Der Unbekannte lachte geringschätzig. »Glaub doch, was du willst«, antwortete er. »Tatsache ist, dass du gar keine andere Wahl hast. Du wirst die Diskette rausrücken oder aber gleich hier und jetzt einen kleinen Unfall haben!«

11

»Ja, was haben wir denn da?« Sam klang zufrieden. »Unser Freund macht sich bei diesem schönen Sommerwetter tatsächlich auf ins Internet, statt schwimmen zu gehen.«

»Jetzt müssen wir nur noch dranbleiben«, meinte Hacky. Er hatte seinen Klappstuhl neben Sam aufgebaut, um den zweiten Computer bedienen zu können. »Welche URL sucht er denn gerade auf?«

»Gar keine«, sagte Sam. Er wusste, dass Hacky mit URL eine Internetseite, eine so genannte Homepage irgendeines Internetanbieters meinte. »Bruno holt gerade seine elektronische Post ab. Adler, das ist dein Part. Versuch ihn schon während des Runterladens bei seinem Internetanbieter abzufangen.«

»Aye, aye, Sir«, bestätigte der Adler knapp. Die Rothaarige handelte ganz nach dem zuvor schon verabredeten Plan. Sie sollte die Providerseite angehen – also den Vermittler zwischen Bruno und dem Internet. Sam und vor allem der geniale Hackerkönig Hacky wollten dagegen versuchen über den Provider direkt auf Brunos Computer zuzugreifen. Vor allem dieser Teil des Plans war äußerst riskant: Sie konnten jederzeit ertappt und zurückverfolgt werden. Mit ein bisschen Pech würde wenige Stunden später die Polizei vor der Tür stehen.

»Bruno studiert wohl die Post von lieben Schulnoten-Fälscher-Kollegen«, kommentierte Hacky. »Kannst du einen Blick reinwerfen?«

»Ne.« Sam zuckte mit den Schultern und tippte dann schnell einen Befehl in die Tastatur. »Wir können ja schon froh sein, dass wir überhaupt so weit gekommen sind. Aber warte, ich schick dir mal den Bildschirminhalt auf deinen Monitor, damit du das jetzt übernehmen kannst.«

»Ach herrje«, sagte Hacky, nachdem sich das Bild mit Brunos Internetaktivitäten auf seinem Flachbildschirm aufgebaut hatte. »Der Junge ist ja ein ganz Fleißiger. Während er die Post runterlädt, startet er gleichzeitig eine Suchanfrage.«

»Ja, wer im Internet was suchen will, muss schon dafür die richtigen Programme kennen«, meinte Sam. »Wahrscheinlich benutzt Bruno eine Software, mit der er gleich auf einen Schlag mehrere Suchmaschinen abklappern kann. Vielleicht den Google. Oder aber den WebFerret oder CrowCall.«

»Ja, oder einen Doppel-Mäc mit einer großen Portion Pommes frites«, sagte Hacky. »Mann, Sam, es gibt jetzt wirklich Wichtigeres, als sich darüber Gedanken zu machen!«

»Hmmm.« Sam schüttelte den Kopf. »Das kann schon von Bedeutung sein. Speichert er seine Suchergebnisse ab, können wir nur darauf zugreifen, wenn wir das Datenformat kennen. Und dazu müssen wir wissen, welches Programm er benutzt.«

»Müssen wir nicht«, widersprach Hacky. »Jedenfalls nicht unbedingt. Wenn ich es an der Dateiendung erkenne …«

»Hört mal, hat euch jemand was in die Cola getan oder was?«, fragte der rothaarige Adler aus dem weit entfernten Wien. »Für ein Computerpläuschchen ist jetzt wohl kaum der richtige Zeitpunkt. Seht lieber zu, dass ihr auf die Festplatte von diesem Knaben kommt, solange er noch im Internet ist. Wenn er bloß seine elektronische Post abholt, kappt er vielleicht schon in wenigen Minuten wieder die Verbindung.«

»Ich bin ja schon dabei«, sagte Sam beleidigt. »Aber es macht doch wohl Sinn, über das eine oder andere Detail nachzudenken ...«

»Ganz wie du meinst«, sagte der Adler. »Es ist ja dein Hintern, der Land unter geht, wenn dir Forschmann auf die Pelle rückt.«

»Schon gut, schon gut«, maulte Sam. »Wie sieht's denn aus, Hacky? Kannst du auf seine Festplatte durchgreifen?«

»Du sollst einen wahren Meister nicht bei der Arbeit ansprechen«, antwortete Hacky geistesabwesend, während er etwas in schneller Folge auf seiner Tastatur eintippte, nur unterbrochen von einem gelegentlichen Griff zur Maus. »Weißt du eigentlich, was für ein Kunststück das ist, über einen Provider auf Brunos Festplatte zu kommen?«

»Wenn du es schaffst, kriegst du einen Orden«, sagte Sam trocken. »Nur sieh zu, *dass* du es schaffst.«

»Da wirst du dich noch ein paar Minuten gedulden müssen«, erwiderte Hacky. »Falls ich es überhaupt fertig bringe ... Oh, Mist.«

»Was ist denn?«, fragten Sam und der Adler wie aus einem Munde.

»Nichts, nichts«, murmelte Hacky. »Es sei denn ...« Er brabbelte irgendetwas Unverständliches.

Sam wusste, dass es jetzt am besten war, ihn nicht mehr anzusprechen. Hacky würde schon laut und deutlich zu verstehen geben, wenn er auf unlösbare Probleme stieß.

»Bist du schon weitergekommen, Adler?«, fragte er deshalb.

Das rothaarige Mädchen, dessen Gesicht jetzt von Monitor drei wiedergegeben wurde, nickte. »Jau«, sagte sie. »Ich konnte in den Mailserver einsteigen. Genau dort, wo die ganze elektronische Post von unserem lieben Freund Bruno liegt.«

»Das ist ja klasse«, rief Sam aufgeregt. »Was hast du herausbekommen?«

»Moment ...« Das Gesicht der Rothaarigen verzog sich zu einer Grimasse. »Die wollen mich rausschmeißen«, rief sie dann so laut und entsetzt, dass der Lautsprecher schepperte.

»Haben sie dich entdeckt?«, fragte Sam alarmiert.

»Schon möglich.« Doch dann schüttelte der Adler den Kopf. »Glaube ich eigentlich weniger. Brunos Post entzieht sich nur ganz einfach durch Runterladen jedem weiteren Zugriff.«

»Kannst du sie nicht vorher in unsere Richtung ablenken?«, fragte Sam. »Eine kleine Kopie seiner Post wäre ja nicht schlecht.«

»Sehe ich so aus, als ob ich bereits meine Hexenlehre abgeschlossen hätte?« Die Rothaarige schüttelte diesmal ganz entschieden den Kopf. »Bevor mir so was auf die Schnelle gelingt, muss ich wahrscheinlich vorher dreimal mit Schallgeschwindigkeit auf meinem Hexenbesen um den Blocksberg düsen.«

»War ja nur 'ne Frage«, meinte Sam, der sehr wohl wusste, dass diese Operation sowohl dem Adler als auch Hacky alles abverlangte. »Und wie sieht es bei dir aus, Hacky?«

»Quatsch mich lieber nicht von der Seite an«, antwortete der verzweifelt und ohne den Blick vom Bildschirm zu nehmen. »Ich komme hier kaum voran. Da kann ich nur voller Neid an unsere Freunde denken, die zurzeit gerade gemütlich über den Flohmarkt schlendern.«

12

Pitt konnte sich nicht daran erinnern, jemals zuvor in seinem Leben solche Angst gehabt zu haben. Er drückte sich ganz dicht an den kalten Beton und hatte doch die ganze Zeit über das Gefühl, dass es nur noch Sekunden dauern konnte, bis die Gangster ihn und die Mädchen entdeckten.

»Ich muss Ihnen das erklären«, sagte Forschmann gerade verzweifelt. »Wenn Sie mir jetzt etwas antun, wird die Diskette zur Polizei wandern.«

»Ja, natürlich«, höhnte der Anführer. »Du hast ja auch so viele Freunde, die das für dich tun würden …« Er lachte hässlich. »Keine Sorge, Freundchen. Wir werden das schon rausbekommen. Und das Beste daran: Du selbst wirst uns sagen, wo die Diskette ist oder wer sie für dich aufbewahrt. Oder der Fluch von Machu Picchu wird dich treffen.«

Irgendetwas kitzelte in Pitts Hals, fordernd und unerbittlich. Es konnte nur noch Sekunden dauern, bis der Husten aus ihm hervorplatzte. Er musste ihn unbedingt unterdrücken oder es würde eine Katastrophe geben.

»Das … das ist doch Wahnsinn«, stammelte Forschmann. »Wir werden eine andere Lösung finden.«

»Okay«, sagte der Anführer. »Wie du willst. Ich hab hier ein hübsches kleines Geschenk für dich. Vielleicht hast du davon schon mal gehört. Vom Amulett des Machu Picchu.«

»Oh nein«, keuchte Forschmann. »Das könnt ihr doch nicht tun.« Seine Stimme ging in ein schrilles Kreischen über. »Lasst mich in Ruhe … Ich werde nichts sagen. Ich werde schweigen wie ein Grab …«

»Ja, das wirst du«, sagte der Gangster fast sanft. »Das Amulett wird dir dabei helfen. Du wirst es tragen, bis der rechte Zeitpunkt gekommen ist.«

»Nein«, stöhnte Forschmann. »Nur das nicht!«

Pitt wusste nicht, warum er es tat, aber er schob sich ein Stück an der Betonwand nach oben. Dieses irre Geschwafel von einem Amulett konnte er nicht einfach auf sich beruhen lassen. Er musste wissen, was es damit auf sich hatte. Er musste sich überzeugen, dass das alles nicht nur ein überdrehter Alptraum war.

»Wie sagte schon Juan Nunez Del Prado?«, fragte der Gangster: »Wir müssen nur warten, um zu sehen, wer Recht hat.«

Pitts Nase schubberte an dem Beton entlang. Sein Hals kratzte. Sein Kopf hämmerte. Und er sagte sich, dass er ein Riesenidiot sei und besser in Deckung bleiben sollte. Doch dann war es schon zu spät.

Er sah sie. Nicht mehr als Schatten. Forschmann stand zusammengekrümmt und mit abwehrend erhobenen Händen schräg vor einem Mann, welcher der Anführer von zwei weiteren Gangstern im Hintergrund sein musste. Ein schreckliches Bild. Es war zu dunkel, um Einzelheiten erkennen zu können. Bis auf etwas metallisch Glitzerndes, das der Gangster emporhielt. Das musste das Amulett sein.

»Nein«, keuchte Forschmann und riss die Hände nach oben. »Lasst mich mit eurem indianischen Quatsch zufrieden.«

»Indianischer Quatsch?«, fragte der Anführer scharf. »Willst du mich beleidigen? Hast du schon vergessen, dass mein Stammbaum viel weiter zurückreicht als der jeden Europäers, der jemals seinen Fuß auf unseren Kontinent gesetzt hat? Hast du vergessen, auf welcher Schule ich so perfekt Deutsch gelernt habe … Lehrer? Hätte mich meine Mutter nur ein paar Jahre später geboren, wäre ich in deiner Klasse gewesen. Und du hättest nie die Chance gehabt diesen schmählichen Verrat zu begehen.«

»Du bist …«, japste Forschmann. »Du bist …«

»Der *Indianer*, ja genau«, antwortete der Gangster. »Dies genügt. Und das ist gut so, denn es zeigt mir, dass du dein Gedächtnis wiedererlangt hast.«

Ohne Vorwarnung machte der Indianer plötzlich eine sehr schnelle Bewegung. Forschmann hatte keine Chance. Das Amulett glitt an den abwehrbereiten Händen des Lehrers vorbei, legte sich geschmeidig um seinen Hals. Dann klickte etwas ein. Forschmann stöhnte und zerrte an der Kette, aber vergeblich: Zu eng saß sie um seinen Hals.

»Du kennst die Regeln«, meinte der Indianer. »Wie schon bei meinen Vorfahren wird die Energie des Machu Picchu in dich fahren, sobald sich Früh- und Abendnebel begegnen. Aber es gibt da eine nette kleine Variante …« Er hob etwas mit seiner rechten Hand hoch, was im Halbdunkel fast wie ein Feuerzeug aussah. Pitt erkannte im Zwielicht des Kellers zwei farbige Knöpfe mitten darauf. »Präzision, Lehrer, die Präzision, die du und deinesgleichen uns aufzwingen wolltet, wird sich jetzt gegen dich wenden, wenn du Machu Picchu nicht gehorchst.«

Forschmann wich automatisch einen Schritt zurück. Dabei zerrte er immer noch vergebens an dem Amulett, das wie eine enge Kette seinen Hals umschloss, nur breiter und mit irgendwelchen Symbolen verziert. Im Dunkeln blitzte etwas wie Dämonenfratzen auf, wenn ein zufälliger Lichtreflex das Amulett traf.

»Die Energie von Machu Picchu wird in dich fahren und dich regelrecht zerreißen, wenn du uns nicht bis zum Tag-Nacht-Wechsel die Diskette bringst«, sagte der Indianer und hob das kleine Gerät in seiner Hand hoch. »Oder wenn ich diesen hübschen roten Knopf hier drücke, was ich sofort tun werde, sobald du zur Polizei gehst. Der blaue Knopf dagegen … er kann dir das Leben schenken. Falls du uns rechtzeitig die Diskette bringst.«

»Eine Bombe«, keuchte Forschmann. »Ihr habt mir eine Bombe um den Hals gelegt …«

»Nenn es, wie du willst«, sagte der Indianer mit schneidender Stimme. »Du wirst uns die Diskette bringen oder du stirbst. Wir gehen jetzt gemeinsam in deine Wohnung, Loderer. Dort können wir den Rest in aller Ruhe besprechen.« Er lachte, die beiden anderen Gangster schnappten sich den Lehrer und schleiften ihn zum Ausgang.

Pitt hatte das Gefühl, sein ganzer Hals würde sich aufblähen, wie kurz vor einer Explosion. Er versuchte den Hustenreiz herunterzuwürgen. Sein Kopf pochte hart und schwer bei jedem Herzschlag; eine Anstrengung, die er nicht mehr lange ertragen konnte, die nach Erlösung verlangte. Es wäre eine grausame Ironie des Schicksals, wenn er sich und die Mädchen im letzten Moment noch mit einem verräterischen Husten ans Messer liefern würde.

Die Männer entfernten sich rasch, aber nicht schnell genug. Hätten sie sich auch nur einmal umgewandt, hätten sie ihn unweigerlich entdecken müssen. Doch der Netsurfer hatte gar keine Zeit, sich darüber Gedanken zu machen. Denn kaum waren die Schritte der Gangster in der Ferne verklungen, musste er auch schon losprusten. Der Husten brach mit ungestümer Gewalt aus ihm heraus.

»Oh Gott«, quetschte er dann hervor. »Ich glaub das alles nicht.«

»Hoffentlich haben die dich nicht gehört«, sagte Sabrina mit zitternder Stimme.

»Ich glaube kaum«, meinte Michelle leise. »Sonst wären sie schon wieder zurück.«

Beide Mädchen waren nun ebenfalls aus der Deckung aufgetaucht. Der Schreck stand ihnen ins Gesicht geschrieben.

»Diese … diese Monster«, sagte Sabrina. »Was haben sie nur vor?«

»Keine Ahnung«, antwortete Pitt fassungslos. »Der Adler hatte offensichtlich Recht. Forschmann ist nicht Forschmann. Wahrscheinlich handelt es sich bei ihm wirklich um diesen Loderer. Aber ich habe keine Ahnung, was das für eine … Diskette sein soll. Ganz zu schweigen von dem Amulett.«

»Wir machen besser, dass wir von hier wegkommen«, sagte Michelle. »Ich will diesen Typen um alles in der Welt nicht mehr begegnen.«

Pitt räusperte sich. »Ja …« Seine Stimme raspelte wie Sandpapier. »Wir sollten so schnell wie möglich wieder zu den anderen zurück. Ich kann nur hoffen, dass wir dabei nicht wieder Fettbacke vor die Flinte laufen.«

»Nicht das auch noch«, stöhnte Sabrina. Ihre Augen waren riesengroß.

»Wie können wir ihm denn am besten aus dem Weg gehen?«, fragte Michelle.

»Auf dem Flohmarkt ist die Gefahr zu groß. Da laufen wir ihm wieder in die Arme«, sagte Pitt rasch. »Dann ist es doch besser, wir nehmen den Weg über die Seitenrampe, die zur Hubertusstraße hinausführt.«

»Gute Idee!« Sabrina nickte. »Kommt. Nur weg hier!«

13

»Jetzt habe ich seine digitale Fährte«, sagte Hacky zufrieden. »Wartet … nur noch eine kleine Hürde … hmmm … okay.« Er lehnte sich zurück und lächelte zufrieden. »Das wär's.«

»Bist du wirklich auf seiner Festplatte?«, fragte Sam ungläubig. Irgendwie hatte er daran gezweifelt, dass Hacky dieser gewagte Seiteneinstieg gelingen würde.

»Sieh doch selbst«, erwiderte Hacky, »ich lege das Bild auf deinen Monitor.«

»Klasse«, entfuhr es Sam, als er die Verzeichnisstruktur von Brunos Festplatte auf seinem Schirm sah. »Das ist doch genau das, was ich haben wollte.«

»Seht nur zu, dass ihr schnell macht«, warf der Adler ein. »Bruno kann jederzeit aus dem Internet aussteigen. Soviel ich erkennen kann, hat er seine Suchanfrage beendet.«

»Alles klar, Adler«, antwortete Sam. »Hacky, was dagegen, wenn ich jetzt wieder übernehme?«

»Nö, in keinster Weise«, antwortete Hacky und massierte sich seinen Nacken. »Ich kann eine kleine Pause vertragen.«

»Das ist ja wirklich unglaublich«, sagte Sam. »Ich kann wirklich auf seiner ganzen Festplatte rumsurfen! Wie hast du das denn geschafft, Hacky?«

»Das eigentliche Problem bestand darin, über den Provider auf seinen Computer zuzugreifen«, sagte Hacky. »Der Rest war dann fast ein Kinderspiel. Der Knabe hat wirklich versäumt sein System dicht zu machen.«

»Dummheit stirbt eben nicht aus«, sagte Sam, während er fröhlich mit der Maus herumklickte. »Jetzt will ich doch gleich mal sehen, ob ich seine elektronische Post finde.«

»Kannst du nicht einfach seinen ganzen Platteninhalt rüberkopieren?«, fragte der Adler.

»Ne«, meinte Sam. »So einfach geht das nicht. Er hat seine Festplatte in logische Laufwerke unterteilt. Außerdem kann ich ja schlecht ein paar Gigabyte mal eben übers Internet absaugen.«

In diesem Moment klingelte das Telefon. »Hacky, kannst du mal rangehen?«, fragte Sam geistesabwesend, während er sich durch die Verzeichnisse tiefer in die hoffentlich wirklich interessanten Dateien hineinschraubte.

»Klar«, sagte Hacky. Er nahm den Hörer ab und meldete sich mit einem einfachen »Hallo«. Mit gerunzelter Stirn hörte er eine Weile schweigend zu. Dann brüllte er plötzlich so laut »Was?« in den Hörer, dass Sam zusammenzuckte. »Kommt nur so schnell wie möglich zurück«, fuhr Hacky fort. »Geht diesen Typen unbedingt aus dem Weg.«

Er knallte den Hörer zurück auf die Gabel. »So ein Mist!«, fluchte er.

»Was, zum Teufel, ist passiert?«, fragte Sam irritiert. Er hatte seine Arbeit unterbrochen und schwang nun mit seinem Ledersessel zu Hacky herum. »Mensch, nun red doch endlich.«

»Also.« Hacky schluckte trocken und schüttelte den Kopf. »Das klingt ja verrückter als ein …«

»Was ist denn los?«

»Irgendwie haben die drei es doch tatsächlich geschafft, Forschmann aufzustöbern«, sagte Hacky fassungslos. »Ausgerechnet im Fahrradkeller.« Als Sam eine Frage stellen wollte, winkte er mit der Hand ab. »Frag mich nicht, wie die dahin gekommen sind! Das ist auch ganz nebensächlich. Wichtig ist, dass Forschmann da von irgend so ein paar ausländischen Typen hingeschleppt wurde. Oder er ist vor ihnen geflohen. So ganz genau habe ich das auch nicht verstanden.« Hacky schob seine Baseballkappe ein Stück nach hinten und beugte sich gleichzeitig ein Stück vor. »Jetzt kommt der absolute Superhammer: Diese Typen haben behauptet, Forschmann sei nicht Forschmann, sondern ein gewisser Lederer, Loderer oder so ähnlich.«

»Was?«, entfuhr es Sam. »Also hat er doch etwas mit der Notenmanipulation zu tun?«

»Das ist nicht gesagt«, erwiderte Hacky. »Die Typen haben Forschmann jedenfalls kräftig in die Mangel genommen und wollten ihm auch weiterhin ihre Aufmerksamkeit schenken, bis er irgendeine abgefahrene Diskette rausrückt.«

»Eine Diskette, die den Notenschwindel beweist«, vermutete Sam.

»So ein Quatsch. Das waren Mafiosi oder so! Richtige Gangster! Denkst du vielleicht, die geben sich mit einer schlappen Notenschieberei ab?«

»Ne, eigentlich nicht«, räumte Sam ein. »Obwohl da natürlich dennoch ein Zusammenhang bestehen kann …«

»He, Leute, ich hab verstanden, was passiert ist«, unterbrach ihn der Adler. »Das ist ja echt schrill. Aber Brunos Internetverbindung wird nicht ewig halten. Also, Sam, sieh zu, dass du vorankommst.«

Sam klopfte mit der flachen Hand auf seine Sessellehne. »Verdammt, da ist mir jetzt überhaupt nicht mehr danach«, sagte er heftig. »Ich muss doch zuerst wissen, ob mit unseren Freunden alles klargeht!«

»Ja, ja«, versuchte ihn Hacky zu beruhigen. »So, wie ich Michelle verstanden habe, sind sie schon auf dem Rückweg. Die hatten Riesenschwein: Die Gangster haben sie nicht bemerkt.«

14

Es dauerte dann noch einige Zeit, bis Michelle und die Woltersgeschwister endlich auftauchten. Endlos lange Minuten verstrichen, in denen Sam hektisch auf Brunos Festplatte herumstöberte, kurzen Einblick in irgendwelche Dateien nahm und sie entweder auf seinen Rechner kopierte oder nicht weiter beachtete. Eine exakte Auswertung würde er erst später vornehmen, wenn die Internetverbindung gekappt war und er nicht mehr so unter Zeitdruck stand.

Irgendwann kündete ein Poltern unten im Flur davon, dass der Spähtrupp wieder zurückgekehrt war. Hacky hatte bereits die Tür aufgeschlossen; die drei kamen also ungehindert ins Haus und stürmten nun aufgeregt in Sams Computerzimmer.

»Nie wieder geh ich auf einen Flohmarkt«, sagte Pitt, der als Erster ins Zimmer rauschte. »Mann, war das vielleicht ein Ding! Erst hätte uns Fettbacke beinahe platt gemacht. Und dann kreuzte plötzlich die Mafia mit deinem Klassenlehrer im Schlepptau auf, Sam, und hat ihn schließlich in dessen eigene Wohnung gebracht. Und vorher haben sie ihm noch ein Amulett mit einer Bombe …«

»Wenn es die Mafia war«, unterbrach ihn Michelle, die kurz nach Pitt den Raum betreten hatte. »Die haben nämlich spanisch gesprochen. Und soviel ich weiß, ist die Mafia italienisch.«

»Ach ja«, sagte Pitt und drehte sich zu Michelle um. »Woher willst du denn wissen, dass es ausgerechnet Spanisch war?«

»Na, ein paar Brocken habe ich verstanden.«

»Wirklich?«, fragte Pitt überrascht. »Was haben sie denn gesagt?«

»Na, verstanden ist vielleicht etwas zu viel gesagt«, gab Michelle zu. »Aber ich hab diesen typischen Tonfall erkannt, weißt du. Spanisch klingt irgendwie ein bisschen härter als Italienisch.«

Hacky und Sam hatten sich zu ihnen umgedreht, als die drei ins Zimmer gestürmt waren, und die Debatte inmitten des Chaos aus Computerzubehör schweigend verfolgt. Doch jetzt reichte es Sam. »Ich kann ja verstehen, dass ihr aufgeregt seid«, sagte er. »Aber vielleicht setzt ihr euch erst einmal irgendwo hin und verschnauft ein bisschen. Ich bin nämlich noch mit Brunos Computer beschäftigt.«

»Heißt das, dass es geklappt hat?«, fragte Pitt wenig begeistert. Schließlich kam ihm der Notenschwindel jetzt wie Kleinkinderkram vor. »Bist du wirklich auf Brunos Rechner?«

»Bin ich«, antwortete Sam knapp und wandte sich wieder seinen Konsolen zu. »Aber vielleicht nicht mehr lange. Oder was meinst du, Adler?«

»Ich würde mich an deiner Stelle sehr beeilen«, sagte das Adlermädchen. »Im Augenblick kann ich nämlich von Brunos Seite aus keine Internetaktivitäten mehr feststellen.«

»Okay, verstanden!« Sam ruderte hektisch mit seiner Maus herum. »Ich hab da nämlich noch etwas entdeckt, was ich unbedingt runterladen will. Sieht fast so aus, als kämen wir damit endlich hinter Brunos Geheimnis.« Er startete den Kopiervorgang und starrte besorgt auf den Bildschirm.

DATEIDOWNLOAD:
27 PROZENT AUSGEFÜHRT

Der Anzeigebalken wanderte ruckartig von der linken zur rechten Seite; erst wenn er die Hundertprozentmarke erreicht hatte, waren die Daten mit Sicherheit auf Sams Rechner gelandet. Während die eine Datei heruntergeladen wurde, suchte Sam bereits nach weiteren lohnenden Opfern.

»Beeil dich«, sagte der Adler. »Der Typ leitet schon den Abbruch der Verbindung ein!«

»Ich kann den Dateidownload doch nicht beschleunigen«, sagte Sam verzweifelt und blickte auf die Anzeige im Verbindungsfenster.

DATEIDOWNLOAD:
83 PROZENT AUSGEFÜHRT

»Dabei ist diese Datei vielleicht die wichtigste auf diesem ganzen blöden Rechner«, fuhr er fort.

»Jetzt«, sagte der Adler. »Drei … zwei …«

DATEIDOWNLOAD:
95 PROZENT AUSGEFÜHRT

»… eins.«

Der Balken blieb einen Moment wie eingefroren stehen, dann öffnete sich ein neues Fenster.

DATEIDOWNLOAD
ABGEBROCHEN

»Verflixt«, sagte Sam. »Knapp daneben ist auch vorbei. Die Datei habe ich nicht mehr retten können.«

»Was war das denn für eine?«, fragte Pitt, der sich wieder auf seinem Zeitschriftenstapel vom Mittag niedergelassen hatte.

»Was weiß ich«, knurrte Sam. »Ich hab es für eine Datenbank gehalten. Der Dateiname lautete: *Mitglieder Net Devils.*«

»Net Devils«, überlegte Pitt. »Nie gehört. Was soll das sein?«

»Na, es klingt nicht gerade nach dem Verein Christlicher Junger Männer«, sagte Hacky. »Devil bedeutet Teufel. Netzteufel. Oder vielleicht besser: *Internetteufel.* Na, klingelt's?«

»Du meinst, dieser Bruno ist der Chef einer ganzen Internetbande?«, fragte Pitt überrascht.

»So was in der Art«, sagte Hacky. »Aber vielleicht finden wir ja noch mehr Hinweise bei dem Material, das Sam runterladen konnte. Doch nun zu euch: Was genau ist denn eigentlich passiert?«

Die drei erzählten aufgeregt von den Ereignissen auf dem Flohmarkt und im Fahrradkeller. Ihre durcheinander schwirrenden Stimmen verrieten die Höllenangst, die ihnen der Indianer mit seiner Truppe eingejagt hatte.

»Das ist ja wohl die absolute Härte«, sagte der Adler schließlich. »Vor allem die Sache mit diesem Amulett. Wir können doch jetzt nicht einfach weitermachen und so tun, als ginge es nur um einen einfachen Notenschwindel.«

»Stimmt allerdings«, meinte Sam bestürzt. »Diese Gangster haben Forschmann in seine eigene Wohnung abgeschleppt. Und wenn das Amulett wirklich eine Bombe ist ... und explodiert, sobald sich Früh- und Abendnebel begegnen – was auch immer der Indianer damit gemeint hat –, das wäre ja fürchterlich. Und wir sind die Einzigen, die davon wissen ...«

»Aber wir können ihm doch nicht helfen!«, sagte Michelle.

»Wir nicht«, gab ihr Sam Recht. »Aber die Polizei.«

»Du meinst ...«

»Natürlich meine ich«, antwortete Sam mit grimmiger Entschlossenheit. »Oder willst du etwa die Verantwortung für das übernehmen, was jetzt gerade in Forschmanns Wohnung stattfindet?«

»Nein, natürlich nicht«, sagte Michelle erschrocken. »Aber was ist, wenn dieser Indianer auf den roten Knopf drückt und die Bombe explodiert, sobald die Polizei aufkreuzt ...« Sie war auf einmal leichenblass geworden.

Einen Herzschlag lang herrschte absolute Stille im Raum. Pitt und die anderen schauten betroffen zu Boden. »Daran will ich lieber nicht denken«, meinte Sam schließlich bedrückt. »Aber andererseits kann ich mir nicht vorstellen, dass er das tun wird. Schließlich weiß er dann doch, dass es nicht Forschmann war, der ihn verpfiffen hat ...«

»Oh ne«, stöhnte Michelle. »Was für eine schwierige Entscheidung! Egal, was wir machen oder nicht machen: Es kann alles falsch sein. Ich weiß wirklich nicht, was richtig ist.«

»Na, siehst du«, sagte Sam, »ich auch nicht. Deswegen werde ich jetzt die Polizei anrufen. Die können Forschmann ja vielleicht auch von diesem Amulett befreien, bevor irgendetwas passiert.«

»Aber was willst du ihnen denn erzählen?«, fragte Michelle ängstlich. »Ich meine, du kannst ihnen doch nicht die Story von dem Notenschwindel beichten. Die haken doch bestimmt nach und bekommen raus, dass deine Eltern verschwunden sind.«

Sam reckte die Arme beschwörend in die Luft. »Gott bewahre«, sagte er. »So blöd bin ich natürlich nicht. Nein, ich rufe einfach anonym an. Ich werde weder meinen Namen nennen noch die Hintergründe des Falls, einfach nur sagen, dass ein paar Typen Forschmann in seiner Wohnung überfallen haben.«

15

Nachdem Sam den Telefonhörer wieder auf die Gabel geworfen hatte, drehte er sich zu den anderen um. »So, das hätten wir. Jetzt müsste eigentlich schon ein Streifenwagen zu Forschmanns Wohnung unterwegs sein. Ich hoffe nur, dass wir das Richtige getan haben.«

»Hoffentlich geht das gut«, sagte Michelle leise. »Die Sache mit diesem Amulett ist doch absolut grauenvoll.«

»Ja, allerdings«, wehrte Sam ab. »Aber das ist jetzt nicht mehr unsere Sache. Mehr können wir schließlich nicht tun, um Forschmann zu helfen. Bleibt zu hoffen, dass die ganze Angelegenheit gut für ihn ausgeht.« Er nippte gedankenverloren an seiner Cola. »Wobei das Auftauchen dieser Gangster natürlich alles ändert.«

»Stimmt haargenau«, warf der Adler ein. »Forschmann scheint momentan andere Sorgen zu haben, als sich um deine Noten zu kümmern. Ich glaube kaum, dass er am Montag noch bei dir auftauchen wird, wenn ihn erst einmal die Gangster richtig in die Mangel genommen haben.«

Einen Moment lang herrschte Stillschweigen. »Daran habe ich noch gar nicht gedacht«, bekannte Sam schließlich. »Aber, ehrlich gesagt, ich verstehe die Zusammenhänge auch nicht – sofern es da welche gibt.« Er starrte gedankenverloren in den Raum. »Forschmann ist in eine

Sache verwickelt, die drei Jahre zurückliegt. Dann tauchen irgendwelche Gangster auf und wollen eine Diskette von ihm zurückhaben. Aber was, zum Teufel, hat das mit dem Notenschwindel zu tun?«

»Wahrscheinlich gar nichts«, meinte Hacky. »Aber was auch immer mit Forschmann los ist: Wir müssen das unbedingt rauskriegen! Am besten steige ich gleich auf mein Fahrrad und sause zu Forschmanns Wohnung rüber. Wenn ich die Gangster sehe, hänge ich mich einfach an sie …«

»… und folgst ihnen auf die Autobahn, wo sie mit zweihundert Sachen dahinbrettern.« Sam schüttelte den Kopf. »Gerade von dir hätte ich eigentlich einen besseren Vorschlag erwartet. Eine Verfolgung per Fahrrad ist nicht nur voll daneben, sondern auch viel zu gefährlich.«

»Dann lass *du* dir doch was Schlaues einfallen, großer Meister«, sagte Hacky beleidigt. »Vielleicht hast du ja einen fliegenden Teppich auf Lager oder ein Miniraumschiff, das du den Typen hinterherschicken kannst.«

»Habt ihr nichts Besseres zu tun, als euch gegenseitig die Gehirnwindungen lang zu ziehen?«, fragte der Adler. »Wenn ihr so weitermacht, gehe ich einfach aus der Leitung und überlass euch eurem Schicksal.«

»Ja. Schon gut.« Sam runzelte die Stirn. »Vielleicht sollten wir eine kleine Pause einlegen. Morgen ist schließlich auch noch ein Tag. Und ich muss mir sowieso erst einmal genau angucken, was ich von Brunos Festplatte habe rübersaugen können. Vielleicht finde ich ja ein paar Hinweise, die uns weiterbringen.«

»Über diese Net Devils, zum Beispiel«, pflichtete ihm das rothaarige Adlermädchen bei. »Das interessiert mich doch brennend.« Ihre grünen Augen funkelten geradezu vor Unternehmungslust. »Wenn ich so ein paar ätzende Net Devils im Internet erwische, werde ich ihnen kräftig auf die Finger kloppen.«

»Vorher müssen wir aber erst einmal wissen, wer dazugehört und was die überhaupt wollen«, wandte Sam ein. »Einfach nur Leuten auf die Finger zu kloppen ist nicht in Ordnung.«

»Bist wohl heute mit dem falschen Bein zuerst aufgestanden, oder was?«, fragte die Wienerin und grinste spitzbübisch. »Du redest schon wie Pastor Knollennase im Religionsunterricht.«

»Sehr witzig«, antwortete Sam. »Trotzdem: Bevor du den Net Devils auf die Pelle rückst, solltest du erst einmal versuchen im Internet ein paar Infos über sie zu bekommen. Wir müssen schließlich wissen, mit wem wir es zu tun haben. Und ob es zwischen ihnen und den Gangstern irgendeine Verbindung gibt.«

»Da sitzt du wohl an der besseren Quelle«, meinte der Adler. »Schließlich hast du ja kräftig Brunos Computer geplündert.«

»Aber gerade die wichtigste Datei habe ich nicht mehr runterladen können.«

»Was soll's«, meinte der Adler. »Du wirst schon was finden. In ein paar Stunden bist du bestimmt klüger.«

»Und was machen wir mit Forschmann?«, fragte Michelle. »Es könnte ja sein, dass er doch noch am Montag bei dir auftaucht, Sam, oder? Wenn die Polizei die

Gangster verhaftet, ist vielleicht alles beim Alten. Und dann kriegt dein Lehrer raus, dass du hier ganz alleine ohne Eltern lebst.«

»Stimmt«, sagte Sam. »Das muss ich unbedingt verhindern. Deswegen bleibe ich ja auch weiter an der Sache dran. Und morgen rufe ich Forschmann mal ganz einfach an, irgendein Vorwand wird mir schon einfallen. Dann werd ich merken, was mit ihm los ist.«

»Und was machen wir bis dahin?«, fragte Sabrina.

»Gar nichts«, erwiderte Sam. »Ich kümmere mich um Brunos Dateien, der Adler versucht noch im Internet was über die Net Devils rauszukriegen und ihr geht alle nach Hause. Morgen um zehn Uhr treffen wir uns wieder hier bei mir.«

»Ist ja echt ätzend, dein Plan«, meckerte Hacky. »Du lässt nur leider eine Kleinigkeit außer Acht: diese Italogangster. Was ist mit denen?«

»Was soll schon mit ihnen sein?«, fragte Sam und zuckte mit den Schultern. »Wir machen eben einen Bogen um sie ...«

»Das ist ja wohl das Dümmste, was ich je gehört habe«, schimpfte Hacky. Er schien ernstlich aufgebracht zu sein. »Hast du schon mal was von den Netsurfern gehört?«

»Was soll der Quatsch?«, fragte Sam. »Wenn du einen Vorschlag hast, dann spuck ihn aus.«

»Wenn wir schon Freunde in aller Welt haben«, sagte Hacky und rückte demonstrativ seine Sonnenbrille zurecht, »dann können wir sie doch auch um Hilfe bitten!«

»Ach, ja«, höhnte Sam. »Und was soll ich denen sagen? Dass sich eine Horde Möchtegernmafiosi an unserer Schule herumtreibt und Lehrer verdrischt?«

»Ich glaube, du bist heute wirklich zugenagelt bis zum Gehtnichtmehr«, sagte der weibliche Adler. Die Zornesfalte auf ihrer Stirn stand in scharfem Kontrast zu den Sommersprossen und dem roten Hahnenkamm. »Hacky hat doch vollkommen Recht. Wir wissen, dass es Italiener waren ...«

»Spanier«, behauptete Michelle.

»Okay, dann eben Spanier«, fuhr der Adler fort. »Und wir wissen, dass Forschmann früher unter dem Namen Lederer ...«

»Loderer«, korrigierte diesmal Sabrina.

»Von mir aus. Also: Loderer hatte vor drei Jahren einen Zusammenstoß mit irgendwelchen spanischen Gangstern der Extraklasse und hat dabei eine Diskette mitgehen lassen. Das ist doch schon mal ein erster Hinweis. Wir nehmen einfach Kontakt auf zu den spanischen Netsurfern ...«

»Aber ja doch«, unterbrach sie Sam. »Das ist ja echt intergalaktisch, Mädel. Weißt du eigentlich, wie viele Menschen auf der Welt Spanisch sprechen? Und in wie vielen Ländern es Landessprache ist? Schau dir nur mal Südamerika an. Bis auf Brasilien wird in allen Ländern Spanisch geredet. Und natürlich noch in Mexiko und so weiter. Ganz abgesehen davon, dass es natürlich auch entgegen Michelles Expertenmeinung Italienisch oder sogar Französisch gewesen sein könnte.«

»So ein Krampf«, sagte das Mädchen beleidigt. »Du musst mich wirklich für bekloppt halten, Sam. Ich kann schließlich noch Französisch und Spanisch auseinander halten.«

»Aber ja, Frau Professor«, erwiderte Sam und warf ihr einen giftigen Blick zu. »Und dann sag mir bitte doch auch gleich, ob die Gangster aus Bolivien oder Peru stammen.«

»Das rauszubekommen kann nicht so schwer sein. Es gibt bestimmt Länder, die mehr mit internationaler Kriminalität zu tun haben als andere. Das können uns unsere südamerikanischen Freunde verraten. Zum Beispiel unser Netsurferkollege Amazonas.«

»Was für ein scharfsinniger Gedanke für eine Blondine«, sagte Hacky in gespielter Bewunderung. Als das Mädchen aufbrausen wollte, winkte er ab. »Michelle, die Idee ist wirklich top. Ich nehme gleich mit Amazonas Kontakt auf.«

»Überlass das mal lieber mir«, sagte der Adler. »Oder wie gut ist dein Spanisch?«

»Spanisch?« Hacky verzog angewidert das Gesicht. »Sehe ich so aus, als würde ich freiwillig Vokabeln lernen?«

»Na eben«, meinte der Adler zufrieden. »Das ist also mal wieder ein Fall für die gefiederten Mitglieder der Netsurfer. Ich mach dir einen Vorschlag, Hacky: Kümmere du dich um die Internetrecherche in Sachen Net Devils. Und ich hau mich ran an die spanische Mafia, oder wer auch immer das ist.«

Sam sah trotz der produktiven Ideen seiner Freunde nicht gerade glücklich aus. »Wenn das nur gut geht«, sagte er. »Mir reicht es wirklich, dass meine Eltern verschwunden sind. Wisst ihr, ich habe noch nicht einmal wirklich ein Lebenszeichen von ihnen.« Er schluckte trocken. »Und jetzt muss ich mich mit irgendeinem Blödsinn rumärgern, nur weil das eine zum anderen kommt. Ich will meine Eltern suchen, verdammt, und mich nicht mit diesem tierischen Unsinn hier abgeben!«

»Ich kann deine Sorge gut verstehen«, sagte der Adler. »Aber ich bin sicher, dass deine Eltern noch leben. Irgendjemand will ihr Wissen anzapfen. Wir werden einfach weiter im Internet alle Hinweise auf wissenschaftliche Geheimprojekte durchpflügen, bei denen man ihre Mitarbeit gebrauchen könnte.«

»Falls das wirklich der richtige Ansatzpunkt ist«, sagte Sam unglücklich und starrte geistesabwesend vor sich auf den Boden. Dann ging ein Ruck durch seinen Körper und er klopfte wütend auf die Armlehne seines Ledersessels. »Vorher müssen wir halt noch eine Kleinigkeit erledigen. Gehen wir also wie besprochen vor. Pitt, Sabrina und Michelle: Ihr macht jetzt am besten die Fliege. Wir sehen uns morgen früh um zehn wieder. Und wir anderen klemmen uns an unsere Lieblinge.«

»Ich hätte da noch einen Vorschlag«, sagte Pitt, der käsig auf dem Zeitschriftenstapel hockte und wegen seiner Kopfschmerzen nur die Hälfte von dem Gesagten mitbekommen hatte.

»Ja, bitte?«, fragte Sam.

»Sollten wir nicht doch mal bei Forschmanns Wohnung vorbeischauen? Ich meine, ganz vorsichtig. Um zu sehen, was da passiert ist.«

»Du solltest froh sein, dass dich die Gangster nicht im Fahrradkeller geschnappt haben«, sagte Sam ärgerlich.

»Willst du dein Glück überstrapazieren? Hat dir wohl noch nicht gereicht, dass Fettbacke dich beinahe zwischen seinen Pfoten zerquetscht hätte? Und eins kann ich dir sagen«, er beugte sich ein Stück vor, »im Vergleich zu Fettbacke sind diese Gangster tausendmal gefährlicher!«

16

Als sich Pitt, Sabrina und Michelle durch Sams Rosenbüsche kämpften, um dann auf die Birkenstraße hinauszutreten, wirkten sie wie drei Erstklässler am Tag der Einschulung, denen man gerade die Schultüten geklaut hatte.

»Was ist denn heute bloß in Sam gefahren?«, fragte Michelle. »So bissig habe ich den noch nie erlebt.«

»Er hat eben Angst um seine Eltern«, meinte Pitt. Er hatte sich eine Baseballkappe von Sam ausgeliehen, die ein Loch zu weit eingestellt war und ihm ständig über die Ohren rutschte. Wütend riss er sie sich jetzt vom Kopf. »Das macht ihn verständlicherweise nervös«, sagte er, während er vergebens an dem Einstellband der Kappe zerrte.

»Das ist doch kein Grund mich und die anderen so anzublaffen«, sagte Michelle. »Ne, wisst ihr, so macht mir das alles keinen Spaß mehr. Mir steckt noch der Schreck in den Gliedern von dieser unheimlichen Begegnung im Fahrradkeller. Dabei hat mir Fettbacke allein eigentlich schon für heute gereicht. Und jetzt ist auch noch Sam so schräg drauf. Langsam langt's.«

»Recht hast du«, sagte Sabrina. »Irgendwann reicht es. Wisst ihr, was ich jetzt mache? Ich hole mir ein Eis. Das ist gut für die Nerven.«

»Au ja«, sagte Michelle. »Eine starke Idee. Da mach ich mit. Wie wär's, gehen wir noch mal ins Eiscafé?«

»Zu *Antonios*?« Sabrina nickte. »Klar doch. Kommst du mit, Pitt?«

»Weiß nicht«, antwortete der Junge unentschlossen. »Ich habe eigentlich etwas anderes vor.« Dann hatte er endlich den Verschluss der Baseballkappe gelöst und konnte das Einstellband etwas enger schnallen. Mit einer entschlossenen Bewegung setzte er sie wieder auf. Immer noch zu groß!

»So, so«, sagte Michelle spöttisch, während sie fasziniert auf die Kappe starrte, die wieder langsam, aber unaufhaltsam über Pitts Ohren rutschte. »Und was, großer Baseballmeister?«

»Eh, ich …« Pitt nahm die Mütze wieder ab und kratzte sich am Kopf. Er wusste nicht, wie er das den Mädchen beibringen sollte. »Vielleicht ist es ja auch keine so tolle Idee.«

»Ja, was denn für eine?«

»Na, ich meine, ich will noch mal zu Forschmann.« Er kramte mit der Hand in seiner Hosentasche herum und zog den Zettel mit der Adresse des Lehrers hervor. »Faberweg elf«, las er vor. »Das ist vielleicht zehn Minuten von hier. Es kann doch nicht schaden, dort mal einen kleinen Blick zu riskieren.«

»Eh?«, machte Michelle. »Spinnst du jetzt oder was? Hast du heute denn noch nicht genug Zoff gehabt?«

»Was willst du denn überhaupt dort?«, schloss sich Sabrina an.

»Abchecken, was da so läuft«, sagte Pitt ruhig. Er hatte die Kappe jetzt so eng eingestellt wie möglich, doch bevor er sie aufsetzen konnte, rutschte sie ihm aus der Hand und segelte zu Boden. »Das lässt mir eben keine Ruhe mit diesen Gangstern und Forschmann«, fuhr er fort und bückte sich, um die Kappe wieder aufzuheben. »Ich muss unbedingt wissen, was dort los ist.«

»Ich muss heute überhaupt nichts mehr wissen«, sagte Michelle. »Ich will nur noch meine Ruhe haben.«

»Das geht mir genauso«, meinte Sabrina. »Obwohl ich schon gern erfahren würde, was da jetzt gerade steigt … Könnte ja wichtig für uns sein.«

»Wichtig, wichtig«, sagte Michelle aufgebracht und blieb empört stehen. »Hast du sie jetzt nicht mehr alle oder was? Die hatten uns schon fast am Hacken! Wenn dein sauberer Bruder nur ein paar Sekunden früher gehustet hätte, würden wir jetzt nicht so munter durch die Gegend spazieren. Das kann ich dir flüstern.«

»Ich hab aber nicht vorher gehustet«, sagte Pitt sauer und setzte die Kappe mit einem entschlossenen Ruck auf. Jetzt war sie zu eng. »Und außerdem ist kein Risiko dabei. Diese Typen haben uns gar nicht gesehen. Selbst wenn wir denen auf der Straße begegneten, wäre es total ungefährlich. Sie kennen uns doch nicht.«

»Und wir sie nicht«, gab Sabrina zu bedenken. »Oder hast du sie in der Dunkelheit ›identifizieren‹ können, Bruderherz?«

»Außer Forschmann habe ich eigentlich nur diesen Indianer gesehen und noch dazu sehr undeutlich«, erklärte Pitt, während er versuchte die Kappe etwas tiefer zu ziehen – mit dem Effekt, dass der Verschluss aufging und sie ihm endgültig über die Ohren rutschte. »Es sind mindestens noch zwei andere Männer dabei gewesen, vielleicht sogar auch drei. Südländische Typen. Und wahrscheinlich etwas anders gekleidet, als man das bei uns gewohnt ist. Die tragen doch bestimmt Maßanzüge ...«

»Na klar, und Sonnenbrillen und schwarze Hüte«, würgte ihn Michelle mit einem scharfen Seitenblick auf seine Baseballkappe ab. »Was soll der Blödsinn?«

Der Junge schwieg einen Moment lang beleidigt. Es tat ihm weh, dass gerade Michelle so auf ihm herumhackte. War denn heute die ganze Welt durchgeknallt? »Ihr braucht ja nicht mitzukommen«, sagte er schließlich. »Ich jedenfalls gehe hin.«

»Hmm«, machte Sabrina. »Vielleicht ist es doch keine so schlechte Idee. Wenn wir wirklich vorsichtig sind ...« Zöpfe und Kopf wirbelten zu Michelle herum. »Was meinst du?«

»Ne, ne.« Michelle schüttelte entschieden den Kopf. »Nicht mit mir. Das ist doch total abgefahren. Ich habe heute wirklich keinen Bock mehr auf Zoff. Außerdem scheinst du mir nicht ganz in Form zu sein, Meister Pitt.«

»Eh ... nun, ich bin schon wieder okay«, behauptete der. Was allerdings etwas übertrieben war. Sein Hals kratzte und in seinem Kopf arbeitete eine Presslufthammereinheit. Trotzdem wollte er nicht so einfach aufgeben.

»Du siehst ja auch richtig scharf aus mit deiner Neuerwerbung«, sagte Michelle.

Pitt wollte automatisch zur Mütze greifen – aber dann brach er mitten in der Bewegung ab. Er ließ sich doch nicht zum Affen machen.

»Du und deine Baseballkappe können ja hingehen, wohin ihr wollt«, fuhr Michelle fort, »aber ich komme nicht mit.«

»Wie du meinst«, sagte Sabrina schnell und zwinkerte ihrem Bruder zu. »Ich schon, Bruderherz. Wollen doch mal sehen, was wir da rauskriegen können.«

Michelle stemmte die Hände in die Hüften und blitzte die Geschwister wütend an. »Erst mir den Mund wässrig machen mit einem Besuch im Eiscafé und nun das«, sagte sie erbittert. »Aber schön: Ihr habt gewonnen. Ich komme auch mit. Aber nur, wenn wir danach zu *Antonios* gehen!«

17

Als die drei Netsurfer um die Ecke in den Faberweg einbogen, meinte Michelle: »Wenn das nur gut geht.«

Sie brauchten nicht lange nach der Nummer elf zu suchen, denn es konnte sich nur um das Haus handeln, vor dem zwei Streifenwagen parkten. Eines der Fahrzeuge stand mit rotierendem Blaulicht direkt vor dem Eingang des dreistöckigen Wohnhauses, in dem Forschmann lebte, das andere ein paar Meter weiter fast quer in einer etwas zu knappen Parklücke. Polizisten waren keine zu sehen, auch sonst nichts Auffälliges – aber die hastig abgestellten Streifenwagen waren schon für sich allein ein deutliches Zeichen, dass hier etwas nicht stimmte.

»Au Backe«, entfuhr es Michelle. »Ich glaube, ich verziehe mich lieber. So ein richtig schönes Erdbeer-Vanille-Eis: Das wär's doch jetzt. Das macht mich jedenfalls weitaus mehr an als so eine Bullenschleuder mit Blaulichtbestrahlung.«

»Stopp«, sagte Pitt. »Probieren wir es doch mit ein bisschen klassischer Detektivarbeit! Während die anderen im Internet rumschwirren, können wir uns hier ganz unauffällig umsehen.«

»Ja, irre unauffällig, Sherlock Holmes. Wir gehen mal eben rüber zu Nummer elf, klingeln bei Forschmann und bitten um ein Glas Wasser«, sagte Michelle. »Und wenn dann gerade ein Killer mit einer Pistole samt Schalldämpfer an uns vorbeistürmt, stellen wir ihm ein Beinchen, fesseln und knebeln ihn und übergeben den Gangster der Polizei.«

Pitt schüttelte ärgerlich den Kopf. »Wenn dir die Sache zu heiß ist, dann verschwinde eben. Ich weiß jedenfalls, was ich zu tun habe.«

»Sagt mal: Habt ihr beiden noch alle Tassen im Schrank?«, fragte Sabrina scharf und zog Pitt ein Stück mit sich in den Schutz einer Hausmauer. »Sitzt euch der Schock von heute Mittag so in den Gliedern, dass ihr jetzt nur noch rumzicken könnt?«

»Eh, was … wieso, Michelle hat doch angefangen …«

»Ach ja, hat sie das?«, zischte Sabrina. »Und deswegen willst du jetzt alles und jeden auf uns aufmerksam machen oder was?«

Pitt stand einen Moment mit offenem Mund da. In ihm kämpften die unterschiedlichsten Gefühle. Es lag ihm überhaupt nicht daran, ausgerechnet mit Michelle einen Streit vom Zaun zu brechen. Und schon gar nicht sinnvoll war es, in der Nähe von Forschmanns Wohnung zu streiten. Aber andererseits … Was zu weit ging, ging einfach zu weit! Er hatte doch das Recht zu protestieren! Was aber vielleicht doch nicht das Klügste war.

»Na gut«, sagte er schließlich mühsam beherrscht. »Bleiben wir also erst einmal hier. Von dieser Ecke aus können wir die Straße einsehen und jederzeit schnell den Rückwärtsgang einlegen, wenn's brenzlig wird.« Als die beiden Mädchen darauf nicht antworteten, fügte er hinzu: »Oder was meint ihr?«

Sabrina nickte. »Der Platz hier erscheint mir geradezu ideal. Aber irgendwie ist mir nicht ganz wohl bei der Sache.« Sie biss sich auf die Unterlippe. »Ich hab ein komisches Gefühl.«

»Mir geht es ganz ähnlich«, sagte die blond gelockte Michelle. »Das ist vielleicht auch der Grund, warum ich etwas nervös bin. Tut mir Leid, dass ich dich vorhin so angeblafft habe, Pitt.«

»Kein Problem«, meinte Pitt und strahlte sie an.

Sie erwiderte sein Lächeln.

Wenn Michelle lächelte, bildeten sich auf ihren Wangen kleine Grübchen, die sie ganz besonders reizvoll aussehen ließen. Für Pitt stand eindeutig fest: Michelle war das hübscheste und netteste Mädchen auf der ganzen Welt. Er hätte es nicht länger ertragen, sich mit ihr zu streiten.

»Keine Menschenseele zu sehen«, stellte Sabrina in diesem Moment fest. »Wahrscheinlich ist die ganze Straße geschlossen zum Baggersee abgedüst.«

Pitt wandte seine Aufmerksamkeit wieder dem Hauseingang zu, der zu Forschmanns Wohnung führte. »He, Vorsicht!«, sagte er plötzlich leise und zog sich ein Stück weiter in den Schutz der Hausmauer zurück. »Jetzt tut sich was!«

Er hatte Recht. Die Haustür schwang auf und ein Polizist trat auf die Straße. Ohne große Eile schlenderte er zu einem Streifenwagen, öffnete die Fahrertür und setzte sich halb hinein. Soweit Pitt erkennen konnte, nahm er das Mikrofon des Sprechfunks in die Hand. Ein kurzes Pfeifen und das typische dumpfe Gemurmel bestätigten, dass er Verbindung zu seiner Zentrale aufgenommen hatte. Der Beamte sagte etwas in das Mikro und lauschte dann wieder.

»Ich wüsste gar zu gerne, was er da gerade durchgegeben hat«, murmelte Pitt. Doch obwohl der Polizist die Fahrertür offen gelassen hatte, war von seiner Position aus nichts zu verstehen gewesen.

Einen Moment lang erwog Pitt wie ein Passant zufällig die Straße hinabzuschlendern, um mehr von dem Gespräch mitzubekommen. Doch bevor er den Gedanken weiterverfolgen konnte, öffnete sich die Haustür noch einmal und nacheinander traten drei weitere Polizisten auf die Straße. Sie beratschlagten sich kurz und gingen dann zu ihren Wagen zurück. Der erste Polizist hatte mittlerweile den Funkkontakt abgebrochen. Türen knallten, Motoren wurden angelassen und dann fuhren die Streifenwagen in zügigem Tempo davon.

»Das war's dann wohl«, meinte Michelle. »Sie sind weg. Und kein Forschmann und kein Südländer dabei.«

»Wenigstens haben sie keinen Krankenwagen rufen müssen«, stellte Pitt fest. »Das bedeutet wohl, dass Forschmann nichts passiert ist.«

»Anzunehmen«, sagte Michelle. »Obwohl man sich da natürlich nie sicher sein kann.« Sie lächelte auf ihre unnachahmliche Art. »Und, können wir nun gehen? Ihr schuldet mir noch einen Besuch bei *Antonios*.«

»Ja, ich glaube schon«, sagte Pitt etwas unsicher. Er wäre gerne eine Weile geblieben. Vielleicht passierte ja doch noch etwas. »Sam will morgen früh sowieso bei Forschmann anrufen«, meinte er enttäuscht. »Dann werden wir erfahren, was mit ihm los ist.«

»Ja, ja«, sagte Michelle »und nun lasst uns endlich gehen.«

Pitt nickte. »Vielleicht können wir ja …«, begann er. Aber er kam nicht weiter. Eine Bewegung ein paar Häuser weiter die Straße hinunter hatte ihn abgelenkt, und als er genauer hinsah, erkannte er drei Gestalten, die aus einem Innenhof auf die Straße hinaustraten. Trotz der Entfernung wusste Pitt sofort, wer der braunhäutige schmale und relativ junge Mann war, der sich an die Spitze der kleinen Gruppe gesetzt hatte. Er trug ein dunkles Jackett und darunter ein buntes, fremdländisch anmutendes Kleidungsstück, eine Art Hemd, das offen über seine dunkle Hose hing. Das Gesicht war fast versteckt unter einem riesigen Hut und einer dunklen Sonnenbrille. Pitt schauderte.

Auch die zwei Begleiter des Indianers trugen Hüte und Sonnenbrillen, dazu aber modische Hemden, Jacketts und dezente Krawatten. Die relativ vornehme Kleidung passte zu ihnen genauso wenig wie ein Taucheranzug zu einem Schuldirektor. Der eine hatte so stark tätowierte Unterarme, als laufe er normalerweise Reklame für Tattoostudios, und beide waren so muskelbepackt, wie man es ohne tagtägliches Bodybuilding gar nicht erst werden konnte.

»Vorsicht«, zischte Pitt den Mädchen zu. »Da sind die Gangster.«

Kein Zweifel: Die drei Männer wirkten hier auf dem Weg so fehl am Platze wie Kanarienvögel inmitten einer Schar von Spatzen. Dennoch bewegten sie sich gelassen und völlig selbstverständlich. Ihre Aufmerksamkeit schien in erster Linie dem anderen Teil der Straße zu gelten: Wahrscheinlich wollten sie sich überzeugen, dass die Streifenwagen auch wirklich verschwunden waren.

Doch dann wanderten ihre Blicke in Richtung der Netsurfer. Pitt überlief ein eiskalter Schauer. Er drückte sich und die beiden Mädchen in den Schutz der Hauswand zurück. Hoffentlich hatten die Typen sie nicht gesehen! Mit pochendem Herzen erwartete er schon, sich nähernde Schritte zu hören und die drei Männer plötzlich vor sich auftauchen zu sehen. Verdammt! Warum hatte er auch hierher kommen müssen? Und welcher Teufel hatte ihn geritten ausgerechnet die beiden Mädchen mitzunehmen?

»Was ist?«, fragte Michelle nach wenigen, sich ins Endlose dehnenden Sekunden voller Furcht und Anspannung. »Kannst du sie noch sehen?«

»Nein«, gab Pitt ebenso leise zurück. »Wartet hier. Ich gehe ein Stück vor und schau mal nach.« Bevor ihn die beiden Mädchen daran hindern konnten, stieß er sich von der Hauswand ab und schob sich langsam und vorsichtig ein paar Schritte vor. Den Oberkörper nach vorne gebeugt und die linke Hand an der Hauswand abgestützt reckte er den Kopf so weit nach vorne, dass er die Straße bis zur Hälfte einsehen konnte.

Da war niemand mehr. Zumindest nicht in seinem unmittelbaren Sichtbereich. Er musste fast auf die Straße hinaustreten, bis er sie wieder entdeckte: Mit lang ausholenden Schritten verschwanden die Männer gerade in Richtung Bahndamm.

»Puh«, entfuhr es Pitt, »das war knapp.« Und durch meinen Leichtsinn wäre beinahe alles schief gegangen, fügte er in Gedanken hinzu. Trotz des Schreckens, der ihm noch in den Gliedern steckte, verspürte er den brennenden Wunsch den Ganoven zu folgen. Er musste unbedingt wissen, was mit diesen Kerlen los war. Entschlossen drehte er sich zu den Mädchen um.

»Und? Was ist nun?«, fragte Michelle.

»Die hauen ab«, sagte Pitt. »Ich werde mich an ihre Fersen heften. Vielleicht haben die ja hier ein Auto in der Nähe stehen und ich kann mir das Nummernschild merken.«

»Also, bei aller Freundschaft«, sagte Michelle, »das geht mir ein bisschen zu weit. Ich schnüffle doch keinem Sprengstoffkommando hinterher!«

»Ach, was soll's«, kam Sabrina Pitt zu Hilfe. »Wir gucken nur schnell nach, in welches Auto die steigen, und dann geht es ab zum Eisessen.«

Michelle zuckte mit den Schultern. »Also, von mir aus. Aber wir gehen kein Risiko ein, hört ihr! Wenn die auch nur einen Blick in unsere Richtung werfen, hauen wir ab.«

»Einverstanden«, sagte Pitt. »Und nun kommt. Sonst entwischen die uns noch.«

Ohne auf eine Antwort zu warten, trat Pitt ganz aus dem Versteck heraus. Die drei Männer hatten bereits das Ende der Straße erreicht und bogen nun rechts in den zum Bahndamm parallel laufenden Weg ein. »Nun kommt endlich«, sagte er und stürmte los. Michelle und Sabrina hatten gar keine andere Wahl, als ihm zu folgen.

»Wo sind die denn hin?«, fragte Sabrina nach ein paar Metern.

»Nach rechts«, antwortete Pitt. »Wenn wir uns nicht beeilen, holen wir sie nicht mehr ein.«

Mit schnellen Schritten liefen sie weiter. Außer ihnen war keine Menschenseele auf der Straße. Pitt schossen die verrücktesten Fragen durch den Kopf. Was war in Forschmanns Wohnung passiert? Hatten die drei den Lehrer so eingeschüchtert, dass er sich nicht getraut hatte den Polizisten die Wahrheit zu verraten? Und waren die Beamten vielleicht mit Blaulicht und Sirene vorgefahren, sodass die Gangster gerade noch Zeit zur Flucht gehabt hatten?

Als sie das Ende des Weges erreichten, verlangsamten sich automatisch ihre Schritte. Pitt warf einen vorsichtigen Blick in die Hubertusstraße. Er konnte gerade noch sehen, wie die Männer im S-Bahnhof verschwanden.

»Das ist ja ein Ding«, sagte Pitt überrascht. »Ich glaube, das mit dem Nummernschild kann ich vergessen.«

»Wieso?«, fragten Michelle und Sabrina wie aus einem Mund.

»Weil die drei Typen mit der S-Bahn aus Südamerika angereist sind«, sagte Pitt und breitete hilflos die Arme aus. »Ich weiß ja auch nicht, aber sie scheinen mit der S-Bahn nach München reinfahren zu wollen.«

»Dann lass sie eben«, sagte Michelle. Auf ihrem Gesicht machte sich Besorgnis breit. »Du hast doch wohl nicht vor die Ganoven jetzt noch weiter zu verfolgen?«

»Aber klar«, antwortete Pitt. »Es wär schon ganz gut, wenn wir herausbekommen könnten, wo die drei hinwollen.«

»Ich hab ja so etwas geahnt«, sagte Michelle resigniert. »Na denn: Eisessen ade. Für heute gebe ich es einfach auf. Fahren wir nach München. Oder sonst wo hin. Ist eh alles egal.«

Pitt nickte nur und machte sich sofort wieder auf. »Ich hätte nicht gedacht, dass die mit der S-Bahn unterwegs sind.«

»Warum nicht?«, fragte Sabrina. »So können sie zumindest sicher sein, dass niemand ihr Nummernschild notieren kann.«

»Na, ob das der Grund ist?« Pitt warf einen Blick auf die Bahnhofsuhr, die er von seinem Platz aus gerade noch einsehen konnte. »Die nächste S-Bahn fährt in fünf Minuten. Zeit genug, um Fahrkarten zu kaufen. Und dann wollen wir mal sehen, wohin uns die Reise führt.«

18

Samstagnachmittags war auf dem S-Bahnhof nicht viel los. Ein paar leicht gekleidete Müßiggänger saßen auf den Wartebänken neben Gleis drei, auf dem die S-Bahn nach München einfahren sollte. Andere schlenderten den Bahnsteig entlang. Kleine Kinder jagten um Fahrkartenautomaten und Bänke herum, bis sie von ihrer Mutter zurechtgewiesen wurden. Ein paar Jugendliche lehnten kichernd und mit Getränkedosen in den Händen an der Fahrplanauskunft.

Die pure Langeweile. Wären da nicht die drei Männer gewesen, die sich weit entfernt am hinteren Ende des Bahnsteigs postiert hatten: Gangster, die Forschmann eiskalt in die Luft sprengen würden, wenn er nicht diese ominöse Diskette herausrückte. Jetzt standen sie einfach nur da und starrten ins Nirgendwo. Ein zufälliger Passant würde sich vielleicht über den schmalen Buntgekleideten und die beiden Bodybuildertypen wundern, deren Schultern so breit waren, dass sie kaum durch eine normale Tür passten. Aber im nächsten Moment hätte er die drei wahrscheinlich wieder vergessen.

Nicht so die Netsurfer. Nachdem sie die Karten gekauft hatten, waren sie am Hauptgebäude des Bahnhofs geblieben, in der Nähe der Treppe, die zu den anderen Gleisen führte.

»Wir warten, bis die S-Bahn einfährt«, sagte Pitt. »Dann sausen wir schnell rüber und nehmen den ersten Wagen.«

»Die Typen werden aber bestimmt ganz hinten einsteigen«, warf Michelle schaudernd ein. »Wie kriegen wir dann mit, wo sie die S-Bahn wieder verlassen?«

»Wir bleiben einfach an den Türen stehen«, antwortete Pitt. »Und bei jedem Bahnhof werfe ich einen Blick nach draußen.«

Sabrina wollte sich zu den Gangstern umdrehen, die sich am anderen Ende des zweiten Bahnsteigs von Rattershausen aufhielten.

Pitt berührte sie leicht am Arm und schüttelte den Kopf. »Nicht«, sagte er. »Schau nicht hin. Die sehen zwar ganz friedlich aus. Aber ... aber ...«

»Was aber?«, fragte Sabrina.

»Nichts.« Pitt lächelte verlegen. Er hätte seinen Verdacht nicht in Worte fassen können: Aber es kam ihm beinahe so vor, als könnten die Gangster seine Anwesenheit spüren. Vor allem der Indianer war ihm unheimlich. Er hatte eine seltsame, schwer zu beschreibende Aura. Aber irgendetwas Gefährliches ging von ihm aus, dessen war sich Pitt sicher.

Er kam nicht dazu, seine Gedanken den anderen mitzuteilen, denn in diesem Moment fuhr die S-Bahn ratternd und quietschend in den Bahnhof ein. »Los jetzt«, sagte er stattdessen.

Sie liefen die Treppe hinunter. Nicht zu schnell, nicht zu auffällig. Schließlich hatten sie auch mindestens eine Minute Zeit, um auf der anderen Seite wieder hochzukommen und die ersten Wagen zu erreichen.

Als sie den Bahnsteig betraten, waren die meisten Reisenden schon eingestiegen, einschließlich der drei Gangster. Pitt atmete erleichtert auf. Bis zuletzt hatte er befürchtet, die drei würden sie hier oben abfangen. Aber das war natürlich Blödsinn. Die Männer konnten schließlich nicht wissen, dass sie verfolgt wurden. Und es war auch mehr als unwahrscheinlich, dass sie Kinder für eine Gefahr hielten.

Kaum waren die Netsurfer zugestiegen, schlossen sich auch schon die Türen und die S-Bahn ruckte an. »Puh«, stieß Pitt hervor, während er mit den Händen ruderte, um sein Gleichgewicht wiederzuerlangen. »Die erste Hürde hätten wir genommen.«

Ihr Wagen war leer bis auf ein Pärchen, das sich völlig versunken auf einem Platz aneinander gekuschelt hatte. Pitt steuerte die Bank am entgegengesetzten Ende des Wagens an und ließ sich auf den Sitz fallen. Die beiden Mädchen waren dagegen an der Tür stehen geblieben.

»Wolltest du nicht bei jedem Bahnhof nach unseren Freunden sehen?«, fragte Michelle zuckersüß.

»Wie? Was?« Pitt verschluckte sich beinahe vor Verlegenheit. »Na klar«, sagte er und sprang wieder auf. »Aber das hat ja noch ein paar Minuten Zeit.«

»Ja doch«, sagte Michelle großzügig und kramte in ihrer Hosentasche herum. »Aber ich werde jetzt erst einmal für mich persönlich zu Phase zwei übergehen.«

»Hä?«, machte Pitt verständnislos.

»Halt mal«, sagte Michelle und drückte ihm irgendeinen Stofffetzen in die Hand. Dann holte sie aus der anderen Tasche etwas hervor, was entfernte Ähnlichkeit mit einem Putzlumpen besaß. »So«, sagte sie dann, zerrte an dem Stoffteil herum und faltete es mit schnellen, geschickten Bewegungen auseinander. »Dann wollen wir doch einmal sehen.«

Pitt sah schon jetzt – nämlich staunend und ungläubig zu, wie nun das Mädchen etwas von der Größe und vagen Form eines Pullovers kurz entschlossen über den Kopf zog. Schließlich war ihr Oberkörper tatsächlich in ein seltsames Stoffteil gehüllt, das wie ein dünner Sommerpullover wirkte.

»Ein Stretchirgendwas«, sagte Michelle. »Ganz neues Material. Der letzte Schrei für alle, die schnell ihr Outfit ändern wollen. Lässt sich irre klein zusammenfalten und sitzt danach absolut perfekt. Außerdem ist es wahnsinnig atmungsaktiv. Lässt sich selbst bei diesem Wetter tragen, ohne dass man gleich einen Hitzschlag bekommt.«

»Ah ja«, sagte Pitt. »Zitierst du einen Werbespruch oder von was sprichst du gerade?«

»Banause«, meinte Michelle einfach und straffte sich. Pitt musste sich eingestehen, dass sie in dem Stretchirgendwas durchaus eine gute Figur machte. Aber in was machte Michelle keine gute Figur?

»Und nun gib schon her«, sagte Michelle, während sie ihm den Flecken wieder aus der Hand nahm.

»Ist das auch ein Stretchirgendwas?«, fragte Pitt.

»Quatsch.« Zu seiner Überraschung faltete sie den Stoff auf normale Tuchgröße auseinander und knüpfte ihn dann über den Haaren zusammen. »Die Dame von Welt geht nicht mehr ohne Kopftuch aus«, sagte Michelle. Sie klinkte eine Sonnenbrille aus ihrem Gürtel und schob sie sich auf die Nase.

»Na, wie sehe ich aus?«

»Zum Verlieben«, hätte Pitt am liebsten geantwortet. Aber dann ließ er es doch bleiben. »Prima« war alles, was er herausbrachte.

»Ja, ich finde auch, dass dies eine prima Verkleidung ist«, sagte Michelle. »Eigentlich hatte ich sie für unsere Flohmarktaktion heute Morgen mitgenommen. Hast du vielleicht auch etwas Ähnliches? Ich meine, einen falschen Schnurrbart oder so?« Sie lachte laut auf.

In diesem Moment meldete sich Sabrina. »Gleich erreichen wir den nächsten Bahnhof!«

Michelle blieb das Lachen im Hals stecken. »Oh, verdammt«, sagte sie. »Jetzt geht's los.«

19

Kaum stand die S-Bahn, da riss Pitt auch schon die Tür auf. Ein Schwall heißer Luft schlug ihm entgegen. Nur vier Personen stiegen aus. Die drei Gangster waren nicht darunter.

Als die S-Bahn wieder anruckte, lehnte er sich schwer atmend gegen die geschlossene Tür. Sein Kopf hämmerte stärker als je zuvor. Wie oft musste er diese Prozedur noch durchstehen? Bis zum Münchner Hauptbahnhof kamen etliche Stationen und vielleicht fuhren die drei Gangster ja auch weiter in den Süden der Stadt.

»Wir können immer noch abbrechen«, meinte Sabrina, als hätte sie seine Gedanken erraten.

Pitt schüttelte den Kopf. »Nein«, sagte er entschieden. »Das werden wir nicht tun. Aber sobald es gefährlich wird, das verspreche ich euch, verschwinden wir. Ich habe keinen Bedarf an Trouble.«

»Ich auch nicht«, sagte Michelle. »Vor allem will ich mir kein Amulett verpassen lassen.«

Michelles Verkleidungstrick hatte die Stimmung kurzfristig aufgelockert, jetzt waren die Netsurfer wieder ernst geworden. Sie wechselten zwischen den Bahnhöfen kaum noch ein Wort. Laim, Donnersbergerbrücke, Hackerbrücke. Pitt spähte bei jeder Station hinaus, vorsichtig und auf der Hut, um nicht von den dreien zufällig entdeckt zu werden. Schließlich fuhr die S-Bahn vor dem Hauptbahnhof in den Tunnel unterhalb der Münchner Innenstadt ein, um bis zum Rosenheimer Platz wie eine U-Bahn durch eine dunkle Betonröhre zu rasen. Statt sommerlicher Helligkeit draußen hüllte sie jetzt Dunkelheit ein.

Als Pitt am Karlsplatz die Tür aufriss, musste er sich erst einmal einen Moment auf das seltsame Dämmerlicht dieses tief unter dem Zentrum der Stadt liegenden Bahnhofs einstellen. Hier herrschte viel mehr Trubel als in Rattershausen. Die Menschen wirkten eine Spur hektischer und aufgedrehter. Etliche stiegen aus, nur wenige ein.

Dann sah er sie. Drei auffällige Männer, der Indianer wie gewöhnlich an der Spitze. Sie waren schon fast an der Rolltreppe. »Verdammt, raus hier!«, rief er. »Sonst entwischen sie uns noch.«

»Bitte zurückbleiben«, verkündete der S-Bahn-Fahrer bereits über den Lautsprecher. Pitt sprang mit einem Satz nach draußen, dicht gefolgt von den beiden Mädchen. Hinter ihnen glitten die Türen zu und die S-Bahn ruckte wieder an, ohne sie auf dem Weg zum Endbahnhof.

Es blieb ihnen keine Zeit zum Überlegen. Sie hetzten zur Rolltreppe, drängten sich durch die Menschenmenge. Zum Glück hatten es die drei Südländer nicht eilig. Sie blieben auf der langen Rolltreppe stehen und blockierten sie einfach vollständig. Weniger geduldige Passanten hatten keine Chance an ihnen vorbeizukommen. Für die Netsurfer war das kein Nachteil, denn so konnten sie sich auf der Rolltreppe im Schatten einer Erwachsenengruppe halten, die ihnen Schutz vor einer zufälligen Entdeckung durch die drei Männer bot.

Als die Gangster fast schon oben waren, drehte sich der Indianer langsam um. Die Bewegung hatte etwas gleichzeitig Beiläufiges wie auch Absichtsvolles, als wolle er sich vergewissern, dass sie nicht verfolgt wurden. Pitt hatte das Gefühl, dass sich die Augen des Mannes hinter der Sonnenbrille geradewegs in die seinen bohrten. Aber das war natürlich Unsinn. Der Indianer konnte ja nicht wissen, dass er verfolgt wurde.

Trotzdem schob sich Pitt schnell hinter den dicken Mann, der vor ihm gemütlich auf der Rolltreppe lehnte. Erst, als der Gangster am oberen Rand der Treppe auf den Marmorboden der Vorhalle trat, wagte sich Pitt wieder hinter dessen Rücken hervor. Mit einem raschen Sprung setzte er an dem Dicken vorbei und gleich in den Schutz des blau lackierten Aufseherhäuschens, das hier leer und verlassen thronte. Die Mädchen folgten ihm.

»Da vorne sind sie«, sagte Sabrina aufgeregt. »Wenn wir uns unter die Menschenmenge mischen, können sie uns nicht entdecken.«

Pitt nickte nur hastig und folgte den beiden, die bereits zwischen den ans Tageslicht strebenden S-Bahn-Fahrgästen verschwanden. Von den drei Gangstern sah er in diesem Moment nicht mehr als einen ab und zu auf- und niedertanzenden Hut. Doch verloren gehen konnten sie auch nicht: Es gab nur einen einzigen Weg zum unterirdischen Einkaufszentrum, von dem aus man über Rolltreppen und herkömmliche Stiegen in den hellen

Sommertag gelangte. Der S-Bahn-Ausgang führte durch eine Passage geradewegs dorthin.

»Hier ist es so gemütlich wie in Frankensteins Keller«, sagte Sabrina bedrückt. »Ich möchte mal wissen …«

In diesem Moment piepste etwas, dreimal hintereinander, dann Pause und wieder dieselbe Tonfolge. »Verdammt«, sagte Michelle und riss sich ihr Handy aus dem Hosengürtel. »Ja?«, fauchte sie in das kleine Gerät. Sie lauschte ein Weile und sprach dann selbst. Pitt konnte nicht verstehen, worum es ging. Hoffentlich war der Anrufer Sam. Oder Hacky. Und hoffentlich hatten die beiden im Internet mittlerweile etwas gefunden. Vielleicht eine Information, die mit den Gangstern in Zusammenhang stand und ihnen jetzt weiterhalf.

Pitt kam nicht dazu, den Gedanken zu Ende zu führen. Die Menschen bewegten sich rasch, als wollten sie den beengten Verhältnissen möglichst schnell entrinnen. Am unterirdischen Einkaufszentrum angekommen, stoben sie in verschiedene Richtungen auseinander und mischten sich dabei unter die anderen Passanten, die diese Anlage als Unterführung zwischen den beiden Seiten der Sonnenstraße nutzten. Über ihnen, erinnerte sich Pitt, waren Straßenbahnhaltestellen, rechts ging es zum Justizpalast und links zum Stachus mit seinem berühmten großen Springbrunnen. Ein beliebter Treffpunkt, der Einheimische wie Touristen gleichermaßen anzog.

Aber das war im Augenblick unwichtig. Pitt sah sich mit zusammengekniffenen Augen und pochendem Herzen um. Von den Gangstern war keine Spur zu sehen. Und doch mussten sie hier irgendwo stecken: So schnell konnten sie gar nicht verschwunden sein. Aber inmitten des Trubels war es schwer, den Überblick zu behalten. Aus dem Supermarkt auf der gegenüberliegenden Seite strömten viele Menschen und erschwerten die Suche zusätzlich.

»Wo sind sie?«, fragte Sabrina nervös.

»Keine Ahnung«, antwortete Pitt und sah sich nach allen Seiten um. »Doch! Da hinten.« Er deutete auf die Rolltreppe, die nach oben zur Fußgängerzone führte und auf der er gerade die drei Gestalten entdeckt hatte. »Jetzt müssen wir uns aber beeilen«, sagte Pitt. »Sonst verlieren wir sie wirklich.«

20

Der sommerliche Trubel am Stachus brach über sie wie eine alles verschlingende Woge herein.

Die Mitte des Platzes wurde von einem riesigen Brunnen eingenommen, der die Menschenmenge mit einem feinen Wassernebel benetzte. Von seinem Rand stiegen Dutzende von Fontänen in den blauen Himmel, um in gekrümmten Bahnen wieder zurückzufallen. Das Geräusch des platschenden Wassers vermischte sich mit dem Rufen, Lachen, Erzählen der vielen Menschen, die hier entlangschlenderten. Die Geräusche verbanden sich zu einer seltsamen Harmonie, wie sie nur ein heißer Hochsommertag hervorbringen konnte.

»Wo sind sie?«, fragte Sabrina atemlos, während sie ihre Augen mit der Hand zu schützen versuchte.

»Dort«, rief Pitt und deutete in Richtung auf ein McDonald's, »ich glaube, sie wollen zur Sonnenstraße.«

Die Sonnenstraße war eine der Hauptverkehrsadern Münchens. Der Verkehr brauste beiderseits auf dreispurigen Fahrbahnen vorbei und rahmte die Straßenbahnlinien ein, die den Ost- und Westteil der Stadt miteinander verbanden. Es war gar nicht so einfach, in diesem Großstadtdschungel den Überblick zu behalten. Michelle sprach immer noch aufgeregt in ihr Handy und wäre beinahe in ein japanisches Paar gestolpert, hätte Pitt sie nicht am Arm gepackt und einfach mitgezogen.

Unter den vielen Menschen inmitten des Sommertrubels fielen die drei Gangster kaum auf. Wie üblich ging der bunt gekleidete Indianer voran und die beiden Muskelpakete folgten ihm. Die Passanten wichen den bedrohlich wirkenden drei Gestalten instinktiv aus.

Pitt und die beiden Mädchen wechselten kein Wort mehr miteinander. Erst als die Männer langsamer wurden und schließlich stehen blieben, sagte Pitt: »Vorsicht. Ich glaube, sie haben ihr Ziel erreicht.«

Noch war nicht zu erkennen, wohin die Gangster wollten. Die Reklame der Tanzschule Radler strahlte auf diesen Teil der Straße herab, daneben war das große Musikgeschäft Lindberg, in dem Pitt schon einmal zusammen mit seinem Vater ein Keyboard gekauft hatte, und im Nachbarhaus befand sich im ersten Stock ein Chinarestaurant. Die Männer wechselten ein paar Worte und steuerten dann zielsicher den Eingang zum Lokal an.

»Was machen wir jetzt?«, fragte Sabrina. »Sollen wir hier draußen warten?«

Pitt schüttelte den Kopf. »Vielleicht haben sie beim Chinesen eine interessante Verabredung. Es wäre doch ganz witzig zu erfahren mit wem.« Er kratzte sich gedankenverloren am Kopf. »Wie spät werden wir es jetzt haben? Fünf, sechs Uhr vielleicht?«

Sabrina warf einen Blick auf ihre Armbanduhr und nickte. »Gerade halb sechs durch.«

»Na gut«, sagte Pitt. »Dann gehen wir jetzt eben etwas essen.«

»Du meinst wirklich, wir sollen da zu diesem Chinesen rauf?«, fragte Sabrina. »Ich halte das für keine besonders gute Idee. Ob wir dort überhaupt bedient werden?«

»Na klar«, sagte Pitt. »Das dürfte das kleinste Problem sein. Wir müssen nur aufpassen, dass wir diesen Gaunern nicht auffallen.«

»Nur?«, krächzte Michelle, die mittlerweile ihr Telefonat beendet hatte und das Handy gerade wieder in die Gürtelhalterung steckte. »Und wie willst du das anstellen?«

»Na, du brauchst dir doch am wenigsten Sorgen zu machen«, sagte Pitt. »Bei deiner tollen Verkleidung …«

»Meine Verkleidung ist im Augenblick vollkommen nebensächlich«, sprudelte Michelle heraus. »Es gibt Neuigkeiten. Wichtige Neuigkeiten …«

»Was denn?«

Michelle winkte rasch ab. »Sag erst einmal, was du vorhast. Das andere läuft uns nicht davon.«

»Na … ich dachte …« Pitt schluckte und riss sich dann zusammen. Was waren das für Neuigkeiten? »Wir sollten einfach noch einen Versuch unternehmen und beim Chinesen vorbeischauen …«

»Du, ich weiß nicht«, unterbrach ihn Sabrina. »Ehrlich gesagt: Diese Typen machen mir Angst. Und ich möchte denen nicht näher kommen als unbedingt nötig.«

»Das werden wir auch nicht«, sagte Pitt. »Ich geh einfach mal nach oben und werfe einen Blick ins Restaurant. Wenn die in der Nähe der Tür sitzen oder mir sonst etwas komisch vorkommt, verduften wir wieder.«

»Ist auch besser«, sagte Michelle aufgewühlt. »Du glaubst ja nicht, *was* ich erfahren habe.«

Als Pitt eine entsprechende Frage stellen wollte, winkte sie ab. »Später«, sagte sie. »Geh du nur erst. Alles andere hat Zeit.«

Pitt runzelte ärgerlich die Stirn. »Na, wenn du meinst«, sagte er wenig überzeugt. Damit drehte er sich um und schob die Haustür auf, die über eine schmale Treppe zum chinesischen Restaurant hinaufführte. Als er die Stufen nach oben betrat, war ihm alles andere als wohl zumute. Sein Magen war ein verkrampfter, eiskalter Klumpen und um seine Stirn schien ein Band zu liegen, das sich immer fester zusammenzog.

Kurz bevor er die Eingangstür des Restaurants erreichte, war er sich plötzlich sicher einen Fehler zu begehen. Er holte noch einmal tief Luft und stieß dann trotzdem die Schwingtür auf, die das Lokal von dem nüchternen und so gar nicht einladenden Treppenhaus trennte. Sofort umgab ihn eine andere Welt. Gedämpftes Licht, rotschwarze Möbel, ein schwerer, rötlich gemusterter Teppichboden, der seine zwei, drei zögernden Schritte dämpfte.

Er wusste nicht genau, was er erwartet hatte, aber das nicht. Die reich verzierte Bar auf der gegenüberliegenden Seite war menschenleer. Eine Holzwand und mehrere Garderobenständer trennten den Eingangsbereich vom eigentlichen Lokal ab, das er nicht einsehen konnte. Langsam und vorsichtig wie ein Dieb schlich er um die Garderobe herum.

Das Restaurant war ziemlich verwinkelt. Irgendwo weiter hinten teilte ein Ober Speisen aus. Ein paar Gäste saßen am Fenster, einige wenige hatten sich an Tischen in der Mitte des Raumes platziert. Es dauerte eine ganze Weile, bis er die drei Gangster entdeckte. Sie saßen weit entfernt in der Nähe des Fensters. Zum Glück sah keiner von ihnen zu ihm herüber.

Günstige Voraussetzungen. Entschlossen machte er kehrt, um das Restaurant zu verlassen und die Mädchen zu holen. Als er in ihrer Begleitung wieder die Schwingtür aufstieß, eilte ihm diesmal ein Kellner entgegen. »Guten Tag«, sagte der mit professioneller Freundlichkeit. »Wie viele Personen?«

»Erst einmal drei«, antwortete Michelle geistesgegenwärtig. Mit ihrem Kopftuch und der Sonnenbrille wirkte sie älter und sehr selbstbewusst. »Unsere Eltern kommen gleich nach.«

Der Kellner war keineswegs überrascht. »Bitte schön«, meinte er und deutete auf die Mitte des Raumes. »Also ein Tisch für fünf Personen?«

»Ach bitte«, sagte Michelle, während sie gleichzeitig die Frage des Kellners mit einem Kopfnicken bestätigte, »könnten wir am Fenster sitzen? Vielleicht dort hinten?«

Der Kellner blickte in die angezeigte Richtung und verzog den Mund zu einem breiten Lächeln. »Selbstverständlich«, meinte er und ging auch schon voran zu ihrem Platz.

Die drei Netsurfer folgten ihm. Pitt musste sich beherrschen, um nicht zu dem Tisch hinüberzustarren, an dem die Männer saßen. Die ganze Zeit schon lief ihm der Schweiß den Nacken hinunter. Das lag ganz sicher nicht an der Hitze, denn hier im Restaurant war es im Gegensatz zu draußen geradezu angenehm kühl.

So viel er mitbekam, waren die drei in die vor ihnen liegenden Speisekarten vertieft. Hoffentlich täuschte er sich nicht. Aufatmend ließ er sich schließlich auf dem ihm zugewiesenen Stuhl nieder. Die Mädchen saßen ihm gegenüber und konnten deshalb den Tisch mit den Gangstern nicht einsehen. Vielleicht war es ganz gut so, dass er sie als Einziger im Auge behalten konnte.

»Darf ich schon etwas bringen?«, fragte der Kellner höflich.

»Eine Limo, bitte«, antwortete Michelle. Die Woltersgeschwister schlossen sich ihr an.

Pitt lehnte sich zurück und ließ seinen Blick durch das Lokal schweifen. Der Platz war gut gewählt. Der schmale indianische Anführer der Gangster saß mit dem Rücken zu ihm und die beiden anderen wirkten nicht sonderlich interessiert an ihrer Umgebung. Wahrscheinlich wähnten sie sich vollkommen sicher. Wie konnten sie auch wissen, dass ihnen die Netsurfer bereits auf der Spur waren!

»Haben wir überhaupt genug Geld dabei?«, fragte Michelle plötzlich.

Der Junge zuckte mit den Schultern, kramte dann in seinen Hosentaschen herum und brachte zwei kleine Geldscheine hervor. »Für eine Limo für jeden wird es reichen«, sagte er. »Für mehr aber nicht. Habt ihr noch etwas?«

Die beiden Mädchen schüttelten die Köpfe. »Seit wir die Fahrkarten gekauft haben, bin ich blank«, ergänzte Michelle.

»Na ja, ist auch nicht so wichtig. Mit der Limo können wir uns erst einmal über Wasser halten. Und allzu lange werden wir ja hier wohl nicht bleiben …« Er beugte sich ein Stück über den Tisch in Michelles Richtung vor: »Und nun erzähl schon. Was gibt's Neues …?«

Er brach abrupt ab, als der Kellner wiederkehrte und jedem ein Glas Limonade vor die Nase stellte.

»Das Telefonat war der Hammer«, sagte Michelle, nachdem der Ober verschwunden war. »Sam meint, wir sollten sofort zurückkommen und es wäre Wahnsinn, was wir hier täten …« Sie brach ab und begann unruhig an der Kerze zu kneten, die mitten auf dem Tisch stand. »Amazonas hat was rausgefunden«, fuhr sie schließlich fort. »Du weißt schon, dieser Netsurfer aus Südamerika. Bei seinen Nachforschungen über einen Deutschen namens Loderer ist er in Venezuela fündig geworden. Wusstest du übrigens, dass es dort auch Netsurfer gibt? Ich nicht.« Als sie die Kerzenspitze dann vollkommen zerzupft hatte, zog sie ihre Hände zurück, als habe man sie eben bei etwas Verbotenem ertappt. »Aber ist ja auch egal.«

In Pitt brodelte es vor Ungeduld. Am liebsten hätte er Michelle bei den Schultern gepackt und sie so lange geschüttelt, bis sie endlich alles ausspuckte. Aber das war gar nicht nötig. Denn jetzt lehnte sich das blonde Mädchen mit den langen gewellten Haaren zurück und begann flüssig zu erzählen.

21

Forschmann hieß tatsächlich Loderer. Bis vor drei Jahren hatte er in Südamerika gelebt, genauer gesagt in Venezuela. Dort war er Konrektor einer der angesehensten Privatschulen gewesen. Der Geldadel schickte seine Kinder dorthin; dazu gehörten die Söhne und Töchter reicher Plantagenbesitzer, angesehener Politiker, mächtiger Militärs – und auch die Sprösslinge finsterer Oberhäupter so genannter Kartelle, die durch Drogenhandel zu Vermögen gekommen waren.

»Die produzieren das Rauschgift im Land«, sagte Michelle. »Die Kartellbosse haben eine wahnsinnige Macht und sogar die meisten Polizisten und Politiker in der Hand.«

»Dann sind die ja praktisch unbesiegbar«, stellte Pitt fest.

»Ja, so ungefähr.« Michelle nickte. »Es gibt allerdings Spezialeinheiten der amerikanischen Polizei, die international Jagd auf die Rauschgiftbosse machen. Mit Hubschraubern und all dem Klimbim. Manchmal kommt es sogar zu richtigen Kriegen zwischen den Gangstern und der Drogenpolizei. Und gerade in einen davon ist Forschmann hineingeschlittert.«

»Wie denn das?«

»So wie ich Sam verstanden habe, hatte Forschmann

in einer höheren Klasse einen Lieblingsschüler. Und der ist an Rauschgift geraten. An das Zeug kam er durch einen Schulfreund, den Sohn eines der mächtigsten Bosse in Venezuela. Und wisst ihr was?« Michelle beugte sich ein Stück vor. »Dieser Schüler hat eine Überdosis erwischt. Das hat er nicht überlebt.«

»Wie grauenvoll«, sagte Sabrina schaudernd. »Du meinst, er hat so viel Rauschgift genommen, dass er daran gestorben ist?«

»Ja«, bestätigte Michelle. »Das Ganze hat Forschmann, der damals noch Loderer hieß, wohl wachgerüttelt. Er wandte sich an die internationale Drogenpolizei DEA. Das ist so eine Art Super-FBI.«

»Und dann gab's Zoff«, vermutete Pitt.

»Allerdings. Er muss diesem Gangsterboss empfindlich auf die Zehen gestiegen sein. Was genau passiert ist, wusste Sam auch nicht. Unsere Freunde in Südamerika sind noch dabei, die Einzelheiten zu recherchieren. Jedenfalls musste Forschmann ganz schnell untertauchen, weil die Gangster ihn als wichtigen Zeugen beseitigen wollten. Deswegen hat er sich für jemand anderen ausgegeben.«

»Meine Güte«, entfuhr es Sabrina. »Dann gehören diese drei Typen bestimmt zur Bande. Die wollen Forschmann also wirklich umbringen!«

Pitt kniff die Lippen zusammen. »Dann ist die Sache mit dem Amulett also kein schlechter Scherz«, sagte er tief betroffen. Sein T-Shirt klebte an seinem Körper. »Wir müssen uns einen Plan ausdenken …«

»Einen Plan?«, fragte Michelle erstaunt. »Wozu? Die drei verspachteln in aller Seelenruhe ein Viergängemenü, während wir hier an unserer Limo hängen. Wir brauchen keinen Plan. Wir werden jetzt einfach klammheimlich verschwinden – und das war's dann.«

»Ich weiß nicht«, sagte Pitt zweifelnd. »Vielleicht taucht ja noch jemand auf. Wir müssen rausbekommen, mit wem die Typen Kontakt haben.«

»So nach dem Schema: Drei Unbekannte treffen einen vierten Unbekannten?«, fragte Sabrina scharf. »Ich weiß nicht, Pitt. Bislang haben wir ja alles mitgemacht.« Sie brach ab und nahm das Messer ihres Bestecks in die Hand, als wolle sie damit jemanden erstechen. »Es war heute schon ein bisschen viel oder findest du nicht?«, fuhr sie fort. »Erst Fettbacke. Dann diese Sache im Fahrradkeller. Dann erfahren wir ganz nebenbei Sams Geheimnis: diese grausliche Sache mit seinen verschwundenen Eltern! Und als ob das nicht reicht, jagen wir auch noch richtigen Killern quer durch die Stadt nach. Irgendwann muss doch auch mal Schluss sein!«

Pitt schwieg betroffen. »Ich …«, begann er dann, »ich weiß. Aber …« Er brach wieder ab, nahm unschlüssig sein Limoglas in die Hand und stellte es wieder hin. »Lasst uns einfach austrinken, ja. Anschließend nehmen wir die nächste S-Bahn und vergessen erst einmal die ganze Sache.«

Diese Worte kosteten Überwindung, denn irgendetwas wollte ihn immer weitertreiben. Es war fast wie bei einem Computerspiel: Man ist sicher, diesmal den nächsten Level zu knacken, und setzt alles daran, um es auch zu schaffen. Nur hier war Endstation. Die Gangster hatten mittlerweile ihr Essen bestellt, während den drei Netsurfern nichts anderes übrig blieb, als sich still und heimlich zu verdrücken.

»Wir können froh sein, dass nichts Schlimmeres passiert ist«, sagte Michelle.

»Das weißt du doch gar nicht«, antwortete Sabrina. »Dieses Amulett … Vielleicht haben sie ja Forschmann doch schon etwas angetan.«

Pitt hörte nur mit halbem Ohr hin. Er ließ die Gangster nicht aus den Augen. Sie schienen in ein angeregtes Gespräch vertieft zu sein. Es war das erste Mal, das er sie überhaupt so lebhaft miteinander reden sah. Als der Indianer etwas mit lauter, deutlicher Stimme sagte, drangen einige wenige Wortfetzen zu ihm herüber. Es war wahrscheinlich Spanisch, denn er konnte kein Wort davon verstehen.

Dann machte der Mann etwas Unglaubliches. Er holte etwas aus seiner Hosentasche hervor und legte es neben seinen Teller mit dem dampfenden Reis und dem Hühnchenfleisch auf den Tisch.

Pitt wollte seinen Augen nicht trauen: Es war die Fernsteuerung, die er im Fahrradkeller zunächst für ein Feuerzeug gehalten hatte! Da lag sie, mattschwarz mit nur zwei farbigen Knöpfen, kaum größer als eine Streichholzschachtel.

»He, Pitt, du trinkst ja gar nicht«, sagte seine Schwester in diesem Moment. »Nun mach schon, sonst kommen wir hier nie weg.«

Es dauerte eine Weile, bis Pitt merkte, dass er angesprochen war. Er riss mit Gewalt seinen Blick von der Fernsteuerung. »Das, das …«, stammelte er.

»*Was, was* …«, äffte ihn Sabrina nach.

»Die Fernsteuerung«, sagte Pitt so leise, dass ihn Sabrina beim ersten Mal gar nicht verstand und er das Ganze wiederholen musste: »Die Fernsteuerung für das Todesamulett!«

Die beiden Mädchen blickten ihn verständnislos an. Als sich Sabrina umdrehen wollte, sagte der Junge schnell: »Seht euch jetzt nicht um. Sonst werden sie noch auf uns aufmerksam.«

»Was ist mit der Fernsteuerung?«, fragte Michelle alarmiert.

Pitts Herz pochte unerträglich heftig. »Der Indianer hat sie gerade auf den Tisch gelegt. Warum, weiß ich nicht. Ich fürchte nur, es hat nichts Gutes zu bedeuten.«

»Darauf kannst du Gift nehmen ...«

Michelle kam nicht mehr dazu, ihren Satz zu beenden. Das an ihrem Gürtel befestigte Handy piepste dreimal hintereinander, ein schriller Laut, der die Ruhe des Restaurants empfindlich störte. Alle drei Netsurfer zuckten zusammen. Michelle wurde knallrot, packte das Handy und riss es mit einer einzigen schwungvollen Bewegung hervor.

»Ja«, sagte sie barsch ins Telefon, hörte einen Moment stirnrunzelnd zu und herrschte dann den Anrufer an: »Spinnst du? Wir hatten doch ausgemacht, dass du dich nicht mehr meldest ...« Sie brach ab. Ihr Gesichtsausdruck veränderte sich. Etwas ganz Merkwürdiges geschah nun: Das Gesicht des Mädchens wurde mit einem Mal vollkommen blass, fast schon unnatürlich weiß, und dann setzte unterhalb des Auges, direkt am Rand der Sonnenbrille, ein unregelmäßiges Zittern ein, während sich ihre Lippen blutleer aufeinander pressten.

Pitt war sofort klar, dass etwas Entsetzliches passiert sein musste. Michelles Erregung griff auf ihn über und er hatte Mühe, so lange still zu halten, bis sie das Handy sinken ließ und ihn entsetzt anstarrte.

»Es ist Sam«, sagte sie. »Er hat ... sie haben etwas herausgefunden. Die Netsurfer in Südamerika. Du hast Sam doch erzählt, dass die Bombe hochgeht, sobald sich Früh- und Abendnebel begegnen.«

»Der Indianer sagte irgend so was«, bestätigte Pitt verwirrt. »Ich hab aber keine Ahnung, was das heißen soll ...«

»Sam weiß es jetzt aber«, sagte Michelle aufgeregt. »Es bedeutet: mitten am Tag. Oder auf gut Deutsch: um zwölf Uhr mittags.«

»Oh Gott«, sagte Pitt. Schreckliche Bilder einer Explosion stiegen in ihm auf, die er mit aller Gewalt zu unterdrücken versuchte. »Das heißt, dieses Amulett wird morgen Mittag explodieren?«

»Nein, nein. Das ist noch nicht alles.« Michelle schob mit zitternden Händen das immer noch eingeschaltete Handy zur Seite. »Denn das ›mittags‹ bezieht sich auf die Ortszeit.«

»Ja und?« Pitt schüttelte den Kopf. »Ortszeit ... die Welt ist doch in verschiedene Zeitzonen eingeteilt. Als mein Vater in Los Angeles war und von dort aus angerufen hat, war es für ihn morgens und für uns nachmittags.«

»Ja, genau«, meinte Michelle. »Und Sam sagt jetzt ...«, eine einzelne Träne kroch unter der Sonnenbrille hervor, lief ihre Wange hinab und blieb im Mundwinkel hängen, »dass heute Mittag damit gemeint ist.«

Pitt fühlte sich wie vor den Kopf geschlagen. »Aber das kann doch gar nicht sein«, brach es aus ihm heraus. »Dann hätte Forschmann ja gar keine Zeit mehr gehabt, die Diskette zu holen. Und die Polizei ... die wären doch da nicht so ruhig herumgelaufen, wenn ... wenn es Forschmann zerrissen hätte.«

»Nein, nein«, sagte Michelle kraftlos. »Denk doch an die Zeitzonen! Wenn es in Venezuela Mittag ist, haben wir hier nicht zwölf, sondern fünf.«

Pitt blickte automatisch auf sein Handgelenk, aber wie meistens trug er auch heute keine Uhr. »Aber das ist ja schon vorbei ...« Plötzlich begriff er. Forschmann hätte hierher kommen sollen, in dieses chinesische Restaurant, um die Diskette abzuliefern. Dass er nicht aufgetaucht war, konnte nur eines bedeuten: Er hatte es nicht mehr rechtzeitig geschafft!

»Es ist alles vorbei«, schluchzte Michelle. Sie holte ein Taschentuch aus ihrer Hosentasche hervor und schnäuzte sich.

»Nein, nein«, sagte Pitt und schüttelte den Kopf. »Die sitzen doch nicht seelenruhig beim Essen, wenn Forschmanns Frist bereits abgelaufen ist. Die wollen doch an die Diskette ran.« Er trommelte auf die Tischplatte. »Da kann was nicht stimmen. Vielleicht haben die südamerikanischen Netsurfer sich beim Auslegen des Spruchs geirrt. Oder die Zeitzone stimmt nicht ...«

Bevor Michelle protestieren konnte, griff er sich das immer noch eingeschaltete Handy. »Hallo, Sam«, sagte er. »Vielleicht kannst du mir weiterhelfen ...«

22

Als Pitt das Handy wieder sinken ließ, schauten ihn die Mädchen erwartungsvoll an.

»Einen Moment noch«, sagte er. Der Junge warf einen raschen Blick zu den Gangstern hinüber. Sie wirkten vollkommen unbeteiligt und schienen bislang keinen Verdacht geschöpft zu haben. Aber das konnte täuschen. »Wisst ihr noch genau, was der Indianer gesagt hat?«, fragte er dann leise. »Ich meine den indianischen Namen, den er zusammen mit diesem Spruch über den Früh- und Abendnebel erwähnt hat.«

Michelle schüttelte den Kopf. »Nein, daran erinnere ich mich nicht mehr.«

»Aber ich«, sagte Sabrina aufgeregt. »Maschu irgendwas. Ich hab den schon ein paarmal im Fernsehen gehört.«

»Maschu«, sagte Pitt nachdenklich. »War es nicht eher Machu? Machu Petri?«

»So ähnlich.« Über Sabrinas Gesicht zog sich eine leichte Röte. »Jetzt weiß ich es wieder: Machu Picchu!«

»Okey-dokey«, sagte Pitt und wiederholte den Namen ins Handy. »Wir müssen einen Moment warten«, sagte er dann, während er das Handy immer noch gegen das Ohr gepresst hielt. »Sam überprüft den Namen gerade im Internet … Ja, Sam? Was? Das ist gar keine Person? Machu Picchu ist eine geheimnisvolle alte Inkastadt? Aber die Inkas haben doch in Peru gelebt und nicht in Venezuela … Ja, verstehe.« Er nickte den Mädchen zu. »Wir melden uns gleich wieder.«

Er legte kurz das Handy ab. »Das ist ja verrückt. Dieser Indianer – vielleicht stammt der gar nicht aus Venezuela. Er scheint eher ein Nachfahre der großen Inkas zu sein.«

»Der Inkas?«, jammerte Sabrina. »Was hat das denn jetzt wieder zu bedeuten? Und warum ist das überhaupt wichtig?«

»Weil es über Leben und Tod entscheiden kann«, antwortete Pitt ruhig. Er griff wieder nach dem Telefon und lauschte. »Ja, ich verstehe. Peru ist in einer anderen Zeitzone als Venezuela.«

Er wandte sich aufgeregt an die Mädchen: »Peru liegt zeitlich gesehen noch eine Stunde hinter Venezuela«, erklärte er. »Wenn es dort Punkt zwölf schlägt, ist es hier in Deutschland sechs Uhr. Es bleibt also eine Stunde mehr Zeit. Dann haben wir noch eine Chance. Allerdings nur eine winzige, denn es ist ja schon fast sechs Uhr, und wahrscheinlich geht das Amulett pünktlich zur vollen Stunde hoch. Sam verständigt die Polizei …«

In diesem Moment wurde Pitt auf eine Bewegung am Tisch der Gangster aufmerksam. Einer der Männer stand auf. Pitt durchfuhr ein eiskalter Schreck. Hatten sie etwas von ihrem Gespräch mitbekommen? Hatten die Ganoven das Wort »Polizei« aufgeschnappt und würden sie jetzt herüberkommen, um die Netsurfer zur Rede zu stellen?

»Was ist?«, fragte Sabrina.

»Ich weiß nicht«, antwortete Pitt fahrig. Er beugte sich ein Stück vor und fuhr mit gedämpfter Stimme fort: »Die stehen auf. Entweder wollen sie schon gehen oder sie haben uns bemerkt.«

»Dann hauen wir doch ab«, sagte Sabrina ängstlich.

Während Pitt so tat, als blickte er in sein Glas, schielte er aus den Augenwinkeln zu den Gangstern hinüber. Mittlerweile standen beide Muskelmänner. Sie nickten dem immer noch sitzenden Buntgekleideten kurz zu und traten dann mit wenigen Schritten in den Mittelgang. Einer der Männer ließ seine Augen über die Gäste schweifen, als suche er jemanden.

Pitt zog unwillkürlich den Kopf ein. Das Herz dröhnte in seiner Brust wie ein Motor. Er gab sich alle Mühe möglichst unbeteiligt auszusehen. Aber der Schrecken saß ihm so tief in den Gliedern, dass seine Hände unwillkürlich zu zittern begannen. Alle möglichen Bilder jagten durch seinen Kopf; Bilder schießender und schlagender Gangster, wie er sie schon so oft im Fernsehen gesehen hatte. Jeden Moment konnte einer der Männer eine Waffe ziehen, auf ihn anlegen und abdrücken.

Es dauerte ein paar Sekunden, bis er es geschafft hatte, diese lächerlichen Gedanken abzuschütteln. Er riskierte einen vorsichtigen Blick über die Schulter.

»Na, was ist?«, fragte Michelle, die von ihrem Platz aus den Mittelgang nicht beobachten konnte.

»Sie, sie …«, begann Pitt, schluckte und dann überkam ihn wieder ein Hustenanfall. Sein Kopf dröhnte und weiße Lichtpunkte flirrten vor seinen Augen, während er hustete, als hätte ihm jemand eine ganze Ladung Zimt in den Rachen geschüttet. Es dauerte lange, schreckliche Sekunden, bis er den Husten endlich unter Kontrolle hatte und den Satz mit einem »... sind weg« beenden konnte.

Sabrina und Michelle starrten ihn aus weit aufgerissenen Augen an. »Was heißt: Sie sind weg?«, fragte Sabrina alarmiert.

Pitt ließ alle Vorsicht fahren und deutete mit dem Zeigefinger in den Hintergrund des Raumes. »Die beiden Typen sind hinter einem Vorhang verschwunden. Nur der eine – ihr wisst schon, dieser Indianer oder Inka – sitzt noch am Tisch.«

»Dann haben die anderen vielleicht in einem Nebenzimmer eine Verabredung«, sagte Michelle. »Aber ganz egal. Hauen wir ab!« Sie hatte sich das Handy gegriffen, kurz hineingesprochen und es ausgeschaltet zurück in den Gürtel gesteckt.

»Warte, warte«, bremste Pitt. »Jetzt fängt der Typ auch noch an zu telefonieren. Er hat ein Mobiltelefon in der Hand.« Fasziniert beobachtete er, wie der Mann die Antenne des Geräts herauszog, eine Nummer wählte und dann das Telefon ans Ohr presste. Da der Gangster mit dem Rücken zu ihnen saß, bestand keine Gefahr, dass er zufällig auf sie aufmerksam wurde.

»Ne, jetzt warte ich nicht mehr«, sagte Michelle entschlossen. »Komm, Sabrina, wir gehen. Und du kommst besser auch mit.«

»Na klar«, erwiderte Pitt, ohne seine Augen von dem Mann zu nehmen. »Ich komme gleich nach. Diese Chance lass ich mir nicht entgehen.«

»Was denn für eine Chance?«, rief Sabrina schrill.

»Bingo!«, sagte Pitt statt einer direkten Antwort und

kicherte nervös. »Wisst ihr, was dieser Bekloppte jetzt macht? Der hat sich zum Fenster gedreht und guckt auf die Straße, während er telefoniert.«

»Ja und?«

»Na, die Fernsteuerung liegt währenddessen ganz allein auf dem Tisch – direkt am Gang«, frohlockte Pitt. »Wenn jemand vorbeigeht, kann er – rein theoretisch – schnell die Fernsteuerung einsacken und ist über alle Berge, bevor der Idiot etwas merkt.«

Die beiden Mädchen schwiegen betroffen. »Du willst doch nicht etwa …?«, hauchte Sabrina.

»Aber klar«, sagte Pitt. »Ihr habt es doch im Fahrradkeller gehört: Die Fernsteuerung besitzt einen Schalter, mit dem man das Amulett entschärfen kann. Wenn Forschmann noch eine Chance hat, dann nur diese. Sollen wir ihn etwa verrecken lassen? Ich werde mir das Gerät schnappen. Und fertig ist der Lack.«

Michelle stieß einen leisen zittrigen Laut aus. »Das ist doch eine verrückte Idee«, meinte sie dann. »Die Polizei …«

»Nein, nein«, sagte Pitt hastig. Er packte Sabrinas Handgelenk und drehte es herum, bis er einen Blick auf ihre Armbanduhr werfen konnte. »Verdammt. In zwei Minuten ist es schon sechs. So schnell kann die Polizei gar nicht da sein. Geht deine Uhr überhaupt richtig? Na egal …« Er verschluckte sich. Obwohl er schwitzte, überlief ihn ein kaltes Frösteln. »Es kommt jetzt nur darauf an, dass alles ganz schnell geht«, fuhr er hastig fort. »Ihr beide geht nach vorne an die Bar, bezahlt die Limo und verschwindet. Wir treffen uns an dem McDonald's vorne am Stachus wieder.«

»Nicht mit mir«, sagte Sabrina. »Weißt du eigentlich, wie gefährlich die sind? Wir dürfen uns doch nicht mit denen anlegen.«

»Du sollst dich ja auch nicht mit ihnen anlegen«, sagte Pitt. Er fischte seine zwei Geldscheine aus der Hosentasche und schob sie seiner Schwester zu. »Und nun geht schon.«

23

Zitternd und mit leichenblassem Gesicht legte Pitt die letzten Schritte zurück. Es war etwas ganz anderes, den Diebstahl der Fernsteuerung zu planen und ihn dann auch auszuführen. Vor allem erschien es ihm verrückt, sich wie ein Dieb von hinten an den geheimnisvollen Indianer in dem bunten Hemd heranzuschleichen.

Der Gangster war vollkommen in sein Telefonat vertieft. Dabei hatte er den Rücken dem Gang zugekehrt und blickte nach unten auf die Sonnenstraße, auf der der Verkehr ungebrochen pulsierte. Er wirkte vollkommen entspannt. Und doch war etwas Merkwürdiges an ihm. Es ging eine Art Energie von ihm aus, die Pitt spüren konnte und die ihm Angst machte.

Plötzlich fragte er sich, ob er nicht geradewegs in eine Falle tappte. Vielleicht hatte dieser Mann gemerkt, dass er verfolgt wurde und die Fernsteuerung mit voller Absicht auf den Tisch gelegt, um ihn zum schnellen Zugriff zu verführen. Vielleicht war es noch nicht einmal die richtige Fernsteuerung! Das mattschwarze Kästchen konnte alles Mögliche sein. Es sollte ihn nur dazu bringen, danach zu greifen – und dann würde der Mann sein Handgelenk packen und ihn an sich reißen. Was danach passierte, konnte er sich lebhaft vorstellen.

Pitt schluckte mit trockener Kehle. Der Gedanke an einen Hinterhalt war so erschreckend, dass er automatisch stehen geblieben war. Das war nicht gut. So konnte er jemandem auffallen, dem Kellner zum Beispiel oder einem anderen Gast. Gar nicht zu reden von dem telefonierenden Gangster.

Außerdem zählte jede Sekunde. Wenn er nicht rechtzeitig den richtigen Knopf zum Entschärfen der Sprengladung drückte, würde Forschmann im wahrsten Sinne des Wortes in die Luft gehen.

Trotzdem gelang es Pitt nur mit äußerster Willenskraft, seine Starre zu überwinden. Mit einem kurzen Blick über die Schulter versicherte er sich, dass die Mädchen das Lokal verlassen hatten, und trat zwei weitere Schritte vor. Nah genug, um sein Vorhaben in die Tat umzusetzen. Der Mann telefonierte immer noch und sein spanischer Singsang rauschte wie ein Wasserfall dahin. Die Gelegenheit zum Handeln war günstig. Vorsichtig schob Pitt die Hand vor. Seine Schultern waren verkrampft und er musste sich auf die Zehenspitzen stellen, um von seiner Position aus das schwarze Kästchen erreichen zu können.

Ein letztes Zögern. Dann packte er die Fernsteuerung mit einem entschlossenen Ruck und riss sie an sich. Im selben Moment wirbelte er auch schon herum, stieß sich ab und jagte an einem verblüfften Ehepaar vorbei auf den Ausgang zu.

Hinter ihm schrie jemand etwas. Pitt achtete nicht darauf. Er sah sich nicht einmal um. Er stürmte auf die Pendeltür zu, die das Chinarestaurant vom Treppenhaus trennte und rannte durch sie hindurch, als wäre sie aus

Papier. Das Holz schlug beim Zurückschwingen hart gegen seine Ellenbogen, aber er spürte es nicht.

Schon war er auf der Treppe. Seine Füße berührten die Stufen kaum, so schnell flog er nach unten. Die Tür zur Straße ging in seine Richtung auf und er verschwendete ein, zwei wertvolle Sekunden damit, weil er sie erst aufdrücken wollte, statt sie zu sich heranzuziehen. Doch dann war er draußen und tauchte in den Großstadttrubel ein.

Pochenden Herzens warf er einen Blick über die Schulter. Er hatte nicht gehört, dass der Indianer ihn verfolgte, keinen Schrei, keine Schritte, nichts. Er musste wissen, was los war.

Das war ein Fehler. Ein verdammter, leichtsinniger Fehler, denn der Indianer war viel näher, als er auch nur geahnt hatte. Der Gangster war schon auf vielleicht zwei, drei Meter heran und bewegte sich fast lautlos und mit der Eleganz einer großen Wildkatze. Pitt starrte ihm einen Herzschlag lang wie gelähmt entgegen. Dieser kurze Moment genügte seinem Verfolger, um mit zwei weiteren Schritten aufzuschließen.

Ein beleibter Mann mit zwei Einkaufstüten und eine Mutter mit Kinderwagen waren die Rettung für Pitt. Der Dicke arbeitete sich gerade schwitzend und stöhnend den breiten Bürgersteig entlang und stieß mit einer seiner Einkaufstüten gegen den Kinderwagen der auf ihn zukommenden Frau. Die Tüte fiel herunter und platzte auf. Ein paar Kleinteile und eine bunte Metalldose mit der Aufschrift »Ia Hustenbonbons« kullerten heraus und Pitt direkt vor die Füße.

Der Indianer grinste und streckte seine Arme nach

Pitt aus. In diesem Augenblick trat er auf die Bonbondose. Das Lächeln machte ungläubiger Verwunderung Platz. Seine Arme ruderten hilflos in der Luft. Dann verlor er endgültig das Gleichgewicht, kippte hinten über und knallte vor dem Jungen auf den Bürgersteig.

Pitts Erleichterung wandelte sich schnell in pures Entsetzen, als er sah, wie der Indianer bereits wieder katzengleich aufsprang. Es war abermals der Dicke, der ihn rettete. Offenbar wollte er dem Gangster auf die Beine helfen, stieß aber tollpatschig mit dem sich gerade aufrichtenden Indianer zusammen. Einen heillosen Moment fuhren Arme und Beine durcheinander, dann fielen beide zu Boden, zuerst der Gangster und schließlich der andere Mann auf ihn. Pitts Verfolger wurde unter einer unappetitlichen, schwitzenden Fleischmasse begraben.

Der Netsurfer verschwendete nun keine Zeit mehr, er wirbelte nach rechts herum, Richtung Karlsplatz, Stachus. Aus den Augenwinkeln sah er, wie die zwei muskelbepackten Begleiter des Indianers gerade aus der Tür des Chinarestaurants stürmten. Das hatte noch gefehlt! Ein Verfolger reichte ihm ganz und gar.

Er hetzte los, als sei ihm der Teufel persönlich auf den Fersen. Aber er kam weitaus langsamer voran als erwartet. Die Straße war belebt und die vom heißen Wetter ausgelaugten Menschen trotteten an diesem frühen Samstagabend träge dahin. Der blonde Junge wieselte durch die Massen hindurch, bemüht mit niemandem zusammenzustoßen. Ein paarmal musste er einen wilden Haken schlagen, um einem Passanten auszuweichen, der ihn überhaupt nicht bemerkt hatte.

Die ganze Zeit über hielt er die Fernsteuerung fest umklammert. Welcher Knopf? Welcher würde die Bombe zur Explosion bringen und welcher sie entschärfen? Er hatte geglaubt, es zu wissen. Doch jetzt, im Laufen, konnte er überhaupt keinen klaren Gedanken mehr fassen, geschweige denn sich daran erinnern, was der Indianer im Fahrradkeller beiläufig erklärt hatte.

Über dem ganzen Verkehrslärm war das Schlagen einer Uhr zu hören. Ein harter Ton, der Pitt unter die Haut ging. Ein Schlag, noch einer … Wenn die ferne Kirchenuhr richtig ging, wenn Sams Annahme, was die Zeitangabe betraf, stimmte, wenn das Todesamulett wirklich bis oben hin mit Sprengstoff gefüllt war und die Gangster nicht nur geblufft hatten – dann musste die Explosion jeden Augenblick erfolgen, nämlich beim sechsten Schlag, der logischerweise die sechste Stunde einläutete.

Unwillkürlich blieb Pitt stehen. Er musste eine Entscheidung treffen. Entweder der linke rote Knopf oder der rechte blaue. Wenn er den falschen drückte, starb ein Mensch.

Er verspürte plötzlich einen scharfen Schmerz hinter den Augen. Seine Wahrnehmung spielte ihm einen Streich. Als hätte sich das Leben um ihn herum plötzlich verlangsamt, schienen sich die Menschen nur noch wie in Zeitlupe zu bewegen. Schlag vier. Schlag fünf. Keine Zeit mehr zum Überlegen.

Er drückte den rechten, den blauen Knopf. Gleichzeitig schlug die Uhr zum sechsten Mal. Nichts geschah.

Er wusste nicht, was er erwartet hatte. Ein Gefühl der Erleichterung vielleicht. Oder einen reitenden Götterboten, der ihm mitteilte, dass er das Richtige getan hatte. Aber nichts dergleichen. Nur Panik. Nur ein klitschnass geschwitzter Rücken, ein Zittern und ein Frösteln, als hätte ihm jemand einen Schneeball ins Hemd gesteckt.

Keine Zeit für unsinnige Gedanken. Der Indianer schob sich gerade durch eine Gruppe Teenager, schubste ein vielleicht sechzehnjähriges Mädchen brutal beiseite und jagte mit weit ausholenden Schritten auf ihn zu. Gleich würde er ihn schnappen! Pitt hatte nur eine Chance: Er musste die Straße überqueren und auf den Mittelstreifen gelangen, bevor die nächste heranbrausende Autowoge bis zur folgenden Ampelphase die Straße blockierte. Aber das wurde knapp, mehr als knapp, die Autos waren schon fast heran …

Er hatte kaum den Gedanken zu Ende gebracht, als er auch schon abbog und, ohne weiter auf den Verkehr zu achten, auf die Fahrbahn sprang. Bremsen quietschten und eine heisere, wütende Stimme schrie: »Pass doch auf, wo du hinrennst, du Idiot!« Nur verschwommen nahm der Junge das Taxi wahr, in das er fast hineingerannt wäre. Dann stand er keuchend auf dem schmalen Bürgersteig, der zum Straßenbahnübergang führte.

Ein kurzer Blick zurück überzeugte ihn davon, dass er den Indianer erst einmal abgehängt hatte. Auf allen drei Spuren donnerte jetzt der Verkehr vorbei. Das würde so bleiben, bis die Ampel hinter ihm auf Rot schaltete. Damit hatte er einen Vorsprung von ein bis zwei Minuten. Das musste reichen.

Er stürmte weiter. Aber als er losrannte, erkannte er schon seinen Fehler. Der Indianer wartete nicht einfach ab, bis er die Sonnenstraße überqueren konnte. Er lief einfach parallel zu ihm auf dem Gehweg weiter. Pitts vermeintlicher Vorsprung von zwei Minuten schmolz auf wenige Sekunden zusammen, nämlich auf die kurze Zeitspanne, die der Indianer zum Überqueren der Straße benötigte, sobald der Verkehr abflaute.

Pitt beschleunigte seinen Lauf. Wenn es ihm gelang, die Unterführung zu erreichen, bevor der Autostrom nachließ, konnte er seinem Verfolger noch entkommen. Es war knapp, aber es konnte klappen. Alles hing vom Ampelrhythmus ab und von der eigenen Schnelligkeit.

Er lief, so schnell er konnte. Sein Atem ging schwer und zu allem Überfluss bekam er auch noch heftiges Seitenstechen. Aber er schaffte es. Es war eine enorme Leistung, kurz vor dem Verebben der Autoschlange die Treppe zur Unterführung zu erreichen. Mit Riesensätzen sprang er die Stufen hinab, hinunter in den breiten Fußgängertunnel, der auf der gegenüberliegenden Seite wieder zurück zur S-Bahn führte und rechts zum Stachus, wo die beiden Mädchen auf ihn warteten.

Zeit für eine kurze Pause. Er stemmte die Hände in die Hüften und atmete erst einmal durch. Der Indianer würde gleich die Stufen herunterstürzen. Er musste rechts zur Rolltreppe, bevor der Gangster sehen konnte, in welche Richtung er verschwinden wollte. Am Stachus würde er die Mädchen finden, und dann gemeinsam mit ihnen ab durch die Mitte.

Er lief wieder los, vorbei an dem Supermarkt, an dem er erst vor einer knappen Stunde schon einmal vorbeigekommen war. Kurz dahinter befand sich der Aufgang, der von den beiden Rolltreppen links und rechts eingerahmt wurde. Mit einem ängstlichen Blick zurück überzeugte er sich davon, dass der Indianer noch nicht aufgetaucht war.

Als er sich wieder umdrehte, erstarrte er voller Entsetzen. Auf der herunterkommenden Rolltreppe zwängten sich die beiden Muskelgangster durch eine erschöpft wirkende osteuropäische Reisegruppe. Sie wollten ihm den Weg abschneiden!

Pitt handelte instinktiv, er wirbelte herum – die Männer hatten ihn wahrscheinlich noch gar nicht entdeckt –, und hetzte auf den S-Bahn-Ausgang zu. Der Indianer von der einen, die beiden Bodybuildertypen von der anderen Seite: Da blieb ihm nur noch dieser Fluchtweg. Mit weit aufgerissenen Augen behielt er dabei die Richtung im Blick, aus der der Indianer kommen musste. Aber er entdeckte niemand Verdächtigen.

Er stürmte in die Passage zur S-Bahn hinein. Aber er kam nur ein paar Meter weit. Wie hingezaubert stand plötzlich der Inkaabkömmling vor ihm!

Pitt versuchte mitten im Lauf abzubremsen. Aber natürlich ging das schief. Die glatten Sohlen seiner leichten Sommerschuhe rutschten über den Marmorboden, er schlitterte regelrecht auf den gefährlichen Gangster zu. Der Mann brauchte bloß noch den Arm hochzureißen, um ihn abzufangen.

Pitt sah die Gefahr und versuchte sich unter dem Arm wegzuducken. Dann war er auf Höhe des Gangsters. Der Mann versetzte ihm nur einen ganz leichten Schlag gegen die Schulter. Ob Absicht oder nicht, dieser kleine Schubs genügte, um ihn endgültig aus dem Gleichgewicht zu bringen. Der blonde Junge fiel und setzte ziemlich hart auf dem Boden auf.

Bevor Pitt überhaupt wusste, wie ihm geschah, zerrte ihn der Indianer wieder hoch. Er riss ihn geradezu an sich heran. Es war das erste Mal, dass Pitt ihm direkt ins Gesicht sah. Das war sicherlich kein gewöhnlicher Indianer, sondern der Nachkomme eines alten Inkastammes.

Als er in seine Augen blickte, schrie er auf. Da war … nichts. Kein kalter oder leerer Blick, sondern das buchstäbliche Nichts, ein bodenloser Abgrund, bereit ihn zu verschlucken.

»Wo ist die Fernsteuerung?«, zischte der Inka. »Wenn du sie mir nicht sofort zurückgibst, werde ich dich töten.«

Pitt war vor Entsetzen wie gelähmt. Der Inka wäre ihm schon unter normalen Umständen unheimlich gewesen. Es ging eine bedrohliche magische Wirkung von ihm aus, wie von einem uralten Ort, auf dem die Geschichte lastete und der etwas Monströses über lange, lange Jahre bewahrt hat, nur um es jetzt in die Freiheit zu entlassen …

»Wo ist die Fernsteuerung?«, fragte der Gangster drohend.

Nur mit äußerster Willenskraft gelang es Pitt, seine Erstarrung zu überwinden. »Ich … ich weiß von nichts«, stammelte er. Die Hand, in der er die Fernsteuerung gehalten hatte, war leer. Offensichtlich hatte er das Gerät bei seinem Sturz verloren.

»Das ist ja lächerlich«, sagte der Inka.

Pitt konnte den Blick nicht von diesen unergründlichen Augen nehmen. Hypnotisierte ihn dieser Kerl? Versuchte er seinen Willen zu brechen?

»Du weißt sogar sehr viel. Und du wirst mir alles sagen, alles. Doch zuerst die Fernbedienung.«

Pitt schluckte mit trockener Kehle. Erst jetzt erkannte er, dass der Mann keineswegs beabsichtigte ihn gehen zu lassen, hatte er erst einmal die Fernsteuerung. Mit einem Mal wurde ihm klar, was der Indianer plante: Sobald er die Fernsteuerung in Händen hielt, würde er den anderen Knopf, den linken, roten drücken und damit Forschmann ein für alle Mal ausschalten. Und danach würde er Pitt verschleppen, um herauszubekommen, was er wusste … und ihn dann ebenfalls umbringen?

»Ich … weiß nichts«, brachte Pitt mühsam und am ganzen Körper zitternd hervor. Und ob er wollte oder nicht, er musste plötzlich wieder husten, hart und heftig, fast bellend wie ein Hund.

Der Inka kniff die Augen zusammen und sein Blick verwandelte sich von einem Augenblick zum anderen, ähnelte nun dem einer Schlange kurz vor dem giftigtödlichen Biss. Doch bevor er noch dazu kam, etwas zu sagen oder zu unternehmen, geschah es.

Eine dünne und doch gleichzeitig überraschend kräftige Mädchenstimme rief: »He, Kerl, hier hab ich, worauf du es abgesehen hast!«

24

Der Indianer erstarrte. Er glich nun wirklich auf verblüffende Weise einer Schlange. Er legte den Kopf leicht schief und drehte ihn dann mit zu Schlitzen zusammengezogenen Augen in Richtung der Sprecherin.

»Du bist eines der Mädchen, das mit diesem Dieb hier zusammen im Chinarestaurant war«, stellte er fest. »Komm nur einen Schritt näher.«

Es hätte nur noch gefehlt, dass er sagte: »Damit ich dich besser fressen kann.« Wenn die Situation nicht dermaßen erschreckend und bedrohlich gewesen wäre, hätte Pitt wahrscheinlich laut auflachen müssen. So hatte er nur das Gefühl sich vor lauter Angst gleich in die Hosen zu machen.

»Komm doch selber her«, antwortete das Mädchen trotzig.

Trotz des festen Griffs des Indianers gelang es dem Jungen, den Kopf ein Stück zur Seite zu drehen. Seine Schwester stand ungefähr drei Meter hinter ihm, blass, mit aufgerissenen Augen und weit von sich gehaltenen Armen, wie um drohendes Unheil abzuwehren. Ihr Anblick bereitete Pitt geradezu körperliches Unbehagen.

»Nicht, Sabrina«, sagte er schwach. »Bring dich in Sicherheit.«

»Nein, nein, du solltest nicht gehen«, sagte der Inka fast sanft. »Komm her, Mädchen. Gib mir die Fernsteuerung und alles wird gut.«

Seine Stimme klang einlullend und betörend. Es schien alles so einfach: Nur ihm das Kästchen geben und damit dieses schreckliche Kapitel beenden. Aber es würde nicht so einfach sein. Pitt wusste es.

»Du kannst die Fernsteuerung haben«, sagte Sabrina. »Ich halte sie hier in der Hand. Aber lass meinen Bruder gehen!«

»Deinen Bruder.« Die Mundwinkel des Inkas verzogen sich zu einem leichten Lächeln. »Das ist gut, Mädchen. Sehr gut. Du kannst deinen Bruder retten.«

In Pitt Kopfs drehte sich alles. Woher hatte Sabrina plötzlich die Fernsteuerung?

»Ja, gut«, erwiderte Sabrina und machte einen Schritt nach vorne.

Alles in Pitt schrie auf. Unwillkürlich versuchte er sich aus dem Griff des Indianers zu befreien. Der Mann packte fester zu, so fest, dass er dem Jungen die Luft aus den Lungen quetschte. Dem Netsurfer wurde einen Moment lang schwarz vor Augen. Er kämpfte gegen eine Woge der Übelkeit. Es war wichtig, dass er nicht aufgab. Er musste Sabrina davor bewahren, etwas Falsches zu tun.

Mit tauben Lippen brachte er mühsam hervor: »Sabrina, hau ab … rette dich.«

Aber seine Schwester dachte gar nicht daran. Sie trat sogar noch einen weiteren Schritt auf den Indianer zu und streckte die geschlossene rechte Hand vor. »Hier habe ich die Fernsteuerung«, sagte sie mit einer erstaunlichen, fast heiteren Ruhe. »Ich gebe sie dir, wenn du versprichst meinen Bruder freizulassen.«

Der Inka nickte. »Abgemacht«, sagte er, und mit jeder Faser seines Körpers spürte Pitt die Lüge dahinter, »ich lasse ihn gehen, wenn du mir mein Eigentum zurückgibst.«

»Nein!«, wollte Pitt aufschreien. Aber der Griff des Indianers war jetzt so fest, dass er nur noch ein hilfloses Röcheln zustande brachte.

Ob er wollte oder nicht, er konnte das Unheil nicht mehr verhindern. Sabrina machte den letzten Schritt, hob die Hand – und ließ sie in einer plötzlichen Bewegung vorschnellen.

Pitt glaubte seinen Augen nicht: Nicht die Fernsteuerung flog auf den Indianer zu. Es war ein kleines Kästchen! In der Luft noch sprang dessen Deckel auf und der Inhalt verteilte sich explosionsartig auf dem Gesicht des Inkas wie Puderzucker auf einer Sonntagstorte.

Das Antlitz des Gangsters verzerrte sich, die Schlangenschnauze verwandelte sich in eine Fratze der Hilflosigkeit. Schwarze Magie, die von einem strahlend hellen Licht vernichtet wurde. Der Indianer öffnete den Mund zu einem stummen Schrei. Und für einen winzigen Augenblick lockerte er seinen Griff um Pitt. Dann erschütterte ein gewaltiges Niesen die Luft.

Pitt handelte, ohne zu überlegen. Er riss sich los und war schon bei Sabrina, als der Indianer von einem erneuten, explosionsartigen Schnauben geschüttelt wurde. Für einen winzigen Sekundenbruchteil glaubte Pitt schon, es geschafft zu haben. Doch er hatte die Rechnung ohne den Gangster gemacht.

Der Indianer packte zu und erwischte ihn noch am Ärmel seines T-Shirts. Er nieste mehrmals hintereinander und bekam die Augen nicht auf, aber er ließ auch nicht locker. Mit unglaublicher Kraft krallte er sich in das T-Shirt.

»Lass mich los«, schrie Pitt und riss seinen Arm nach unten.

Der Stoff zerriss. Der Junge verlor zum zweiten Mal innerhalb weniger Minuten das Gleichgewicht und plumpste zu Boden.

In diesem Moment sah er sie. Die Fernsteuerung. Sie lag nur ein, zwei Meter von ihm entfernt auf dem Weg.

Der Indianer wischte sich blitzschnell mit dem Ärmel übers Gesicht. Seine Augen waren rot und geschwollen und die Nase sah aus, als hätte sie jemand als Punchingball benutzt. Noch immer wurde er von Niesanfällen geschüttelt. Aber er schien entschlossen zu sein sich davon nicht beirren zu lassen.

Pitt schnellte am Boden liegend nach vorn. Ein, zwei weitere rasche Bewegungen, dann hatte er die Fernsteuerung erreicht. Seine rechte Hand krampfte sich um das kühle Metall. Doch zum Aufatmen blieb keine Zeit. Der Inka war unglaublich zäh und fix. Mit zwei Schritten war er bei ihm, bückte sich herunter.

»Hier!«, schrie Pitt zu Sabrina. »Fang.«

Geschickt warf er sich auf den Rücken und hob den rechten Arm. Der Gangster kam ihm in die Quere, blockierte seine Wurfrichtung, ließ beide Hände schlangengleich vorschnellen, um ihn am Handgelenk zu packen. Er war wahnsinnig schnell, aber er hatte nicht mit Pitts verzweifelter Entschlossenheit gerechnet. Der Netsurfer mobilisierte seine letzten Kräfte und legte alle Energie in einen einzigen, verzweifelten Wurf.

Es gelang. Der Wurf fiel nicht gerade genial aus und ging auch nicht exakt in Sabrinas Richtung, aber er war hoch genug angelegt, um über die Schulter des Indianers hinweg nach hinten zu sausen.

Den Rest erledigte Sabrina. Mit der ihr eigenen Geschicklichkeit sprang sie aus dem Stand mindestens einen Meter hoch, drehte sich gleichzeitig einmal um ihre Achse und fischte das unscheinbare, aber todbringende Metallkästchen aus der Luft. Als ihre Füße katzengleich auf dem Marmorboden aufkamen, hatte sie schon den Vorwärtsgang eingelegt. Ansatzlos spurtete sie los, an einer verblüfften Fußgängergruppe vorbei, vollkommen fassungslos wegen der unglaublichen Szene, die sich da direkt vor ihren Augen zugetragen hatte.

Der Indianer verharrte mitten in der Bewegung. Hatte eben noch seine Aufmerksamkeit Pitt gegolten, so war es jetzt nur Sabrina, die ihn interessierte. Er stieß einen harten, unverständlichen Fluch aus und ließ abrupt von dem Jungen ab. Dann wirbelte er herum und setzte der Netsurferin nach.

Pitt sah Sterne vor den Augen und in seinen Ohren war ein dumpfes Sausen. Trotzdem rappelte er sich sofort wieder auf. Es war zum Verrücktwerden: Sabrina hatte sich in den Vordergrund gespielt, um ihn zu retten. Darüber hinaus hielt sie mit der Fernsteuerung auch noch Forschmanns Leben in den Händen. Das war ein ganz mieser Tausch und keinesfalls einer, den er gutheißen konnte: Statt ihm wurde jetzt Sabrina gejagt!

Mit der Kraft der Verzweiflung spurtete Pitt los. Er durfte Sabrina und den Indianer auf keinem Fall aus den Augen verlieren. Die beiden rannten vor ihm auf die Rolltreppe zu, die hoch zum Stachus führte. Obwohl Pitt niemanden kannte, der es mit seiner Schwester an Geschicklichkeit und Schnelligkeit hätte aufnehmen können, glaubte er nicht, dass sie dem Inka gewachsen war. Der Mann war unglaublich gefährlich. Außerdem schwirrten hier noch irgendwo seine beiden Kumpane herum.

Sabrina hatte die Rolltreppe statt der Stiege gewählt und flitzte jetzt grazil durch die Menschen, die sich auf ihr nach oben tragen ließen. Pitt wäre wahrscheinlich stecken geblieben, aber Sabrina nutzte jede noch so kleine Lücke, um voranzukommen, schlüpfte unter Armen hindurch und tänzelte um Bäuche und Einkaufstüten herum, ohne an Tempo zu verlieren. Der Indianer war zu groß für diese Übung. Er wischte die Menschen einfach beiseite, ungehobelt, aber nicht so brutal, dass er Widerstand provoziert hätte.

Pitt verlor die beiden für einen Moment aus den Augen, als sie am oberen Rand der Rolltreppe auf den Stachus hinausstürzten. Er selbst wählte lieber die breite Treppe und spurtete immer zwei Stufen auf einmal nehmend hinauf. Oben angekommen brauchte er ein, zwei Sekunden, bevor er die zwei entdeckte. Sabrina steuerte gerade auf einen Torbogen zu, über dem dick und breit der Schriftzug »LEDERWAREN« prangte. Der Indianer befand sich dicht hinter ihr.

Wo wollte Sabrina hin? Vielleicht links abbiegen und sich im Karlstor-Kino verstecken? Oder wollte sie wieder auf die Neuhauserstraße hinaus, durch das Tor hindurch, um dann Richtung Amtsgericht oder Stadtsteueramt ihr Glück zu versuchen?

Pitt entschied sich für die Neuhauserstraße und lief deshalb einfach geradeaus weiter. Vielleicht konnte er hier Sabrina abfangen und den Indianer ablenken. Es war ein gewagtes Spiel, aber auch die einzige Chance, die ihm blieb, um seiner Schwester zu helfen. Er lief so schnell, als wäre ein ganzer Hornissenschwarm hinter ihm her. Er wagte weder sich umzusehen noch langsamer zu werden, bis er den linken mittelalterlichen Turm des Karlstors erreichte.

Als er durch das alte Schatten spendende Gemäuer schoss, war es ihm fast, als überquere er die Ziellinie bei einem Wettkampf. Eine Markierung, hinter der das Verderben in Form der beiden Kumpane des Inkas auf ihn lauerte. Sie waren vielleicht zehn Meter vor ihm und durchquerten gerade mit raschen kraftvollen Schritten die Fußgängerzone. Zu seinem Schrecken zeichnete sich auf ihren Gesichtern unbändiger Triumph ab, als sie ihn erkannten. Während er noch versuchte seinen Lauf zu bremsen, stürmten sie bereits ihrerseits los, direkt auf ihn zu.

In diesem Moment bemerkte er aus den Augenwinkeln eine andere, hastige Bewegung. Es war Sabrina, die gerade von links heranrannte. Auch das noch. Sie konnte die beiden Ganoven von ihrer Position aus nicht sehen und würde geradewegs in sie hineinlaufen, wenn er es nicht verhinderte.

»Vorsicht, Sabrina!«, schrie er. »Eine Falle!«

Seine Schwester verstand sofort. Sie schlug einen

raschen Haken und versuchte damit, dem Zugriff der beiden Gangster zu entkommen. Der Mann mit den gewaltigen Tätowierungen auf den Unterarmen wirbelte herum und riss den Arm hoch, um Sabrina am Schlafittchen zu packen. Aber nicht das Mädchen erwischte er. Es war der Indianer, Sabrina dicht auf den Fersen. Der Schlag seines Kumpans traf den Mann vollkommen unerwartet mitten ins Gesicht. Der Inka wurde geradezu von den Füßen gerissen und schlug hart auf dem Boden auf.

Weder Sabrina noch Pitt hatten den Nerv zuzuschauen, was weiter geschah. Pitt hoffte nur inbrünstig, dass der Indianer nicht so bald wieder auf die Beine kommen würde. Als er herumfuhr und Sabrina folgte, hörte er jedoch schon Fluchen und Scharren von Füßen. Offenbar halfen die Schlägertypen ihrem Boss gerade auf.

Sabrina und er stürzten Seite an Seite durchs Karlstor, nun wieder zurück, Richtung Stachus und damit auch hin zur rettenden S-Bahn. Aber sie kamen nicht weit.

Ausgerechnet Michelle stellte sich ihnen in den Weg. Wie hingezaubert stand sie plötzlich vor den beiden.

»Schnell«, zischte das blonde Mädchen. Sie packte Pitt am Arm und zog ihn mit sich in den Schutz einer Säule. »Versteck dich hier.«

»Aber …«, protestierte Pitt, während er aus den Augenwinkeln mitbekam, dass Sabrina geistesgegenwärtig hinter die zweite Säule des Portals glitt.

»Nichts aber«, zischte Michelle. »Vertrau mir.«

Es blieb ihm auch gar nichts anderes übrig. Wenn er jetzt wieder die Deckung verlassen hätte, wäre er wahrscheinlich nicht nur in die Gangster hineingelaufen, sondern hätte damit auch das Versteck der beiden Mädchen verraten. Aber die Säule hier, hinter die ihn Michelle gezerrt hatte, war zu schmal, um gleich zwei Menschen Schutz zu bieten. Ob er wollte oder nicht: Er musste sich ein eigenes Versteck suchen.

Pitt nahm allen Mut zusammen und überwand mit zwei raschen Sprüngen die Entfernung zur nächsten Säule. Dicht an das aufgeheizte Gemäuer gepresst, wartete er ab. Eine blödsinnige Idee. Sie hatten gar keine Chance dem Indianer zu entkommen, wenn er sie hier entdeckte. Er und seine beiden Begleiter würden leichtes Spiel mit ihnen haben und sie einsammeln wie Fischer an den Strand gespülte Krebse.

Ein unangenehmer und beängstigender Gedanke, bei dem Pitts Herz so hart und laut zu pochen anfing, als wolle es ihm die Brust sprengen. Er warf einen Blick auf die beiden Mädchen. Die Angst stand ihnen ins Gesicht geschrieben. Sie pressten sich gleich ihm an je eine Säule und Sabrina hatte die Hand vor den Mund genommen, als unterdrücke sie einen Schrei. Doch dann glitt der Anflug eines Lächelns über Michelles Gesicht und seine Schwester brachte den Arm mit der Fernsteuerung nach vorne, den sie zuvor krampfhaft hinter dem Rücken versteckt hatte.

Zuerst verstand Pitt ihre Erleichterung überhaupt nicht. Erst, als er den Kopf in die Richtung wandte, in welche die beiden blickten, begriff er.

Sie brauchten nicht mehr zu fliehen!

Aus einem Hausbogen rannten drei, vier Polizisten, allen voran Ray Gunson, der Agent der Cyber Patrol, den sie bei ihrem letzten Abenteuer kennen gelernt hatten.

»Halt, stehen bleiben», rief einer der Polizisten, während er an ihm vorbeistürmte. Ein Schuss peitschte die Straße entlang und brach sich an den Häuserwänden. Pitt sackte automatisch ein Stück in sich zusammen. Eine Schießerei hatte ihm noch gefehlt!

Aber nichts dergleichen geschah. Die Rufe der Beamten und das Trappeln eiliger Schritte entfernte sich rasch. Offensichtlich trieb die Polizei den Indianer und seine beiden Kumpane die Neuhauserstraße hinunter. Die Jäger waren zu Gejagten geworden.

»Hallo«, sagte Ray Gunson. Er hatte sich den Beamten nicht angeschlossen. Mit besorgtem Gesichtsausdruck, der sich nur langsam in ein Lächeln verwandelte, trat er auf sie zu und nickte zur Begrüßung. »So sieht man sich wieder.« Seine Stimme wirkte angespannt und bei aller Freundlichkeit härter als normal, als er feststellte: »Ihr könnt's aber auch wirklich nicht lassen, was?«

25

Pitt spielte so ungestüm mit seinem Limoglas, dass es ihm fast aus der Hand gerutscht wäre. »Ein Eiscafé«, stöhnte er, »schon wieder ein Eiscafé. Mir liegen die Nerven noch blank und wir sitzen bei *Antonios* und tun so, als hätten wir gerade einen netten kleinen Ausflug hinter uns.«

»Du hattest mir doch einen Abstecher hierher versprochen«, sagte Michelle. »Schon vergessen? Als wir vor Forschmanns Wohnung standen.«

»Ja, ja«, knurrte Pitt. »Ich hab's noch deutlich vor Augen.«

»Außerdem ist mir *Antonios* allemal lieber als ein chinesisches Restaurant«, fuhr Michelle fort, worauf Pitt und Sabrina nur zustimmend nicken konnten.

»Wie sagen schon Konfuzius«, näselte Hacky, »aller Netsurfer Anfang sein ein Computel. Aller Netsurfer glücklich Ende aber sein ein gloßes, gloßes Flüchteeis mit Schlagsahne.«

Dabei stieß er seinen Löffel so tief in den Becher, dass die Sahne bis zu Michelle, Sabrina und Sam hinüberspritzte.

»Du bist und bleibst ein Ferkel«, meinte Sabrina und wischte sich einen Spritzer Schlagsahne aus dem Augenwinkel. »Und wenn du nicht aufpasst, bekommst du eine Ladung von Michelles Spezialmischung ab.«

»Was soll denn das sein?«, fragte Hacky schnippisch. »Etwa wilder Klatschmohn mit Mandelsplittern?«

»Ne, ich denke da an was ganz anderes«, sagte Sabrina. »Nämlich an das Zeug, mit dem ich den Inka ausgeknockt habe.«

»Eh?«, machte Pitt. »Ich wollte dich ja sowieso schon fragen, was es mit diesem irren Kästchen auf sich hatte, mit dem du den Typen ausgetrickst hast.«

»Tja, was die liebe Michelle so alles in ihren Hosentaschen mit sich herumträgt«, sagte Sabrina grinsend. »Der kleine Kasten war bis oben hin mit einem extra stark wirkenden Niespulver gefüllt, das Michelle selbst zusammengemixt hat. Sie war so nett, es mir zu leihen, als wir das Chinarestaurant verließen.«

»Aber warum?«, fragte Pitt in Michelles Richtung. »Weshalb schleppst du so was mit dir rum?«

»Na, wegen Fettbacke und Konsorten natürlich«, erklärte sie. »Ich wusste ja nicht, was uns da an diesem Samstagmorgen in der Schule alles erwartet. Extrastarkes Niespulver ist ideal, um aufdringliche Typen abzuwehren. Wobei«, sie beugte sich über den Tisch und lächelte auf ihre unnachahmliche Art, »es mir nie in den Sinn gekommen wäre, jemandem die ganze Ladung ins Gesicht zu schleudern.«

»Dann sein ja alles gut«, sagte Hacky gemäß seiner etwas missglückten China-Man-Rolle. »Ein bisschen Niespulvel, ein paal Polizisten und schon sein die bösen, bösen Indianel keine gloße Gefahl mehl.«

»Ja, echt ätzend«, warf Sam ärgerlich ein. »Von wegen keine Gefahr mehr. Gerade du solltest es besser wissen, Hacky, schließlich habe ich dich mithören lassen, als ich vorhin mit Ray Gunson telefoniert habe. Dann solltest du auch mitbekommen haben, dass die immer noch keine Spur von dem Indianer und seinen Kumpanen gefunden haben.« Er wandte sich an die anderen: »Seit die am Samstagabend Richtung Marienplatz abgetaucht sind, wurden sie nicht mehr gesehen. Ray Gunson hat uns geraten vorsichtig zu sein und alles zu melden, was uns verdächtig vorkommt.«

Einen Moment lang herrschte betroffenes Schweigen.

»Und was ist mit Forschmann?«, fragte Pitt schließlich.

»Dem geht es gut«, knurrte Sam. »Er hatte tatsächlich so eine Art Hundehalsband mit Spezialfüllung um den Hals hängen …«

»Halsband?«, fragte Hacky scheinheilig. »Wollte er etwa beim Hundewettbewerb gegen Lassie antreten?«

Die Mädchen und Pitt kicherten, aber Sam wirkte überhaupt nicht belustigt. »Um genau zu sein: Es war ein mit Plastiksprengstoff gefülltes Amulett im alten Inkastil. Wenn Pitt nicht gerade noch rechtzeitig das Ding per Fernsteuerung entschärft hätte …«

»… hätte Forschmann arge Halsschmerzen bekommen«, vollendete Hacky ungewöhnlich ernst den Satz und nickte betroffen. »Mensch, war das knapp!«

»Ja, war es wohl«, bestätigte Sam. »Und was jetzt mit Forschmann passiert, steht in den Sternen. Er schwebt immer noch in Gefahr. Gunson meint, die DEA kann den Hintermännern nichts anhängen. Forschmann wird wahrscheinlich ein zweites Mal untertauchen müssen. Ich würde mich wundern, wenn wir ihn an unserer Schule noch einmal zu Gesicht bekommen.«

»Dann ist also dein Problem mit den Schulnoten auch vom Tisch«, sagte Pitt. »Wenn Forschmann weg ist, wird auch keiner mit deinen Eltern reden wollen.«

»Das hoffe ich auch«, sagte Sam, während er mehrmals hintereinander mit seinem Löffel in die oberste Kugel seines Erdbeereises stieß. Doch dann knallte er plötzlich den Löffel mit einer solch lauten Bewegung auf den Tisch, dass alle erschreckt hochsahen. »Aber *ich* will mit meinen Eltern reden!«, sagte er ungewohnt heftig. »Forschmann, Indianer, Polizei – die können mir doch alle gestohlen bleiben, wenn ich noch nicht einmal weiß, ob es meinen Eltern gut geht!«

Die anderen schwiegen betroffen. »Ich ... ich meine, wie können wir denn da helfen?«, fragte Pitt schließlich. »Willst du nicht wenigstens Ray Gunson einweihen?«

»Nein«, sagte Sam finster. »Das will ich nicht. Zumindest jetzt noch nicht ...«

»Aber was, um Gottes willen, willst du dann unternehmen?«, fragte Sabrina bestürzt.

»Im Internet die Spuren aller wissenschaftlichen Geheimprojekte verfolgen, zu deren Beteiligung man sie gezwungen haben könnte, zum Beispiel«, antwortete Sam leise. »Und dann ...« Er brach ab und breitete hilflos die Hände aus.

»Wenn ich mich da mal einmischen darf«, sagte Michelle ernst. »Ich glaube, es wird Zeit, dass wir da etwas anders vorgehen. Wir sollten uns alle zusammensetzen und einmal einen Plan machen. Einfach alle Ideen sammeln und uns dann überlegen, was wir machen können.«

»Vielleicht«, murmelte Sam. »Vielleicht hat ja einer

von euch eine zündende Idee. Ich will jedenfalls nichts unversucht lassen ...« Er verstummte wieder und den anderen wurde klar, dass jetzt aus ihm kein vernünftiges Wort mehr zu diesem Thema herauszubekommen sein würde.

»Eh, ja«, sagte Hacky. »Dann erzähl ich euch am besten mal den Rest der Neuigkeiten. Denn die Sache mit den Net Devils ist ja beileibe noch nicht ausgestanden. Sam und ich haben deshalb auch Ray Gunson davon erzählt. Vielleicht gibt es doch eine Querverbindung zwischen beiden Fällen. Aber bevor wir zu diesem unerfreulichen Thema kommen, erst noch mal zum Indianer.« Er legte seinen Eislöffel beiseite, bückte sich und holte einen Stoß Computerpapier hervor, den er in einer Tasche unter dem Tisch verstaut hatte.

»Diese Ausdrucke stammen von der amerikanischen Drogenpolizei«, erklärte er, während er das oberste Blatt so umdrehte und auf die Mitte des Tisches legte, dass es auch die anderen lesen konnten. »Seht einmal, ob euch hier etwas – oder besser gesagt: jemand – bekannt vorkommt.«

Die anderen Netsurfer beugten sich vor und starrten auf das Papier. Oben stand: U.S. DEPARTMENT OF JUSTICE, DRUG ENFORCEMENT ADMINISTRATION DEA. Darunter befand sich ein Foto, das eindeutig den Indianer zeigte.

»Mensch, das ist er«, entfuhr es Pitt und ein eiskalter Schauer rann über seinen Rücken, als er sich an den festen Griff erinnerte, mit dem ihn der Mann gepackt hatte. »Dieser *Fugitive*«, entzifferte er das Wort neben dem Bild und richtete sich dann auf, »ist ein eiskalter Killer.«

»Der Typ heißt nicht Fugitive, Blödmann«, sagte Hacky, nahm das Blatt mit spitzen Fingern auf und versuchte einen Eisspritzer von der englischen Beschreibung des Verbrechers wegzuwischen. »*Fugitive* bedeutet Ausbrecher. Die DEA muss ihn also bereits mal am Haken gehabt haben, und dann ist er denen wieder durch die Lappen gegangen.« Sein Finger wanderte auf eine Zeile unter dem Bild. »Hier steht sein Name. Tupac Yupanqui. Genannt Grenade.«

»Grenade?«, überlegte Michelle. »Hat das nicht … eh, irgendwas mit Explodieren zu tun?«

»Ja«, erwiderte Hacky, »das heißt auf gut Deutsch ›Handgranate‹. Vielleicht wäre ja Amulettgranate passender.«

»Und wie bist du an diese Unterlagen gekommen?«, fragte Pitt.

»Die hat der Adler aus dem Internet gefischt«, mischte sich Sam wieder ein und deutete auf die Internet-Adresse *http://www.usdoj.gov/dea/fugitive*, die auf den unteren Rand des Blattes gedruckt war. »Da steht sogar eine Telefonnummer der US-Marshals, falls man Hinweise auf den Indianer mit dem Spitznamen Handgranate weitergeben will. Und dann schreiben sie noch, dass man auf keinen Fall selbst versuchen soll ihn dingfest zu machen.«

»Na wunderbar«, meinte Michelle. »Ich frage mich nur, wie die Marshals so schnell von Amerika nach München kommen wollen, wenn wir die mal ganz schnell brauchen.«

»Darum geht es ja gar nicht«, sagte Sam. »Wir haben ja schließlich eine Gangster-fass-Abteilung bei unserer eigenen Polizei. Aber dass sie diesen Handgranaten-Indianer und seine Bande nicht geschnappt haben, ist überhaupt nicht lustig. Ich kann nur hoffen, dass wir nie wieder von denen hören.« Er seufzte tief und blickte in seinen ratzekahl leeren Eisbecher. »Und außerdem ist das ja nicht unser einziges Problem.«

»Ja, genau!«, sagte Pitt. »Was ist nun mit dem Schulnotenschwindel?«

»Da bin ich nicht viel weitergekommen«, antwortete Sam ärgerlich. »Wir wissen jetzt zwar, dass die Net Devils dahinter stecken, dass Bruno ihr Boss ist und Fettbacke mit von der Partie, aber die eine Datei, die uns auch alle anderen Mitglieder verraten hätte … die haben wir ja nicht mehr von Brunos Computer herunterladen können, wie ihr wisst.«

»Habt ihr denn nicht noch einmal versucht seinen Rechner anzuzapfen?«, fragte Michelle.

»Doch, klar«, sagte Sam. »Aber vielleicht hat er ja was gemerkt. Wir sind jedenfalls nicht mehr an die Kiste drangekommen. Es bleibt uns wohl nichts anderes übrig, als es auf einem anderen Weg zu probieren.«

»Heißt das, du kriegst doch noch die Sechs in Deutsch?«, fragte Pitt, und als Sam bedrückt nickte, fuhr er fort: »Das darf doch wohl nicht wahr sein! Dann geht ja alles wieder von vorne los!«

»Ich hoffe nicht«, stöhnte Sam. »Wenn jetzt ein neuer Lehrer kommt und der wieder mit meinen Eltern reden will … Oh Gott, das wäre nicht zum Aushalten!«

Das schrille Klingeln eines Handys ließ ihn und die anderen zusammenfahren. Alle Netsurfer blickten erwartungsvoll auf Michelle, die bekannt dafür war, ständig mit eingeschaltetem Telefon herumzulaufen, und Pitt flüsterte mit tauben Lippen: »Hört das denn nie auf?«

Aber das Mädchen schüttelte nur verwirrt den Kopf und deutete auf Hacky, der sein Mobiltelefon bereits aus der Tasche gezogen hatte. »Was starrt ihr mich alle so an?«, fragte sie. »Diesmal bin ich es doch gar nicht.«

»Zufall«, behauptete Pitt. »Reiner Zufall.«

»Ich hasse diese Dinger«, sagte Sabrina nur, während sie und die anderen Netsurfer mit wachsender Verwirrung beobachteten, wie sich Hackys Ohren während des Telefonats erst rosa und dann rot färbten. »Tatsächlich …«, sagte er leise zu seinem Gesprächspartner und nach einer Pause: »Ach was. Das gibt es ja gar nicht.« Seine Gesichtsausdruck veränderte sich. Mit skeptisch gerunzelter Stirn hörte er längere Zeit schweigend zu, dann grinste er plötzlich breit, als habe er gerade von einem Sechser im Lotto erfahren. Schließlich ließ er das Handy sinken und begann zu lachen. Und als ob das noch nicht genügen würde, schrie er auch noch unerwartet: »Juhu!«

Alle anderen zuckten zusammen. »Was ist denn nun wieder los?«, fragte Pitt entgeistert. »Sind bei dir gerade alle Züge von der Schiene gesprungen oder was?«

»Oder was«, sagte Hacky begeistert. »Wisst ihr, was ich gerade erfahren habe?«

»Ne«, sagte Sam. »Aber so, wie du aussiehst, wirst du es uns gleich aufs Butterbrot schmieren.«

»Das war noch mal unser alter Freund Ray Gunson«, sagte Hacky. »Er hat die örtliche Polizei bei der Durchsuchung von Forschmanns Wohnung begleitet. Und wisst ihr, was die unter einem Stapel unbezahlter Rechnungen gefunden haben?«

»Schon wieder: Ne«, maulte Sam. »Aber wenn du es noch spannender machst, kippe ich dir höchstpersönlich eine Cola ins Hemd.«

»Nur zu, wenn's dir Spaß macht«, antwortete Hacky großzügig. »Das würde mich jetzt auch nicht mehr stören …«

»Ich weiß, was die gefunden haben«, sagte Pitt aufgeregt. »Die Diskette, auf der die geheimen Daten der Rauschgiftgangster drauf sind. Damit sind der Indianer und seine Hintermänner dran!«

»Leider nein«, sagte Hacky und schüttelte den Kopf. »Die Diskette haben sie zwar gesucht, aber nicht entdeckt. Dafür sind sie aber auf das Notenbüchlein vom alten Clasen gestoßen. Forschmann muss es wohl aus Versehen verlegt haben. Kein Wunder, so wie der unter Strom stand.«

»Notenbüchlein von wem?«, fragte Pitt irritiert.

»Na, von dem Lehrer, der Sams Klasse vorher hatte«, rief Michelle, die offenbar sofort verstanden hatte, worauf der Netsurfer hinauswollte. »Der mit dem Autounfall. Du weißt schon. Sein Bewertungsbuch war verschwunden und nur deswegen galten die Deutschsechser im Schulcomputer für Sam.«

»Aber …«, wandte Pitt ein.

»Aber gar nichts«, sagte Michelle aufgeregt. »Dieses Büchlein beweist den ganzen Notenschwindel. Und damit ist Sam aus dem Schneider.«

»Du meinst, in dem Buch stehen alle Noten von Sams Klasse richtig drin?«, fragte Pitt. »Das bedeutet ja dann nicht nur, dass Sam gerettet ist, sondern auch, dass die Net Devils und alle, die an der Schieberei beteiligt sind, auf die Nase fallen.«

»Stimmt allerdings«, gab ihm Michelle fröhlich Recht. »Aber das Beste an dieser ganzen Geschichte ist das Ding mit der Fernsteuerung. Nur ein Glück, dass du sie rechtzeitig erwischt und dann auch noch den richtigen Knopf gedrückt hast, um Forschmanns Kopf zu retten. Das hast du wirklich gut gemacht.«

Sie lächelte Pitt an.

Er strahlte zurück. Michelles Lächeln war für ihn Belohnung genug und für ein weiteres hätte er ihr einen Gutschein über zwanzigmal Eisessen bei *Antonios* geschenkt.

Hastig wandte er den Kopf wieder ab. Dabei fiel sein Blick zufällig auf die große Fensterscheibe, hinter der die Passanten auf der Straße vorbeieilten. Sein Glücksgefühl zerstob mit einem Mal. Denn er kannte die Gestalt, die vor dem Café stand und zu ihnen hereinstarrte.

Es war Fettbacke. Er grinste so breit von einem Ohr zum anderen, dass er wie ein Krokodil kurz vor dem Zuschnappen aussah.

In diesem kurzen Augenblick begriff Pitt, dass es noch lange nicht vorbei war. Die Auseinandersetzung mit den Net Devils hatte eben erst begonnen.